여자생활백서 시즌2
사랑하기 전에 알아야 할 모든 것

여자생활백서 시즌2

사랑하기 전에 알아야 할 모든 것

안은영 지음

해냄

당신은 남자를 아는가? ●●●●●●●●●●●●●●●

책을 쓰기 전에 컴퓨터 앞에 앉아 맨 먼저 한 일은 그동안 사귀었던 남자들을 한 명씩 곱씹은 것이었다. 어떤 남자는 여전히 향기로웠고 어떤 남자는 켜켜이 쌓인 먼지 아래로 습한 기운이 피어올랐다. 또 어떤 남자는 기억조차 희미했다. 그리고 차마 '옛 남자'로 분류하기 싫어서 꾹꾹 누르고 있던, 맨 나중에 떠오른 한 사람을 생각하며 난 깜박이는 커서를 움직이기 시작했다.

중요한 것은 몇 명의 남자와 얼마나 오래 연애를 했는가보다 얼마나 진심을 다했는가임을 나는 그 남자를 통해 알았다. 나는 그와 연애를 하면서 열 명의 남자와 차례로 연애한 것처럼 기쁘고 아프고 눈물겨웠다.

신이 남자와 여자 말고 다른 종을 만들어주셨다면 우리의 고민이 조금이나마 줄었을까? 그렇다 해도 아마 비슷한 고민들을 안고 '이해할 수 없어!'를 되풀이했을 것이다. 남자와 여자 사이에 생기는 답답한 의문들은 그들이 서로 마주 보고 사랑하도록 만들어졌기 때문에 발생하는 것이다. 이것은 또다른 종이 섞여 있대도 마찬가지일 것이다. 도리 없이 세상은 여자 아니면 남자인 마당에 이해하고 사랑하지 않고 배길 수 있으랴. 그래서 우리는 그토록 미워하면서도 사랑하고, 싸우면서도 보듬고, 돌아서면서도 끝내 마주 잡은 손은 놓지 않는 것이다.

여러분이 "당신이 남자를 알아?"라고 묻는다면 나는 할 말이 없다. 세상에 남자를 아는 여자가 어디 있겠는가. 모든 여자들은 그저 남자를 아는 척할 뿐이다. 경험한 만큼, 예상한 만큼만 알 뿐이다. 신조차도 자신의 피조물 한 쌍이 이토록 오래오래 끝나지 않는 물음표와 마침표를 번갈아 내던지며 애증의 역사를 만들어 나갈 줄 미리 계산해 넣었겠느냐 이 말이다.

그럼에도 내가 아는 서푼어치의 직·간접 경험과 예상, 때에 따라서는 확신에 찬 단정을 엮어 내놓는 이유는 우리 모두 남자 보는 눈 좀 높여보자는 뜻에서다. 남자가 하는 말, 남자가 하는 행동에는 다 의미가 있다. 그들의 무의식은 우리 여자들보다 놀랍도록 정교하고 구체적이라 그들에겐 모르고 넘어가도 될 만한 말이나 행동이 없다. 그래서 우리가 이렇게 모인 것이다.

책을 쓰면서 내가 만나온 몇 안 되는 남자들의 기운이 내 머릿속에 자리 잡고 떠날 줄을 몰라 애먹었다. 휘이 휘이 손짓해 보내고 한바탕 앓고 났더니 어느새 봄이 끝나 있더라. 지금껏 "왜 결혼 안 해요?"라고 물으면 "남자를 몰라요"라고 천연덕스럽게 대답하곤 했는데, 이제 책까지 펴낸 마당이니 대답이 궁색해져 버렸다. 암만 생각해도 중이 제 머리 못 깎는다는 말은 만고의 진리다.

책이 모양을 갖춰갈 무렵 칫솔과 청바지 한 벌, 속옷 몇 장 챙겨 훌쩍 뉴욕으로 날아갔다. 이별에 서투른 나는 '게임 종료'의 사인이 끝난 뒤에도 그들을 떠나보내지 못했으며 내가 만들어놓은, 이젠 헤어진 연인들의 그림자로 괴로웠고 서글펐다. 아침부터 저녁까지 다리가 붓도록 맨해튼을 걸으면서, 나는 점점 멍청하게 비어가는 내 머릿속이 반가웠고 조금씩 위로를 받았던 것 같다. 겨울과 봄을 앓으며 남자를 썼고, 그곳에서 홀로 위로를 얻고 돌아와 다시 서울에서 여름을 맞는다.

들쭉날쭉한 내 일정 때문에 손에 땀이 뱄을 텐데도 말없이 웃어준 해냄출판사와 장한맘 씨에게 고맙다. 뉴욕에서 보낸 3주 동안 먹여주고 놀아주고 다독여준 조유현 김선희·문미나, 와인 한 병 사들고 종달새처럼 내 방에 깃들곤 했던 김수연, 말이 끝나기 전에 말의 속뜻을 헤아려주는 장회정·정소영아, 고맙다. 일일이 부르지 않아도 제 이름 부르는지 알고 있을 서울과 전주와 캐나다와 일본의 내 친구들, 너희 없음 나 암것도 아니다. 무슨 일로 바쁘신지 요샌 꿈에도 안 찾아오시는 아빠, 그곳에서 평안하시죠? 이젠 염색 시기를 놓치면 영락없이 할머니가 되는 나의 엄마를 비롯한 가족에게 말로 다 할 수 없는 사랑을 전한다.

남부럽지 않게 되바라져서리 열아홉 살 때부터 연애를 시작했다. 그때부터 지지고 볶으며 사귀었던 남자들에게 '덕분에 성숙한 남자 발견을 하게 됐다'는 의미에서 한마디, "쌩유 쏘 마치~!"

2007년 초여름
안은영

Part 3_ 진짜 '조건 좋은' 남자 선별하는 법

Part 4_ 내 스타일에 딱 맞는 내 남자 만드는 법

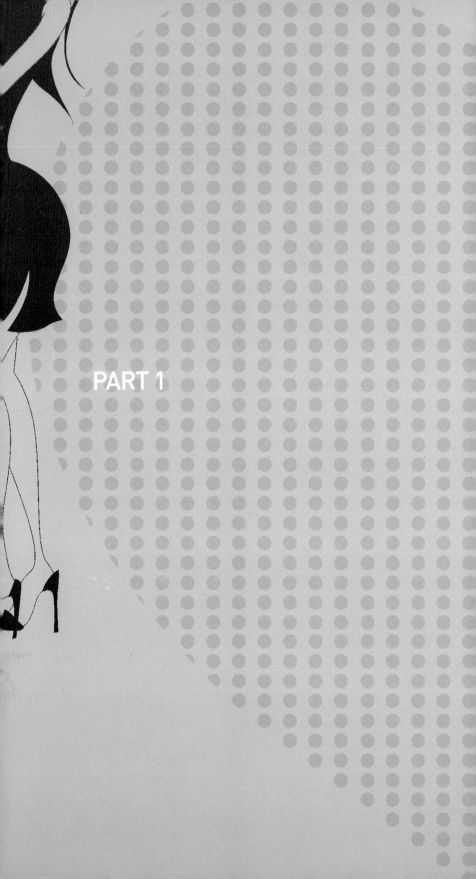

PART 1

남자들에게 속거나 상처받지 않는 법

진짜 지성미와 유머 감각을 가려내라 | 기념일 이벤트에 연연하지 말라 | 그에게 진정한 전희를 가르쳐라 | 어리광과 오빠 타령은 적정 수준까지만 받아주라 | 악기 혹은 망치를 든 그의 섹시함을 조심하라 | 눈물에 대처하는 다양한 방식을 익혀라 | 당신의 몸무게를 탓하는 남자는 버려라 | 뭔가 시킬 바엔 요리를 시켜라 | 귀 얇고 입 싼 남자는 무조건 피해라

진짜 지성미와 유머 감각을 가려내라

지성미 풍기는 남자 **VS** 유머 감각 뛰어난 남자

여자는 지성미 넘치면서도 유머 감각을 갖춘 남자를 좋아한다. "남자가 지적이면 어따 써?"라거나 "흥, 유머 감각 따위 개나 물어가라지!"라고 콧방귀를 뀌는 여자는 세상에 단 한 명도 없다. 아무리 못생기고 왜소하고 돈이 없어도 저 두 가지만 있다면 클럽이며 무도장이며 어디서든 적어도 두 시간은 아름다운 여자의 혼을 빼며 대화할 수 있다. 대화 끝에 여자의 전화번호를 따고 급기야 사랑을 가꿔나가는 것도 그녀가 얼마나 남자의 지성미와 유머 감각에 높은 가치를 두느냐에 따라 가능한 일이다. 여자는 대화가 모든 관계의 시작이자 끝이며, 분쟁을 해결하거나 종결시키는 유일한 방법이라고 여기기 때문이다.

하지만 남자는 주로 뭔가를 시작할 때, 그러니까 목표가 있을 때만 대화를 시도한다. 초반에 그토록 빛을 발하던 지성미와 유머 감각은 콩깍지가 걷히면서 동시에 시들해진다. 여자도 마찬가지다. 초반 넋을 잃고 귀담아들었던 그의 지성미는 시간이 갈수록 피곤하다. 그뿐인가. 왜 자꾸 가르치려 하는지 모르겠다며 귀찮아한다. 몇 시간이고 함께 있으면 온갖 시름이 사라질 만큼 빼어났던 그의 유머 감각은 사랑이 식어가면서 그를 도무지 진지함이라곤 모르는 실없는 남자로 바꿔버린다.

그 옛날 여자는 투표권도 없었고 오페라 같은 예술 무대에도 설 수 없었다. 그러니 '지적인 것'에 대한 여자들의 갈망은 아무리 명석한 두뇌를 자랑해도, 아무리 손을 뻗어 가지려 해도 가질 수 없는 '남성적인 것'이었다. 그래서일까. 오늘날까지 지성미 넘치는 남자에 대한 여자의 선망도 대단하다. 어떤 남자가 지적인 여자를 동경하랴. 한번쯤 말이야 걸고 싶어하지만 정작 그녀의 머릿속은 하나도 궁금해하지 않잖아. 하지만 지적인 남자는 여자에게 선망과 경외의 대상이다.

C군은 입만 열면 신문 모든 지면에 나올 이야기를 기승전결을 갖춰 줄줄 읊었다. 아침마다 신문을 암기하고 나오는 게 아닐까 싶을 정도였다. 뭔가를 물어보면 1초의 망설임도 없이 척척 대답했다. 축구면 축구, 역사면 역사, 음악이면 음악 도대체 어디서 이 많은 것을 다 습득했을까 싶었다.

이렇게 아는 것이 많은 남자가 딱 한 가지 모르는 것이 있었다.

지적인 것과 많이 아는 것은 다르다는 것. 그를 좋아하던 사람들도 차츰 그와 있는 것을 부담스러워했고 그가 아는 척을 하려는 순간만 되면 모두들 외면했다. 그는 자신이 아는 것이 있으면 서태지도 아닌 것이 사람들에게 "난 알아요!" 하고 소리쳐야만 직성이 풀리는 것 같았다. 대화 도중 상대방이 맞장구치지 않고 뚱하니 있으면 모르는 줄 알고 장황하게 설명한다. 상대방이 "그쯤은 나도 알아"라고 대꾸하면 "정말 알아? 너 모르지?"라고 딴죽을 건다. 지적이기는커녕 서푼어치 정보로 잘난 척하는 이런 남자는 정강이나 한 대 때려주고플 뿐이다.

　박학다식한 사람이 지적인 것은 아니다. 많이 알면 여자들이 좋아할 줄 알지만 사실 지적인 남자는 말을 많이 하지 않는다. 지식은 오래되고 깊은 우물과도 같아서 누군가 퍼낼 때까지는 그 청명한 깊이를 알 수 없다. 여자가 좋아하는 지적인 남자란 이를테면 명쾌하되 조용한 남자, 아는 것을 드러내지 않는 남자, 입을 열 때와 닫을 때를 아는 남자, 여자에게 "너 이런 거 모르지?"라고 말하지 않는 남자다.

　후배 E군은 내가 아는 남자 중 최고의 '말발'을 자랑한다. 그의 재능은 너무나도 탁월해 수차례의 사업 실패에도 여자친구가 끊일 날이 없었다. 남자의 유머 감각이 빛을 발할 때는 외모와 지적 능력이 반비례할 때다. 평범하거나 다소 눈길이 안 가게 생긴 사람이 입을 열자마자 좌중의 아리따운 여인네 서넛을 순식간에 팬클럽으로 만들어버리는 광경을 나는 E군을 통해 여러 번 목격했고, 여자는 재미있는 남자 앞에서 순식간에 무장을 해제한다는 것도 알게 됐다. E군은 그때마다 귓속말로 "잘생긴 놈들은 안 웃기고 폼만 잡아도 여자들이 줄줄 따르지만 우리 같은 과는 목숨 걸고 웃겨야 해.

그래 봐야 잘생긴 놈들을 겨우 따라잡을 수 있다고!"라고 눈에 힘을 주곤 했다. 하긴 E군이 발군의 유머 감각과 말솜씨로 분위기를 말랑말랑하게 만들어놓으면 그때까지 침묵하던 잘생긴 F군의 "삼순 씬 웃는 모습이 참 예뻐요"라는 한마디가 미녀들의 눈동자에 돌연 하트를 만들어 박긴 하더라만.

언젠가 E군에게 물었다. "혹시 자다가 잠꼬대로 물건을 팔거나 결혼식 사회를 본 적은 없니?" "에이, 선배두! 잘 땐 충분한 수면을 취해줘야 다음날 '구라'도 잘 풀려요. 잘 땐 입 꽉 다물고 침묵합니다."

십수 년째 알아오는 동안 그가 1분 넘게 침묵하는 것을 본 적 없는 나로서는 도무지 믿기지 않는 얘기.

누가 뭐래도 유머 감각은 현대 사회에서 가장 강력한 능력이다. '웃겨야 산다!'는 말은 개그맨 연습실에만 붙어 있는 말이 아니다. 유머는 대화를 즐겁게 하고 상대방의 긴장을 풀어주며 만남의 결과를 유리하게 만든다. 하지만 이것이 지나치면 스스로 나락으로 빠지게 된다는 것을 잊지 말 것. 대화의 시작과 끝을 유머로 장식하는 사람과는 엔터테인(Entertain)은 할 수 있지만 그를 상대로 속 깊은 얘기를 꺼내기란 쉽지 않다. 사람과의 관계의 폭이 본의 아니게 줄어들 수 있다는 얘기다.

어쩜 이렇게 만날 때마다 유쾌할까 싶게 E군과 함께 있으면 웃느라 눈에 주름이 세 개씩 늘어나곤 했던 나도 "잘생긴 놈은 폼만 잡아도 되더라"는 처절한 절규에 이르러서만은 웃지 않았다. 여자를 꼬실 땐 유머와 함께 잘생긴 외모 또는 순발력을 갖춰야 성공하고, 일을 할 땐 유머 감각과 함께 유연한 일처리 감각도 겸비해야 '함께 일하면 즐겁고 깔끔한', 즉 완벽하고 매력적인 사업 파트너로 인정받을 수 있다.

여자는 웃기고 재미있는 남자를 분명 좋아하지만 진지한 순간엔 그 묵직한 분위기에 집중해 주는 남자를 원한다. 결국 여자는 시와 때를 가려 잘난 척하지 않지만 아는 게 많은 남자, 밝고 구김 없는 유머 감각을 가졌지만 가슴 또한 뜨거운 남자를 좋아한다. 나도 여자지만 그녀들, 원하는 거 참 많기도 하지.

Date Tip

지성미만 넘치는 남자에게 없는 것들

이타심 : 머리를 가득 채운 지적인 생각 속에는 남이 아닌 자기 생각뿐이다. 연애도 자기 자신을 중심으로 돌아가야 직성이 풀린다.

대범함 : 자신의 판단이 혹시 잘못된 거라면 어떡하나 싶어 매사에 조심스럽다. 늘 실패할 확률에 대해 고민한다.

남성미 : 힘보다 말이 앞선다. 남성적인 것은 무식하고 생각없는 짓이라고 생각한다.

유머 감각만 있는 남자에게 없는 것들

참을성 : 다음 순간을 예측할 수 없다. 늘 즉흥적이다.

진지함 : 진지하거나 오래 침묵하는 걸 못 견딘다. 모든 일을 가볍게 생각하는 습관이 몸에 밴 탓.

섹시함 : 섹시함과 유머를 둘 다 갖춘 남자는 영화에나 나오는 법. 그만큼 둘 다 갖추기 어렵다는 뜻.

기념일 이벤트에 연연하지 말라

준비가 많은 남자 **VS** 말로 때우는 남자

여자의 마음은 묘하다. 기념일에 앞서 마음이 기대로 터질 듯 부풀어도 절대 내색하는 법이 없다. 오히려 새침한 얼굴과 무심한 눈으로 "만난 지 백일? 그게 뭘 어쨌는데?" 하고 남자를 바라보거나 "제대로 준비해 봐!"라는 투로 팔짱을 끼거나 둘 중 하나다. 그도 아니면 "일주일 남았어" "바로 내일이야!" 식으로 섬뜩하게 기념일을 통보하는 여자도 있다. 함께 뭔가를 하기로 했어도 '그래도 비밀

스러운 러브 세레나데를 준비했을 것'이
라고 짐작하는 존재가 바로 여자다.

만나자마자 다이어리에 각종 기념
일을 표시하고 보는 여자들과 달리
남자들이 기억하는 기념할 만한 날이란
첫 만남과 헤어짐의 순간이 고작이다. 생일
날 입이 떡 벌어지게 근사한 선물만으로도 좋
아 죽겠는데 먹기엔 너무 아까운 소담한 케이
크, 또박또박 볼펜으로 써내려간 축하 카드
를 받고 눈에 별사탕을 달지 않을 여자가 어
디 있을까.

남자들은 여자들이 선물과 케이크, 카드
에 껌벅 죽는다는 것을 이미 알고 있다. 이

런 장치들이 적어도 여자친구와의 관계를 일주일 넘게 편안하고 부드러운 시간들로 채워준다는 것도 안다. 때로는 여자친구를 위한 숭고한 사랑으로, 때로는 냉전을 잠식시키기 위한 정치적 몸짓으로, 때로는 첫 순간의 설렘을 되찾고 싶은 눈물겨운 노력으로 남자들은 여자들을 위해 선물을 고르고, 취향에 맞는 이벤트를 준비하고, 돈과 시간을 아낌없이 바친다.

여자들은 선물과 케이크, 카드에 분명 꺅 소리를 내며 눈시울을 적시겠지만 그네들이 남자친구에게 정말 고마워하는 것은 속마음이야 어찌 됐든 이날을 위해 머리카락을 쥐어뜯었을 고민의 시간들을 믿기 때문이다.

어쨌든 이런 남자, 누가 봐도 참 귀엽다. 전망 좋은 고급 레스토랑에서 아이스크림을 먹다 반지가 나오면 "나랑 결혼해 주겠니?"라고 쑥스럽게 프러포즈를 하는 남자들. 반지 깨물다 어금니가 빠져도 그 순간만큼은 와락 달려들어 그의 목에 대롱대롱 매달리고 싶다.

그런데 매달리다 문득 이런 생각이 들지도 모른다. '혹시 이 남자, 나 말고 다른 여자한테도 이렇게 멋진 이벤트를 준비했었을까?' 하는. 화려한 이벤트와 마르지 않는 기념일 아이디어로 기대하게 만드는 이런 남자들한테 바람둥이 기질을 찾았다고 주장한다면 그건 지나친 억측이다. 바람둥이들은 목적이 분명하지만 이런 남자는 그저 지금의 여자친구한테 집중하고 있을 뿐이니, 단순히 과거의 경험을 통해 여자를 배려하는 일에 도가 텄다고 생각하는 것은 실례가 아닐 수 없다. 최고의 진심을 담아 내온 남자의 순진무구함에 부디 찬물을 끼얹진 말자.

그런가 하면 만나는 내내 초지일관 '無 이벤트, 無 감동, 무덤덤'처럼, 갖다 붙이자면 '삼무'로 일관하는 남자들이 있다. 그의 다이어리엔 회사의 공식적인 업무 스케줄 몇 개가 고작이요, 집에 가보면 지난달 달력을 아직도 뜯지 않은 상태이기 일쑤다. 기억 장치도 깔끔하기 그지없어서 여자가 고대하는 각종 기념일에 대한 인지 능력은 제로에 가깝다. 어쩌다 가까스로 기념일을 기억한다 해도 감동적인 이벤트를 기대하는 건 원숭이에게 랩을 시키는 것과 마찬가지다.

세상에는 선천적으로 '기념 행사 기피증'을 타고난 남자들이 있다. 자기가 태어난 생일조차 무덤덤하게 지나가기 일쑤인 이런 남자는 사랑하지 않아서 특별한 날을 모르는 척하는 게 아니라 어떻게 해야 할지 몰라서 그러는 경우가 많다. 고기도 자셔본 분이 자신다고, 뭘 해봤어야 알지. 남자들은 학습과 훈련에 익숙한 동물이라 경험하지 않은 것은 처리 능력이 월등히 떨어진다.

이럴 때 여자가 닦달을 하면 오히려 역효과를 낳는다. 강요당한다는 느낌이 들면 학습되지 않은 것을 해야 하는 상황에 대한 강한 거부감만 불러일으킨다. 차근차근 주고받는 행위에 대한 기쁨과 사랑에도 눈에 보이는 확인 절차가 필요하다는 것을 알려주는 것 말고는 도리가 없다.

여자들이 가끔 지나치기 쉬운 사실 가운데 하나는 남자들이 쌍방향 커뮤니케이션에 약하다는 것. 상대방에게 안테나를 곧추세우고 예민하게 반응하는 것은 주로 여자들의 장기다. 남자들은 이러한 케이스 바이 케이스(case by case)의 대처능력이 현저히 떨어지기 때문에 사랑의 척도라 해도 과언이 아닌 '기념일 챙기기'에서 번번이 점수를 잃고 만다. 이벤트를 마련하는 남자들도 경험이나 누군가의 조언을 통해 얻은 결과를 갖고서 '이렇게 해주면 그녀가 정말 좋아할까? 좋아할 거야!'라고 반신반의하며 실행에 옮긴다. 따라서 무심남의 성의 없어 보이는 문자 메시지에 대해서도 "오늘이 무슨 날이니? 도대체 지금 뭐 하자는 시츄에이션이얏?"하고 엄마처럼 화를 내기보다는 철없는 동생을 어르는 누나로 변신하는 것이 현명하다.

어질러놓은 동생 방을 청소하는 누나처럼 여자 쪽에서 기념일을 챙기거나, '어디 한번 계속 어질러 보시지!'라는 식으로 덩달아 기념일에 초연해지거나, 내년엔 철들겠지 싶은 마음으로 참아가며 연애의 장애물을 넘어가거나! 이 과정에서 '젠장, 무심한 것 빼면 우린 서로 사랑하고 있잖아'라고 분노인지 사랑 고백인지 모를 혼잣말이 치미는 것은 당연하다. 당신은 철딱서니 없는 동생 뒷바라지에 여념이 없는 그의 누나가 아니라 무심하고 멋대가리 없는 그 남자의 여자친구이기 때문에.

단 이러한 누나 마인드는 단기간에 치고 빠져야 한다는 것도 잊지 말자. 기념일을 대충 건너뛰며 문자 메시지로 "다음엔 꼭 근사한 데서 맛있는 것 먹자!"고 다짐하는 남자친구의 '다음'이 정말 오는지 잊지 말고 꼭 확인할 것. 때로 남자의 '나중에'는 '나중은 없다'란 뜻이기도 하다는 사실! 사랑으로 감싸야 하는 여러 가지 상황 중에서 자기 편할 대로 여자친구의 기대를 번번이 저버리는 것을 참아야 한다면 연애는 왜 하누?

날마다 기념일인 '이벤트 가이'와 새삼 기념할 것이 뭐냐는 '절대 무심남' 사이에는 당장엔 확인되지 않는, 그러나 결국 드러나고 마는 현격한 차이가 존재한다. 한쪽은 경험을 통해 연애의 기술을 연마하는 부지런하고 예민한 족속이고, 나머지 한쪽은 순간순간 대수롭지 않게 생각하다 위기에 맞닥뜨린 뒤에야 자신의 게으름을 탓하는 족속이다. 전자와 후자의 배율은 2대 8로 대부분의 남자들이 후자에 속한다.

참고로 이렇듯 극명하게 다른 서로의 특성에도 이들이 여자친구와 헤어질 때 하는 말은 거의 같다. "잘해줘도 불만이야? 넌 만족이란 걸 모르는 애구나!"와 "내가 언제 너한테 해달하고 했니? 네가 좋아서 한 거잖아!". 헤어지는 순간 자신의 자존심이 무너지는 꼴은 죽어도 못 보는 게 남자란 말씀!

Date Tip

이벤트해주는 그의 특징

첫째 : 1년에 한두 번 있는 기념일에 했던 선물을 모두 기억하고 있다.

둘째 : 본인의 위시리스트도 준비하고 있다.

셋째 : 평소엔 사소한 선물이나 감동 멘트를 과감히 생략한다.

기념일에 기겁하는 그의 특징

첫째 : 기념일만 되면 괜히 말 돌리며 다른 날보다 일찍 헤어진다.

둘째 : 아무 날도 아닌데 뜻밖의 선물을 한다.

셋째 : 잘만 교육시키면 로맨틱한 남자로 변신할 가능성 80퍼센트!

그에게 진정한 전희를 가르쳐라

전희에 충실한 남자 **VS** 실전에 충실한 남자

얼마 전 친구들과 새벽까지 수다 파티를 벌였다. 오랜만에 한 자리에 모이고 보니 요조숙녀였던 A양부터 초특급 날라리였던 D양까지 가릴 것 없이 적나라한 얘기가 쏟아졌다. 여자들에게는 대화, 즉 말로 안 되는 게 없다. 하물며 섹스 얘긴들 못할 게 없지 않나? 여자들은 은밀한 얘기가 오갈수록 돈독한 사이가 된다고 믿는다.

시작은 A양이었다. 와인은 싫다며 차가운 맥주를 세 캔째 따던

A양이 뜬금없이 "내 남자친구가 드디어 고개를 숙이기 시작했어"라고 한숨을 쉬었다. "실컷 흥분시켜 놓고는 좀처럼 게임을 시작할 생각을 안 해. 심호흡을 하며 기다리다 내가 먼저 '준비가 됐다'는 사인을 보내면 흠칫 놀라는 기색을 보인다니까. 내 매력이 떨어진 걸까? 아님 그 남자가 섹스에 자신을 잃어가는 걸까?"

이십대 후반이지만 언제나 '세상일이라는 게 다 그렇잖수'라는 태도를 보여 우리를 허걱 하게 만드는 B양이 바통을 받았다. 나이는 많지 않지만 그녀는 나쁜 남자란 나쁜 남자를 두루 섭렵하면서 섹스 횟수만큼은 남부럽지 않았다. "언니. 언니의 그분은 삼십대 중반에서 후반으로 향해 가시니 미안한 얘기지만 어쩔 수 없이 세월을 탓해야 하지 않겠수? 내 남친은 심지어 나보다 세 살이나 어리잖아. 그런데도 전희만 30분 걸린다니까. 외모만 보면 침대에서 야수로 돌변할 것처럼 생겼지만 말야. 있는 대로 진을 다 빼놓는 바람에 결국 내가 지쳐서 포기한다니까." "그럼 실전에선 내 남친처럼 흐지부지란 말이야?" A양이 묻자 B양은 아무렇지 않게 대꾸해 주었다. "아니 그렇진 않아. 하지만 내가 이미 식어버린 뒤라 결국 걔 혼자 헐떡이는 꼴이지 뭐."

전희에 공을 들이는 남자는 두 종류다. 실전에 대한 자신의 미약함을 감추기 위해서 또는 여자를 위해 한껏 자신의 야릇한 감성과 인내심을 과시하기 위해서. 여자들이 전희를 얼마나 좋아하는지 경험으로 알기 때문에 심지어 실전만큼이나 전희도 '끝내줘야' 한다는 강박감마저 갖고 있다.

하지만 여자들은 또 다르다. 상대가 단순한 섹스 파트너가 아니라 마음을 나누는 애인이라고 생각하면, 전자는 슬퍼서 짜증나고, 후자는 속 터져서 짜증난다. 물론 여자들이 전희에서 느끼는 안온하면서도 짜릿한 쾌감은 남자들이 상상하는 것 이상이긴 하다. 그러므로 남자들은 실전에서는 조금 못할지라도 전희만큼은 확실하게 해야 한다는 생각과 실전 못지 않게 전희도 끝내줄 수 있다는 걸 보여줘야 한다는 생각에 사로잡혀 여자의 목덜미와 가슴에 얼굴을 묻는다.

가뜩이나 '잘해야 한다'는 강박에 사로잡혀 있는 불쌍한 남자들. 그러니 당신의 남자가 실전보다 전희에 더 공들이고 있는 것이 짜증난다 해도 절대 티는 내지 말자. 제아무리 섹스에 대해 허심탄회하고 솔직한 대화를 나누는 개방형 커플이라고 해도 남자들은 "그렇게 하지 말고 이렇게 해줄래?"라는 말을 "당신의 섹스 스타일이 마음에 안 들어"나 "당신은 너무 못해!"로 해석하고는 당신 앞에서 이전보다 더 '고개 숙인 남자'가 될 확률이 높다. 그러니 여자들, 채근을 할 때도 마치 섹스의 한 과정인 것처럼, 쾌감의 발로인 듯 섹시하게 주문하는 요령을 익혀야 할 때다.

그날 A양은 오랜 연인인 남자친구가 자신의 남성 기능이 약해지고 있다는 것에 좌절할까 봐 일부러 더 좋은 척 연기하고 있다고 고백했다. 반면 B양은 지나치게 늘어지는 게 싫을 뿐, 전희 자체는 여전히 좋기 때문에 기분이 상하지 않는 범위에서 시간은 짧게 줄이는 방법을 고안하는 중이란다. 둘은 동시에 "모를 때가 차라리 나았다!"며 입가에 묻은 맥주 거품을 닦아냈다.

이때 섹스보다는 연애에 집착하는 스타일인 C양이 이론가답게 "애, 덩칫값 못하는 남자가 한둘인 줄 아니? 그래도 전희라도 충실한 남자니 다행인 줄 알아. 지난번에 너희에게 얘기한 '개장수' 있잖니? 그 남자는 팬티를 벗기는 동시에 밀고 들어오더라니까!"라고 소리를 높였다. '개장수'는 C양이 잠시 데이트를 하던 상대로, 지나치게 마초 분위기를 지닌 외모와 비열한 매너로 우리가 그 남자에게 붙인 별칭이었다.

A양과 B양은 "그래, 개장수가 실전에선 실하더냐?"고 키득거리며 물었다. C양은 "내가 말했잖니. 10대 소년과 하는 기분이었다고. 원래 십대 소년들이 다양한 체위에 대한 이론들은 경험이 풍부한 남자들보다 더 빠삭한 법이거든. 그리고 시도하거나 실험하려는 의욕도 충만하고. 왜냐? 그 애송이들은 섹스가 감정을 중시하는 성숙한 교감 행위라는 걸 그땐 모르니까. 딱 그거였어. 시간만 오래 끌었을 뿐 전혀 감동이 없었다 이 말이야'라고 힘주어 강조했다.

이쯤에서 남자들은 '우리 입장을 좀 생각해 달라'고 항변할지도 모르겠다. 황홀한 전희와 눈이 뒤집히는 섹스 테크닉을 모두 만족시키려면 얼마나 힘이 드는 줄 아느냐고 볼멘소리를 할 수도 있다. 하지만 남자야, 여자는 섹스 머신을 바라는 게 아니다. 섹스를 암만 잘해도 감정이 없다면 그게 교미지, 영장류의 섹스이랴. 전희에 충실한 남자들이 가진 '섹스 테크닉과 넘치는 힘에 대한 강박'과 실전에 집착하는 남자들의 '땀을 흠뻑 흘리는 노력봉사의 고됨'을 모르는 바 아니다. 다 안다. 내 말은 전희든 실전이든 그 자체에 너무 몰입해서 여자의 감정을 놓치지 말아달라는 얘기다.

이쯤에서 D양의 얘기에 귀를 기울여보자. 우리 중 유일한 유부녀이자 처녀 시절 미모와 여우 기질로 숱한 남자들의 애간장을 태운 그녀는 과거의 화려한 경력을 바탕으로 이렇게 말했다. "우리 신랑은 어떤 날은 전희에 목숨을 걸었다가 어떤 날은 개장수처럼 흉폭하게 달려들어. 전희가 길어지는 날엔 그이가 나한테 해준 만큼 자기도 그만큼 서비스를 받고 싶다는 뜻이고, 흉폭해지는 날은 수컷 본능이 탱천해진 날이지. 남자를 이렇다 저렇다 어떻게 나눌 수 있겠니. 결혼하고 달라진 것은 아무것도 없어. 늘 보는 몸에 늘 맡는 향수, 뻔히 짐작되는 다음 체위 등 똑같은 게 되풀이되고 있거든. 그러니 조바심 내지 마, 이것들아. 남잔 예측하면 뻔해지고, 믿고 기대하면 신선한 감동을 준단다."

호오, 그녀야말로 진정 우리의 '언니'였다. 그날 우리는 입 닫고 술이나 마셨다.

Date Tip

전희에 충실한 남자에게 피해야 할 말

"있잖아." : 섹스할 때 남자들의 피는 모두 아래에 쏠려 있다. 다시 말해 당신과 대화할 때 필요한 피가 뇌에 남아 있지 않다는 뜻. 그는 지금 너무 바쁘니 말 시키지 말 것.

"멀었어?" : 여자가 전혀 집중하지 못하고 있다는 것만큼 남자를 맥 빠지게 하는 일이 없단다. 절대 한숨 쉬지 말 것.

"뭐 하는 거야?" : 정말 몰라서 묻는 건가? 차라리 거기 말고 다른 데라고 말해라.

실전에 충실한 남자 알아보는 방법

급하게 키스부터 시작한다 : 전희고 뭐고 지금 그 남자한텐 뵈는 게 없다.

꼭 술을 마셔야 침대에 눕는다 : 얼마나 자신이 없으면 그래. 술을 마셔야만 작동을 하누?

키스조차 건너뛴다 : 이 남자, 도대체 뭘 하자는 걸까? 이런 남자와는 절대 섹스하지 말라.

어리광과 오빠 타령은 적정 수준까지만 받아줘라

어리광피우는 남자 **VS** 오빠 대접 받으려는 남자

나는 어리광 피우는 남자를 잘 못 참는다. 형제자매가 많았던 데다 공무원이셨던 보수적인 아버지 밑에서 자란 터라 어리광보다는 '아빠 엄마 신경 쓰지 않게 미리 알아서 하기'가 몸에 밴 탓이다. 사교적이고 원만한 대인관계가 어려서부터 몸에 밴 것은 좋으나 부작용도 있다. 지나치게 독립적인 경향이 있다는 것. 그래서 꼭 필요한 순간에 필살기로 쓸 만한 '애교'와는 점점 멀어지게 되었다.

그런데 웃기는 게 애교 많은 남자는 또 좋아한다. 내가 생각해도 참 이율배반적이긴 하다. 하지만 여기서 한 가지, 애교와 어리광은 둘 다 상대방에게 '나는 당신께 기꺼이 속해 있어요!'라는 달콤한 표현이다. 어리광과 애교는 비슷할 것 같지만 그 사이에는 엄청난 차이가 있다. 단박에 정리하자면 굿 나이트 문자 메시지로 "벌써 보고 싶다. 잘 자"는 애교고 "보고 싶어서 잠이 안 와. 보러 가면 안 돼?"는 어리광이다. 연애가 아무리 '기브 앤 테이크'라지만 자아도취에 휩싸인 감정마다 일일이 대응해 달라는 것은 지나친 바람일 뿐이다.

우스운 사실은 대개 이런 특성은 연하남에게 찾아볼 수 있다는 것이다. 우리의 연하남들은 자신이 여자친구보다 어린 것이 대단히 '먹고 들어가는 일'이라고 착각하는 경향이 있다. 물론 그런 생각을 할 수도 있다. 누나들은 한 해 두 해 다르게 시들어가지만 본인들은 나날이 푸릇푸릇 자신만만한 날이 펼쳐진다고 믿을 테니까. 하지만 연상녀 입장에선 연하남과의 연애가 경제적, 지적, 사회적 능력 면에서 현저히 떨어지는, 이른바 '상당히 피곤하고 수지 안 맞는 일'이기도 하다는 것을 제발 잊지 말았으면 좋겠다. 성숙한 인격을 가진 연상녀와 연하남일수록 그들은 남자와 여자로 서로에게 다가갈 뿐이다. 연하남이라는 신선함에 눈 먼 여자, 연상녀의 안온함에만 사로잡힌 남자일수록 점점 기대치와 실망치가 반비례하게 된다.

친구 E양은 몇 해 전 아홉 살 연하남을 만났다. 하지만 그녀의 연애는 석 달을 못 넘기고 끝나고 말았다. 그녀로서는 도무지 이해할 수 없는 남자의 행동이 문제였다. 보고 싶다며 불러내곤 밥값과 술값을 내게 하고, 종로에서 자기 집이 있는 분당까지 가는 택시비를 그녀에게 떠넘기는 것은 기본이었다나. 급기야 다른 남자와 함께 있는 꼴을 보지 못하는 의처증 증세까지 보여 E양은 급히 그 관계를 청

산했다. 평소엔 이름을 부르다가 아쉬운 소리를 할 때면 언제나 "누나!"라고 했다는 그 남자 덕에 E양은 지금도 "누나아~" 소리만 들으면 곧잘 경기를 일으킨다.

남자가 부리는 어리광의 절정은 언제나 전화와 문자 메시지다. 막상 얼굴을 보면 이 어리광도 수위가 낮아진다. 상대 기분도 살펴야 하고 스스로도 민망할 테니까. 하지만 전화와 문자 메시지는 다르다. 초특급 닭살 행각이 가능해진다. 얼마나 사랑하면 시도 때도 없이 문자와 전화로 애교를 부리겠냐고 할지 모르겠지만 당하는 입장에선 부담스럽고 때론 짜증난다. 듣기 좋은 노래도 한두 번이지, 지금 남자와 사귀는 것이지 초등학생과 소꿉놀이를 하는 게 아니잖아?

반면 하루만 일찍 태어나도 오빠 대접을 톡톡히 받으려 드는 남자들도 있다. 내 기억 저 너머에는 "오빠가 말이야"라는 말과 함께 떠오르는 한 남자가 있다. 그는 자기가 나보다 생일이 무려 여덟 달이나 빠르다며 자기를 오빠라고 부르는 게 당연하다고 들이댔다. 뭐 돈 드는 것도 아니고 해서 장난 삼아 오빠라고 불러줬다. 하지만 처음부터 오빠라는 것을 강조하고 넘어갈 때부터 알아봤어야 했다.

그는 사사건건 '오빠가 말이야'를 입에 달고 다녔다. 남자들이 "은영이는 아이스크림이 먹고 싶어"처럼 자기 이름을 넣어 말하는 여자에게 짜증나듯 여자 입장에서도 어울리지 않게 센 척하며 '오빠'를 강조하는 남자를 보는 건 죽도록 민망하다.

고작 생일이 몇 달 빠른 남자가 말끝마다 "오빠가 해줄게" "오빠가 오늘 기분이 좀 안 좋아" "오빠가 오늘 술이 좀 땡기네?" "오빠 말 이해하겠니?"라며 막내 여동생 대하는 큰오빠처럼 굴면 그저 실소만 나올 뿐, 나는 점점 그의 잦은 '오빠 타령'을 듣는 게 거북해졌다.

남녀뿐 아니라 모든 관계에서 호칭은 그 관계의 성격을 결정짓는다. 나이가 적어도 나보다 의젓하고 사려 깊으면 그 사람은 당연히 나보다 어른이 된다. 나이가 아무리 많아도 별반 믿고 따름직한 구석이 안 보일 땐 겉으론 몰라도 마음을 다해 높여 부르기가 쉽지 않다. 그것이 연애일 때는 더욱 한계가 있다는 것을 나는 그 남자를 통해 깨달았다. 그 남자와는 오래 만나지 못했는데, 헤어질 때 그는 한숨까지 내쉬며 "오빠가 부족해서 미안해"라고 말했다. 끝까지 '오빠' 타령은 빼먹지 않더란 말씀.

모든 수컷은 암컷에게 과시하는 것을 즐긴다. 암컷을 자극하

고 도발하기 위해선 뭔가 '강한 인상'을 남겨야 하고 그러기 위해 힘껏 자신을 드러내야 한다고 믿는다. 물론 암컷 대부분은 수컷의 그 '허풍'에 못 이기는 척 반응하게 되어 있다. 그렇다 해도 수컷들이여, 밑도 끝도 없는 허풍은 이제 좀 줄이는 것이 좋겠다. 그런 허풍이 멋있어 보이는 시대는 지났다.

남자나 여자나 상대방의 심적, 지적, 경제적 용량을 파악하는 데 그리 오랜 시간이 걸리지 않는다. "나만 믿어!"는 당신의 능력이 훨씬 덜 준비되었다 해도 오로지 그녀만을 위해 100퍼센트 헌신하겠다는 확신이 들 때 내놓아야 한다. 말하자면 "나만 믿어" 뒤에는 "될지 안 될지 몰라. 하지만 내가 널 위해 최선을 다할게"가 숨어 있어야 한다는 것. 확인되지 않은 '센 척'보다 겉으로 투명하게 드러난 진정성이 한결 어필한다는 사실을 잊지 말자.

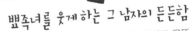

Date Tip

강철녀도 껌벅 죽는 그 남자의 어리광

애정이 듬뿍 묻어날 때 : 가볍게 저녁을 때우고 싶은데 스테이크 먹고 싶다고 부득부득 우기더니 고급 레스토랑에서 사랑 고백하는 남자

깔끔한 뒤처리 : 참기 힘들 정도로 어리광을 부리고선 여자친구가 지칠 때쯤 예전의 멋지고 듬직한 남자친구로 돌아와주는 남자

여우 같은 변신술 : 어리광과 배려를 오가며 여자친구에게 싫증의 여지를 주지 않는 남자

뾰족녀를 웃게 하는 그 남자의 든든함

말보다 행동이 먼저 : 평소엔 심드렁하고 무뚝뚝하게 대꾸하다가도 필요한 순간이면 어김없이 말보다 행동으로 보여주는 남자

무심한 표정 뒤에 숨은 온기 : 사랑한다는 말조차 인색한 그 남자, 하지만 몸이 아플 때나 상심해 있을 때 가장 먼저, 그리고 가장 오래 손잡아주는 남자

잘난 척하지 않는 어른스러움 : 멋진 모습을 보이고는 쑥스럽게 웃고 마는 이 남자, 널 많이 사랑하니까 알아달라고 보채는 어리광쟁이에 비하면 얼마나 든든한지!

익기 혹은 망치를 든 그의 섹시함을 조심하라

중학생 때 나는 친구의 오빠를 짝사랑했었다. 나는 친구 오빠를 만나기 위해 친구 집에 놀러 갔고, 우리 집에도 있는 『수레바퀴 밑에서』나 『개선문』 따위의 고전을 그 오빠에게 빌려 읽었다. 사실 나는 오빠를 좋아했다기보다 엄밀히 말하면 통기타를 튕기는 그 오빠의 길고 하얀 손가락을 사랑했다. 먼지 한 톨 없는 오디오 위에 가지런히 놓여 있는 오빠의 기타는 한량이던 내 큰오빠의 방대한

LP들보다 더 멋있어 보였다. 오빠가 가르쳐준 노래는 존 덴버의 〈Annie's Song〉이었고 그 곡은 지금까지 가사를 외우는 몇 안 되는 팝송이 됐다.

악기 다루는 남자를 향한 나의 판타지는 계속됐다. 신입생 시절 동아리를 정하기 위해 여기저기를 기웃거리다 귀를 찢을 듯한 드럼과 베이스기타 소리를 듣게 된 거다. 홀리듯 들어간 동아리 방에서는 선배 두 명이 연습 중이었다. 베이스기타는 언뜻 심심하지만 스피커에 귀를 기울이고 음의 파장을 듣고 있자면 가장 심장을 자극하는 섹시한 악기다. 큰 키에 구부정한 등, 무표정하게 연주하는 선배의 모습은 단번에 나를 사로잡았다. 그날 이후 나는 틈만 나면 동아리 방으로 달려가 베이스기타를 연주하던 선배의 모습, 눈을 한 곳에 고정시키고 입을 꾹 다문 채 코드를 잡고 줄을 퉁기던 그 실루엣에 빠져들었다.

여자를 좌우하는 남자의 감수성은 바로 이런 것이다. 환상이라고 해도 좋고, 여자를 유혹하기 위해 꾸며낸 거짓이라고 해도 좋다. 여자들은 이렇게 감쪽같이 멋지게 포장만 해준다면 얼마든지 홀딱 넘어갈 준비가 돼 있다. 사랑은 언제나 착각으로 시작한다고 하지 않던가.

악기와 남자는 언뜻 안 어울릴 것 같지만 소녀 시절의 판타지를 자극하는 데엔 그만한 것이 없다. 피아노 건반을 두드리는 손가락의 움직임은 얼마나 힘차고도 섬세한가. 두 팔을 허공에 휘저으며 음을 만들어내다 왼발로 짧고 강렬하게 엇박을 만들어내는 드러머의 발짓은 얼마나 매력적인가. 트라이앵글이든 캐스터네츠든 악기를 능숙하게 다루는 남자의 모습은 모두 여자들에게 선망의 대상이 된다. 유혹하려는 의도를 품었다 해도 그들이 악기를 들고 혼신을 다해 연주하고 있다면 충분히 섹시하다.

악기에 판타지를 품은 나 같은 여자들을 비웃는 또 한 무리가 있으니 바로 공구를 들고 뭔가를 해대는 남자에게 혼을 빼앗기는 언니들이다. L양은 드릴로 벽에 구멍을 내 액자를 걸게 해준 남자 선배에게 첫눈에 홀딱 반했다. 사소하고 단순한 배려였을 뿐인데 그녀는 심각한 얼굴로 벽에 점을 찍은 뒤 "여기면 되겠니?"라고 고개를 돌려 물어보고는, 순식간에 구멍을 내고 입에 물고 있던 못을 두어 번 망치질로 박아버리는 모습에 입을 쩍 벌렸다. 내가 "못질 한번 한 건데 그게 뭐 어쨌다는 거야?"라고 했더니 그녀의 반응이 또 그게 아니었다.

"너 남자들이 의외로 망치질이나 못질 잘 못하는 거 몰라? 그 모습을 본 순간 나도 모르게 가슴이 막 뛰더라."

"원한다면 나도 드릴로 구멍 내서 네 방 벽을 온통 액자로 도배해 줄 수 있단다."

"아니지. 공구는 남자가 들어야 멋있어. 간혹 영화에서 보면 여자들이 롤업 팬츠를 입고 먼지를 뒤집어쓴 채 일하잖니. 그럴 때마다 느끼는 건 그 장면에선 팔의 근육이 제일 중요하다는 것. 여자한테선 아무래도 그 맛이 안 난다구."

이렇듯 여자에겐 손에 도구를 든 남자에 대한 판타지가 있다. 칼이나 도끼 같은, 무기도 되고 연장도 되는 무시무시한 것 말고 말 그대로의 도구. L양처럼 못을 박고 액자를 거는 단순 노동뿐 아니라 집을 짓고 비행기를 고치는, 그러니까 도구를 들고 작업 자체에 몰두하는 모습이 여자에게 신뢰를 주는 것이다. 작업복을 입고 먼지를 뒤집어쓴 채 근육질의 팔뚝을 자랑하는, 그러다 여자 쪽을 바라보면서 하얀 치아를 고르게 드러내며 웃는 남자만 섹시하겠나. 하얀 와이셔츠 소매를 구깃구깃 접고 삼각자와 펜을 들고 도면을 살펴보는 남자의 뒷모습 역시 묘한 섹시함을 선사한다. 삼각자와 펜이 바로 바로 뭔가를 만들어내는 도구라고 볼 순 없지만, 흰 와이셔츠가 주는 딱딱하고 건조한 분위기에 삼각자라는 생동감 있는 도구가 얹혀지면서 도발적인 느낌이 완성되는 거다.

예전에 스튜디오 바닥에 무릎을 구부리고 카메라 렌즈를 닦는 중견 사진가의 뒷모습을 보며 묘한 흥분을 느꼈던 적이 있었다. 예리하고 날카로운 눈매로 수준 높은 사진을 찍어온 사진가는 자신의 생업 도구인 카메라를 자식 다루듯 끔찍하게 대했다. 순간 나는 진정한 '쟁이 정신'을 발견한 동시에 한 남자가 도구에 몰두하는 모습이 얼마나 섹시한지 새삼 느낄 수 있었다.

악기는 악기대로, 공구는 공구대로 이를 잘 다루는 남자는 섹시하다. 전자가 유연하고 부드러우며 긴장감 있는 섹시함이라면 후자는 일방적이라 오히려 페로몬 향이 짙다. 똑같이 도구를 들었는데 한쪽은 은밀하고 한쪽은 노골적이다.

남자는 그 옛날 지렛대를 이용해 불을 피웠던 존재다. 그들은 나무에 돌멩이를 매달아 사냥을 하고, 나뭇가지를 깎아 멧돼지와 물고기를 찔렀다. 이들이 도구에 능한 것은 당연하다.

그런데 이상하다. 예전 내 남자친구는 액자를 걸어달라는 내 주문을 차일피일 미루기만 했다. 결국 그 액자는 헤어지고 나서 내가 걸었다. 그의 작업실 형광등도 내가 더 잘 갈아 끼우곤 했다. 창문이 틀어져 있을 때 탁탁 쳐서 패를 맞추는 것도 내 일이었다. 그들은 원리를 잘 이해하는 족속이지만 정작 실행에 옮기기는 귀찮은 것일까. L양이 그토록 공구쟁이에게 매혹됐던 것은 공구를 못 다루는, 혹은 공구 다루기를 귀찮아하는 남자를 사귈 때의 뜨악함을 이미 알아서였던 걸까?

Date Tip

그 남자에게 추천하는 악기 세 가지

피아노 : 등을 구부리고 쓰다듬듯 어루만지다가 순간 열정적으로 건반을 누르는 모습이란! '도레도레'만 치고 있어도 그의 멋쩍은 웃음은 충분히 섹시하다.

드럼 : 박자 감각이 너무도 중요한 악기라 아무나 못 시키겠지만 잘만 배우면 정말 파워풀한 매력을 발산해 낸다.

첼로 : 악기 자체가 여성의 곡선을 닮아 너무나 도발적인 데다 선율 또한 아름답다.

그 남자에게 바라는 공구질 세 가지

못질과 형광등 갈기 : 못도 못 박는 남자 정말 많더라. 심지어 형광등도 못 갈아서 철물점 아저씨 부르는 남자도 봤다.

식탁의자 꽤 맞추기 : 한쪽이 틀어진 식탁의자쯤은 탁탁 두들기고 탕탕 망치로 쳐서 원래 모습을 찾아주면 좋잖아! 여기에 못질로 마무리까지 해준다면 금상첨화.

커튼 봉 달기 : 드릴로 벽 뚫고 봉 하나 걸치면 끝나는 일인데, 그걸 꿍무니 빼니? ㅉㅉ.

눈물에 대처하는 다양한 방식을 익혀라

눈물 흘리는 남자 **VS** 눈물 닦아주는 남자

세상에는 두 종류의 여자가 있다. 연애 초반에 우는 여자와 연애 막판에 우는 여자. 전자는 연애의 패권을 쥐기 위한 눈물겨운 몸부림, 후자는 패배에 승복하지 못하는 한탄과 마찬가지인 셈. 남자의 눈물에도 두 종류가 있다. 여자의 눈물을 닦아주는 남자와 여자 앞에서 눈물을 보이는 남자. 전자는 앞에선 울지 않지만 깊은 한숨 뒤에 마음으로 흘리는 눈물을 감추는 남자고, 후자는 과도한 감정을 다스리지 못하고 여자에게 들키는 남자다.

사랑하는 남자가 자기 앞에서 우는 모습을 보면 여자는 한편으론 마음으로 남자와 똑같은 아픔을 느끼면서도 다른 한편으론 적잖이 충격을 받는다. 남자는 태어나서 꼭 세 번만 울라고 하지 않던가. 태어날 때와 나라가 망했을 때, 그리고 부모님이 돌아가셨을 때. 이때 말고는 울지 말아야 한다고 생각하기 때문에 남자의 눈물은 언제나 몹시 짜고, 짐짓 쪽팔려서 어쩔 줄 몰라한다. 그러다 나중엔 몹시 심각한 얼굴로 어떻게든 변명하려 든다. 그래서 남자는 잘 울지 않는다. 울고 싶을 때가 왜 없겠나. 속상하고 열받고 분한 일이 살면서 한두 번이랴. 하지만 눈물을 보인 뒤 뒷감당할 자신이 없으므로 일단 참는다. 그게 남자다.

친구 A양의 남자는 7년을 만난 끝에 결별을 선언한 그녀 앞에서 엉엉 소리 내어 울었다. A양은 내가 뭐라고 남의 집 귀한 아들을 바보 만드나 싶은 자책이 들었다. 일단 달래야겠는데 극도의 흥분 상태인 그를 어떻게 대해야 할지 몰라 그저 등을 토닥토닥 두드렸다. 그러자 그가 "뭐 하는 거야?"라며 소리를 버럭 지르더란다. 깜짝 놀란 A양, 덩치 큰 남자가 울어서 한 번 놀랐고 자신을 째려보는 그의 눈빛에 두 번 놀랐다.

그렇다. A양은 알지 못했다. 울 때 누군가 달래주는 것이 남자들에게는 더 화나는 일임을. 남자들, 자기연민에 빠져 울고 있는데 누군가 이해하는 척하면 오히려 화를 낸다. 가뜩이나 쪽팔려 죽겠는데 여자친구가 울지 말라고 토닥토닥 달랜다면 망신스럽지 않겠어? A양이 백 번 잘못한 거지. 그럴 땐 나중에는 민망해하더라도 당장은 눈물 끝이 쏙 빠지게 울도록 내버려둬야 한다. 그래야 깔끔하다.

P양은 그녀는 봤지만 상대는 그녀가 봤다는 걸 끝내 몰랐던 눈

물의 기억이 있다. 어린 아들이 딸린 남자를 만나던 그녀. 당연히 그녀의 부모는 눈에 쌍심지를 켜고 둘의 결혼을 반대했다. 야반도주를 감행할 자신도, 각오도 없었던 그 남자, P양에게 더는 힘들게 하고 싶지 않다며 헤어지자는 말을 꺼냈다. 이러지도 저러지도 못할 상황에서 그녀는 이를 꽉 깨물었다. 먹먹한 침묵만 흐르는 가운데, 그녀가 헤어짐을 받아들이고 차문을 열고 나오려는 바로 그 순간, 그녀는 보고 말았다. 고개를 돌린 남자의 눈에서 반짝 빛나던 눈물이 차창에 비쳤던 것이다. 지금껏 단 한 번도 보인 적 없는 눈물을 참으며 어깨를 떠는 모습이 너무 슬프고 결연해 보였다. 그리고 정말로 이제 끝이란 생각이 들었다고 했다.

그런데 참으로 어이없는 것은, 위의 두 경우를 빼고는 감정에 북받쳐 울어본 적 있는 남자들일수록 우는 여자에게 인색하다는 것. 왜 그럴까? 말이 필요 없다. 건강한 정신과 육체, 여자를 마음 깊이 사랑할 줄 안다고 자부하는 대한민국 젊은 남자들에게 물어봤다.

"남들 앞에서 울어본 적이 한 번도 없어요. 그래선지 누가 우는 모습을 보면 굉장히 어색하고 낯설어요. 하물며 여자가 울면 미치겠어요. 울음소리, 하염없이 흐르는 눈물이며 으악! 여자들은 도무지 그칠 생각을 안 하잖아요. 뭐라도 잘못 얘기하면 울다가도 두 눈 동그랗게 뜨고 막

따져 묻고. 무서워요, 여자의 눈물!"

(수유리 C씨, 30세, 게임프로그래머)

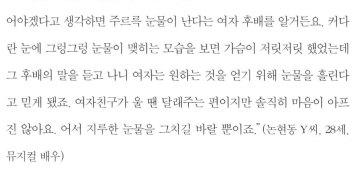

"여자의 눈물은 연기 아니에요? 울
어야겠다고 생각하면 주르륵 눈물이 난다는 여자 후배를 알거든요. 커다
란 눈에 그렁그렁 눈물이 맺히는 모습을 보면 가슴이 저릿저릿 했었는데
그 후배의 말을 듣고 나니 여자는 원하는 것을 얻기 위해 눈물을 흘린다
고 믿게 됐죠. 여자친구가 울 때 달래주는 편이지만 솔직히 마음이 아프
진 않아요. 어서 지루한 눈물을 그치길 바랄 뿐이죠."(논현동 Y씨, 28세,
뮤지컬 배우)

"우는 아이는 떡 하나 주면 울음을 그치지만 우는 여자는 웬만해선
눈물을 그치지 않아요. 여자들은 일단 눈물을 보이기 시작했으니 끝을
보겠다는 듯 길게 울죠. 내가 뭔가 잘못한 상황에서 여자친구가 우니까
할 말은 없지만 제발 울지 말고 이성적으로 대화 좀 해줬으면 좋겠어
요. 지금 만나는 여자친구는 툭 하면 울어요. 어젠 약속 시간에 15분 늦
었다는 이유로 자길 사랑하지 않는다며 우는데 솔직히 그 순간은 정이
좀 떨어졌어요."(여의도 O씨, 29세, 만화가)

내가 아는 남자의 70퍼센트는 드라마와 영화를 보면서 운다. 그들
도 사람인데 슬프면 울고 기쁘면 웃는 게 당연하다. 하지만 그럴 때

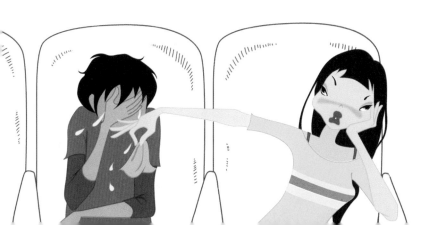

흘리는 눈물은 습관적인 감성의 방출일 뿐이다. 눈앞의 여자가 눈물을 흘릴 때 그들은 앞서 말한 습관적 방출 이상의 감정이입을 할 수 없기 때문에 우는 여자에게 인색한 것이다. 바꿔 말하면 드라마와 영화를 보며 순간 눈물을 흘리고는 끝나면 언제 그랬냐는 듯 잊어버리는 자신들처럼, 여자들의 눈물도 그런 화학 작용일 뿐이라고 생각하는 거다. 나아가 '여자의 눈물은 무기'라느니 '여자가 울 땐 그녀가 필요한 것이 무엇인지 두 번 더 생각해 봐야 한다'느니 따위의 격언 덕분에 여자의 눈물은 그 명예가 실추돼도 한참 실추돼 버렸다.

우는 여자를 좋아하는 남자는 없다. 그럼에도 남자들이 눈물을 닦아주는 까닭은 딱 한 가지다. 빨리 그치기를 바라기 때문이다. 위로와 공감과 사죄? 미안하지만 기대하지 말라. 그렇다면 질문. "눈 붓겠다. 그만 울어. 내가 잘못했어"라고 말하는 남자와 "화 풀릴 때까지 실컷 울어"라고 말하는 남자 중 어느 쪽이 더 양심적일까? 둘 다 속마음은 똑같다. '웬만큼 울었으면 이제 그만 해라, 쫌!'

Date Tip

그가 울 때 당신이 결심해야 할 것
- 덩달아 우는 바보짓을 하지 않겠다!
- 이 눈물 소동을 소문내지 않겠다!
- 눈물을 그칠 때까지 아무 말도 하지 않겠다!

그 앞에서 울기 전에 확인해야 할 것
- 그에게 내 눈물을 닦아줄 만큼 인내심이 있을까?
- 울고 나서 부은 얼굴로 난 웃을 수 있을까?
- 얼룩진 화장을 수습할 마땅한 장소가 있을까?

당신의 몸무게를 팃하는 남자는 버려라

살 빼라고 말하는 남자 **vs** 차마 아무 말 못 하는 남자

애인에게 철저하게 자유롭기만을 바라는 여자는 어디에도 없다. 여자는 관계에 집착하는 동물이기 때문에 소속감 없이 연인 관계를 이어가기란 어렵기 때문이다. '애인'과 '그냥 친구'가 분명하고, '결혼할 만한 남자'와 '연애만 하고 말 남자'를 머릿속으로 나눈다. 친구라고 해놓고 애인인 양 대하면서 어정쩡하게 걸쳐놓는 여자는 뭐냐고? 간단하다. 하는 것 봐서 애인 삼을 위인인지 결정하

겠다는 계산이다. 그토록 분명하게 관계에 집중하는 여자들이 그럼에도 "제발 나 좀 내버려둬!"라고 얘기할 때가 있다. 사사건건 간섭하고 자기가 원하는 대로 고쳐지지 않으면 잔소리를 늘어놓는 남자와 연애할 때다.

연애할 때 여자는 소속감을 바라고 남자는 소유욕을 드러낸다. 역시 남녀는 궁합이 잘 맞는 짝이 아닐 수 없다. 한쪽은 속하고 싶어하고 한쪽은 갖고 싶어하니 말이다.

하지만 이 소유욕이 지나쳐 자꾸만 간섭하려는 남자는 문제가 아닐 수 없다. 이건 의심이나 결벽증과는 다른 문제다. 자기가 원하는 스타일대로 여자친구도 '메이킹(making)'하겠다는 뜻이다.

요즘 여자들은 드세서 웬만해선 간섭 안 받고 살 것 같지만 그렇지 않다. 우리 주변에는 '메이킹하려는 남자'와 '처음엔 싫다고 버티다가 결국 자기도 모르게 메이드(made)되는 여자'가 너무 많다. 그놈의 사랑이 뭔지. 여자들이 죽고 못 사는 '사랑'이 여기 또 나온다. 날 사랑하니까, 나한테 너무 관심이 많아서 그러는 거라고 웃으며 마지못해 따라주는 거다.

지나친 간섭으로 목을 조르는 남자하고 연애할 때 사랑은 두 번째 문제다. 남자친구가 사사건건 이래라 저래라 간섭하는 스타일이라면 이 대목에선 여자들, 자존심 좀 상해야 한다. 특히 살 빼라, 미니스커트 입지 마라 등 외모를 두고 간섭해 대는 남자, 참아달라고 부탁하고 싶다. 그녀의 뱃살이 부담스럽다면 함께 운동을 하든지, 미니스커트를 입고 싶은 여자친구를 위해 노출이 적은 대신 섹시한 무릎 라인 원피스를 사주든지!

친구 M양은 살 빼라는 남자친구의 간섭과 잔소리에 못 이겨 결국 헤어져버렸다. 뚱뚱하다기보다 복스러운 외모에 적당한 볼륨까지 갖춰 나 같은 I자형 몸매의 소유자가 보기엔 부럽기만 했는데, 그녀의 남자친구는 그런 그녀의 외모가 못마땅했던 거다. 마른 체형의 여배우들을 보며 "바로 저 정도가 표준 사이즈야"라는 말을 서슴지 않았고 툭하면 뱃살 어떡할 거냐며 타박했다. 착하고 소심한 M양은 스트레스를 받았지만 다이어트를 해서 날씬한 몸매를 갖고 싶기도 했으므로 일단 뺐다. 문제는 그 다음이었다. 살이 빠지면서 가슴 사이즈가 덩달아 줄자 남자친구가 울상을 지으며 했던 말 때문. "그렇다고 가슴까지 작아지면 어떡해!"

이쯤 되면 간섭이 아니라 모욕이다. 남자들, 좀 물어보자. 건강에 문제가 생긴 것도 아니고 자기가 좋아하는 스타일의 몸매가 아니라는 이유로 수치심을 느끼게 해도 되느냔 말이다. 여자들에게 살 빼라고 스트레스 주기 전에 당신의 술살부터 어떻게 좀 해보시지. 갈수록 팔다리는 가늘어지고 배만 불룩해지면 어쩌라는 건데?

다른 여자들이 미니스커트 입은 거 쳐다볼 줄만 알았지, 처음 사랑에 빠졌을 때 자기 여친의 각선미가 얼마나 예뻤었는지는 벌써 까맣게 잊어버린 게지. 간섭남들, "넌 스커트가 안 어울려" "너 살 좀 빼야겠다"라고 말하지 말라. 그냥 그녀가 슬슬 지겨워지고 있다고 솔직히 말해. 그리고 여자들! 남자의 시시콜콜한 간섭과 과도한 소유욕이 가장 극에 달했을 때가 바로 권태기로 접어드는 시점이라는 걸 알아두시라.

오랜 솔로 생활 끝에 얼마 전 한 남자와 연애를 시작한 H양. 그녀의 전 남친 역시 조금만 화장을 진하게 하거나 쇄골을 드러내는 니트를 입으면 단정치 못하다고 타박했고, 얼굴이 조금만 부어도 가차 없이 핀잔을 주곤 했었다. 그에 비해 새로 만난 남자는 도인이었다.

그런데 바로 그게 문제가 됐다. 그는 그녀의 스타일이나 외모 변화에 지나치게 말이 없었다. 관심이 없는 건지, 둔감한 건지 종잡을 수 없었다. 한번은 일부러 도발적인 옷차림을 하고 나간 그녀. 초봄의 쌀쌀한 날씨에도 아찔한 미니스커트 차림으로 잘빠진 다리를 드러낸 그녀를 보고도 그는 아무 말이 없었다. 식당에 가서 신발을 벗을 때에야 다리를 힐금 보더니 "안 춥냐?"고 겨우 한마디 거들었을 뿐이었다. 그녀는 "그는 아마 내가 옷을 홀딱 벗고 통아저씨 춤을 춰도 '안 춥냐?'고 물어볼 거야!"라며 기막혀했다.

사랑의 반대말은 무관심이라고 했나? 그런데 사실 이 말은 '간섭은 사랑이다'라는 말처럼 비약이다. 간섭에도 애정의 농도가 있듯 무관심에도 다양한 경우의 수가 있다. H양은 그날 이후 위험천만하게도 남친은 자신에게 관심이 없으며, 처음부터 호감보다는 가벼운 호기심으로 시작된 관계라고 믿어버렸다. 간섭남의 째째한 간섭에는 짜증이 났지만 이 남자의 무심함에는 자존심이 상했다. 그녀는 마지막이다 생각하고 그에게 따져 물었다. 뜻밖에 그녀의 남친은 "네가 얼마나 매력적인 여잔지 말해 버리면 더 예쁘게 하고 다니면서 주변의 시선을 받을 것 같아 무심한 척했던 것뿐이야. 그렇다고 간섭하기엔 남자가 너무 옹졸해 보이고. 실은 너를 쳐다보는 남자들의 시선에 질투가 났던 적이 한두 번이 아니야"라며 얼굴을 붉혔단다. 그러니까 차마 간섭은 못 하겠고 예쁘다고 찬사를 하기엔 그녀의 매력이 너무 위험해서 불안해하던 참이었다는 뜻.

간섭과 무관심은 한 끝 차이다. "그만 먹어. 살쪄!"와 "볼륨 있는 지금 몸매가 딱 좋아. 하지만 여기서 더는 곤란해"의 차이랄까. 검사하듯 훑어보곤 오늘 패션은 합격이라고 손가락으로 동그라미를 만드는 것과 당일엔 아무 말 없다가 나중에 그날 푸른색 원피스에 매치했던 귀걸이가 잘 어울렸노라고 말하는 것의 차이다. 소유욕에 사로잡혀 여자의 기분은 아랑곳없이 무조건 제 물건 다루듯 하는 한심한 남자와, 여자에게 스타일과 외모에 대한 제안이 얼마나 조심스러운 일인지 아는 귀여운 남자의 차이.

무심한 남자들에게 한마디 붙이자면, 표현하지 않으면 제아무리 빛나는 보석도 돌이 된다. 말해 주지 않으면 그녀의 잘못된 패션 센스는 다른 자리에서 들통이 날 것이다. 다이어트, 패션 감각, 화법 등에 관해 언급할 때는 최대한 돌려서 부드럽게 얘기할 것. 여자는 당신의 한마디에 모든 것을 바꿀 만큼 아름답고 사랑스러운 바보들이니까.

Date Tip

그의 간섭이 지겨워질 땐

눈에는 눈, 이에는 이 : 사사건건 그를 간섭한다. "너 진짜 왜 그래?"라고 그가 물어오면 "사랑하니까 그러지. 자기가 나한테 하듯이 말야"라고 대답하라.

분명히 언급한다 : 당신의 간섭이 점점 지겨워져서 당신과의 연애까지 지겨워지려고 한다고 있는 그대로 말하라.

무시한다 : 미니스커트 계속 입고, 12시 이후까지 클럽에서 놀자. 그가 당신을 포기하거나 간섭하는 것을 포기하거나! 단 도가 지나치면 헤어질 수도 있다는 것을 염두에 둘 것.

그의 무심에 마음 상할 땐

먼저 입을 열어라 : 새로 산 향수, 모처럼 멋을 낸 옷차림에 대해 당신이 먼저 언급하라. 최소 3회 이상 같은 주제로 대화가 진행돼야 그의 입도 차츰 열릴지니.

투정부리지 말라 : "사랑이 식은 거야?"라는 식으로 그의 침묵을 당신 멋대로 측정하지 말 것. 그는 단지 어떻게 말을 해줘야 할지 모르는 것뿐.

공통의 화제를 찾아라 : 당신에게 일언반구 언급이 없다고 해서 당신을 사랑하지 않는 것이 아니다. 공통의 화제로 대화의 활로를 열어라.

뭔가 시킬 바엔 요리를 시켜라

세계 일류 요리사들이 죄다 남자인 까닭은? 알고 보면 남자의 손맛이 일품이어서? 칼질을 잘해서? 장금이의 미각을 타고나서? 모두 아니다. 요리는 기득권을 가진 사람이 할 수 있는 일종의 과시 행위이기 때문이다. 남자들이 요리는 잘하면서 설거지를 못하는 것은 이러한 이유 때문이다.

그들이 요리 자체에 대한 거부감이 없는 것은 부엌에 남자들이

들어가면 큰일 나는 줄 알았던 과거와 달리 세상이 변해서가 아니다. '남자가 부엌에 들어가면 고추 떨어진다'는 흉악한 설은 지엄하신 시어머니가 며느리 들으라고 지어낸 얘기 되시겠다. 남자들은 처음부터 요리에 거부감이 없었다. 오히려 오랜 세월을 거치면서 익숙해져 있다. 수렵의 본능을 타고난 남자들은 불을 피우고 사냥해 온 먹잇감을 불에 익혀 먹는 데 익숙하다. 물론 당시엔 요리라고 부를 수 없을 정도의 생존 행위였겠지만 이것이 오늘날의 휘황찬란한 각종 요리들로 탈바꿈한 것이다.

영국 출신 요리사 제이미 올리버가 성공할 수 있었던 것은 빼어난 미각과 고난이도의 데코레이션 실력 때문만은 아니다. 여자들을 주방으로 끌어들이되 방청석에 앉히고 그의 소탈하고 깔끔한 입담을 듣게 했기 때문이다. 바꿔 말하면 그는 '나는 내 섹시한 외모와 말발과 요리 실력으로 주방을 점령할 테니 당신네 여자들은 가만히 앉아서 내 손님이 되어주세요!'로 멋지게 성공한 것이다. 그는 여자들이 주방에서 저녁거리를 만들듯 쉽고 간단하게, 그러면서도 건강과 맛을 고려한 음식을 뚝딱 차려낸다.

먹고 사는 일이 중심인 인류 사회에서 요리는 가장 막강한 권력 행사다. 요리는 그래서 여자가 아니라 남자 위주로 전해온 지극히 남성적 행위다.

남자친구랑 같이 라면이라도 끓여본 사람이라면 안다. 함께 주방에서 식사를 준비하는 것은 행복해 죽겠지만 도대체 이 남자가 뭘 안다고 이렇게 훈수를 둘까 싶은 얄미운 마음! 일단 그는 식탁에 숟가락 젓가락 놓을 곳만 빼고는 모든 곳에 양파 껍질과 파 뿌리와 계란 껍질을 늘어놓는다. 도마는 가스레인지 옆에, 칼은 개수대에 처박혀 있고, 라면 부스러기와 스프 가루가 냄비 주변에 어지러이 흩어져 있다. 그는 식은 밥을 말아먹어야 제 맛이라며 흥분하고, 김치는 잔뜩 익어야 맛있다며 냉장고를 다 뒤져 쉬어터진 총각김치를 찾아낸다. 자, 가스불을 끄고 간신히 공간을 만들어 냄비를 내려놓고 나면 어지럽혀진 식탁과 가스레인지 주변 때문에 기가 막힐 지경이다.

다 먹었다 치자. 요리할 땐 그렇게 신명 나게 좁아터진 주방을 휘젓고 다니던 이 남자, 슬쩍 일어나 빈 그릇만 개수대에 넣어놓곤 어찌할 바를 모른다. 설거지를 해주긴 해야겠는데 도대체 폭탄 맞은 주방을 어디서부터 손을 대야 할지 난감하다. 여자는 고민한다. 설거지를 맡겨, 말어? 하지만 이내 포기한다. 그릇 한 개가 깨지거나 주방 바닥에 물이 흥건하게 고일 게 뻔하므로. 남자들은 각종 재료를 지저분하게 늘어놓으면서 요리를 하고, '최고의 요리'라며 잔뜩 생색을 내는가 하면 뒤처리는커녕 소파에 벌렁 누워 "맛있는 요리를 해줬으니 커피 부탁해!"라며 리모컨을 집는다.

그러니 당신의 남자가 요리를 잘한다고 해서 너무 감동하진 마시라. 여자친구에게 맛있는 음식을 대접하겠다는 마음 이전에 "내가 마음만 먹으면 너보다 더 잘해"라는 숨겨진 본능이 고개를 쳐드는 것뿐이니까. 카레라이스 한 번 해준 걸 만나는 내내 들먹이는 남자도 봤다. 연애하는 남자들에게 요리는 귀한 이벤트일 뿐, 그녀를 위해 꾸준히 주방에 들어가는 꼴을 못 봤다.

그렇다면 요리 잘하는 남자가 빨래도 잘할까? 여자들의 일을 남자들이 얼마나 잘하느냐 하는 것은 곧 이 남자가 얼마나 여자를 이해하느냐

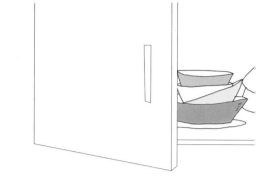

하는 것과 맞닿아 있다. 요리 잘하는 것은 본능이라고 치자. 그렇다면 빨래는? 정답은 '죽어도 잘 할 수 없다'다.

남자들은 웬만하면 빨래를 안 하고 싶어한다. 청소기를 밀면 끝인 청소, 반짝반짝 윤을 내면 끝인 구두 닦는 일처럼 간단치가 않다. 욕실 타일을 깔거나 못을 박거나 소파를 옮길 때 쓰는 일에 턱없이 못 미치는 노동량이지만 빨래는 그 모든 것 가운데 가장 힘들고 짜증나는 노동이다.

왜? 빨래는 소모적이라고 생각하기 때문이다. 자신들이 하는 모든 노동에는 확실한 결과가 있고 오래 지속되는 고급한 동작인 반면, 빨래는 그들이 보기에 도무지 전과 후가 구분이 안 된다. 털털한 남자는 털털한 남자대로 '굳이 안 빨아도 되겠는데?' 싶어 얼룩 묻은 티셔츠를 그대로 두고, 깔끔 떠는 남자는 깔끔 떠는 남자대로 '잘못

빨면 얼룩이 더 심해지겠는데?' 싶어 그냥 놔둔다. 그들의 여자친구나 누나나 엄마의 몫으로 남긴 채!

아무리 설명해도 남자는 빨래하고는 친해지지 않는다. 그러니 간단한 식사와 커피 타기 등에서 실력을 발휘하도록 그를 주방으로 보내자. 그리고 설거지하는 법도 가르치자. 그럼 의외로 제법 그럴듯한 가사 분담이 이루어질지도 모른다. 빨래는 여자, 요리는 남자라는 역할 분담이 얼마나 갈지는 아무도 모르지만!

내 남자와 함께하면 좋은 요리

스파게티 : 가장 낭만적이면서도 무난한 요리. 만들기도 간단하고 설거지거리도 적다.

비빔밥 : 남자들은 이렇게 단순하면서도 푸짐한 걸 해놓고 혼자 즐거워한다. 밥과 김치와 참기름과 콩나물 무침 정도 준비해 주고, 계란 프라이는 그에게 맡겨라.

라볶이 : 남자들은 담백한 요리보다 맵고 자극적인 요리에 더 자신감을 보인다. 무조건 맵고 짜고 달게 하면 되는 줄 안다. 초반부터 기 죽이지 말고 맛있게 먹는 게 오래 부려먹을 수 있는 요령.

내 남자에게 빨래 시키는 방법

빨기 어려운 건 빼놓는 센스 : 뒤집어 빨아야 하는 청바지, 애벌빨래가 필요한 옷, 세탁망에 넣어야 하는 것들은 따로 빼둘 것. 남자들, 어려워서 얼굴이 창백해진다.

빨래 너는 방법 일러주기 : 각을 잡아 그 좋은 힘으로 탁탁 털어 널어주면 당신이 하는 것보다 훨씬 예쁘게 마른다고 칭찬해라.

개킬 땐 둘이 함께 : 보송보송 마른 빨래를 함께 개키면 기분도 좋아지고 관계도 돈독해진다.

귀 얇고 입 싼 남자는 무조건 피해라

귀가 얇은 남자 **VS** 입이 싼 남자

쇼펜하우어 영감님이 이르시길, '여자가 혼자 있을 때 뭘 하는지 안다면 남자들은 그 여자를 결코 '사랑할 수 없을 것이다'라고 하셨다. 사춘기 시절 나는 이 격언을 보고 '범죄 행위를 하거나 추악한 짓을 저지르는 것도 아닌데, 왜 이런 말을?' 하고 의아해하면서도 '난 혼자 있을 때 뭘 하더라?' 하고 소심하게 곱씹어봤다. 감히 내가 영감님 어법을 흉내 내어 말하자면 여자들은 남자들이 술

자리나 사우나, 헬스 클럽에서 여자들을 두고 얼마나 구체적이고 적나라하게 점수를 매기는지 안다면 꼴도 보기 싫어질 것이다.

친한 동료 P군은 제 눈에 못생긴 여자를 보면, "동방예의지국이거늘 저 여자는 어떻게 예의 없이 저 얼굴을 대낮에 내놓고 다닐 수 있지?"라고 말하곤 했다. 옆에 있던 S군은 덩달아 "환경미화원은 죄다 어디 가신 거야? 공기가 너무 탁해졌다"고 비아냥거렸다. 워낙 유쾌하고 재미있는 성격들이려니 하고 눈감아주는 것도 한두 번, 함께 시내라도 나갈라치면 이런 거슬리는 얘기들을 거리낌 없이 해대는 통에 한번은 "당신들 보라고 달고 다니는 얼굴 아니니까 냄새 나는 입 닫고, 그 후진 면상이나 안 보이게 숙이고 다니지그래!"하고 쏘아붙였다. 나나 길거리를 다니는 여자들이나 외모니 성격이니 남자들의 값싼 심심풀이로 읊어지는 품평 따위에 좌우될 필요는 없다. 하지만 그가 남자친구라면 얘기가 달라진다.

H양은 누가 봐도 빼어난 미인이다. 그런 그녀가 남자친구가 생기자 복사꽃같이 화사한 얼굴에 여드름이 돋고 날로 피부가 까칠해졌다. 보통 남자나 여자나 연애를 시작하면 예뻐지게 마련인데 H는 아니었다. 알고 보니 남자친구의 친구들이 그녀의 조건을 걸고 넘어졌고, 주변의 부추김에 남자친구의 태도가 우유부단하게 흔들리고 있었던 것. 그녀는 아름다웠지만 집안이 넉넉하지 못했고, 착했지만 많이 배우질 못했다. 남친 친구들이 보기에 '남자보다 너무 모자란 여자'였던 것이다. 그들은 남자에게 수시로 전화를 걸어 뭣 때문에 시간을 낭비하냐며 헤어질 것을 종용했다. 이런 말도 안 되는 일당을 친구로 둔 그 남자는 결국 얼마 지나지 않아 바쁘다는 핑계를 대며 그녀를 피했고 끝내 이별을 통보했다.

난 분하고 화나는 일이지만 한편으론 잘됐다고 위로했다. 내가 보기엔 부잣집에서 태어나 부모 잘 만나 하는 일 없이 돈이나 펑펑 쓰고 사는 그와 친구들 일당이 더 한심했다.

남자가 우유부단하고 귀가 얇으면 그 자체로 범죄다. 중요한 결정을 내릴 때마다 주변 애기에 솔깃해서 남 애기를 따라 움직인다면 여자가 어떻게 그 남자를 믿고 따를 수 있겠나. 이런 남자는 관계를 망가뜨리고 나아가 결혼을 하게 된대도 가정을 책임지는 온전한 가장 노릇은 절대 할 수 없는 작자다.

H양의 남자친구는 지금도 H와 헤어진 것을 후회하지 않을 것이다. 오히려 사람들에게 착한 성품에 전지현 닮은 미인과 뜨겁게 사랑을 나누었지만 안타깝게도 집안의 반대로 헤어질 수밖에 없었다고 떠벌이고 다닐 것이다. 가난하고 학력이 모자라 차버렸다는 애기는 쏙 빼고서. 대개 귀 얇은 남자들이 입도 싸다. 이리저리 남 애기에 솔깃해지는 귀로 들은 애기는, 틈만 나면 달싹이는 가벼운 입으로 새어나가기 마련이니까.

B양은 얼마 전 한 술자리에서 뜻밖의 애기를 들었다. 오래 전에 만난 적 있는 G군과 B양이 한때 '뜨거운 밤을 보낸 사이'라는 애기가 평온한 술자리에서 뜬금없이 불거져 나온 것이다. 그 에피소드는 이미 지인들 사이에서 여러 바퀴 돌고 돌아 급기야 B양 귀까지 들어오게 된 것. 뿐만 아니라 두 사람 중 누군가 꺼내지 않았다면 절대 알 수 없었을, 두 사람만의 사적이고 은밀한 당시 대화들까지 곁들여져 매우 가볍고 천박하게 그려진 상태였다.

B양이 제 입으로 떠벌인 기억이 없으니 이야기의 시작은 당연히 G군이었다. 별로 기억하고 싶지 않은 과거인 데다 단 하룻밤의 해프닝이 이토록 상세한 안줏감으로 사람들 사이에서 킬킬거리며 돌고 돌 것이라곤 상상도 못했기에 B양의 분노는 컸다. 그녀는 다음날 곧

장 G군에게 전화를 걸었다. 그런데 이 남자의 반응이라니. G군은 딱 한번 술자리에서 누군가에게 얘기한 것 같다, 너에 대한 얘기를 하다가 술김에 자랑 삼아(?) 꺼낸 얘기가 그렇게 돌 줄은 몰랐다, 다시는 그 얘기 누구한테도 안 하겠다 뭐 이런 식으로 구차하고도 유치한 변명을 구구절절 늘어놓더라는 것.

남자들은 입이 싸다. 우리가 상상하는 것보다 훨씬! 남자들의 이러한 값싼 입놀림은 이상하게 뒤틀린 그들의 무리 문화에서 나온다. 그들은 자기 얘기를 하는 덴 그토록 인색하면서 남 얘기는 껌 씹듯 쉽게 즐긴다. 물론 모든 남자들이 다 그런 것은 아니다. 자기와 관련 있는 비즈니스나 인물을 둘러싼 중요한 이야기는 절대 하지 않는다. 그래야 남자답다고 생각하기 때문이다. 그런데 남의 사생활, 특히 여자나 섹스와 관련된 얘기는 많이 알수록, 자세하게 늘어놓을수록 무리에서 대화의 주도 세력이 된다. 그러면서도 여자들은 '입이 싸다'고 폄하하는, 참으로 이해할 수 없는 행태라니!

술자리에서나 담배 한 개비를 나누는 커피 브레이크에서 남자들이 나누는 잡담은 생각보다 질이 낮다는 것을 당신은 아시는지. 여자들은 그 얘기가 새어나가지 않는 범위에서, 또는 새어나가도 수습 가능한 수준에서 뒷담화를 하지만 남자들은 이미 입 밖으로 뱉어낸 얘기에 대해선 훗일을 생각하지 않는 무모함이 있다. 그리고 여기엔 과시욕에서 비롯된 과장까지 덧붙여진다. 이게 남자와 여자의 차이다.

다시 한 번 강조한다. 남자들은 의외로 입이 싸다. 그들의 입 밖으로 뱉어진 말은 그 다음에도 장소와 대상을 가리지 않고 때때로 튀어나온다. 그러니 사회 생활에서 남자들과 대화할 땐 항상 조심할 것. 무심코 뱉은 당신의 사적인 얘기들이 십 리 밖으로 퍼지는 덴 채 한 시간도 걸리지 않는다.

Date Tip

귀 얇은 남자를 피해야 하는 이유

성가시다 : 사소한 것 하나 결정을 못 내려서 주변 사람 의견을 죄다 묻고 다닌다.

웃긴다 : 의견을 물을 땐 언제고 막판엔 이도 저도 아닌 결론을 제 마음대로 내려버린다.

어이없다 : 만나고 헤어지는 걸 우습게 안다. 헤어진 다음 날 아무렇지 않은 듯 전화해서 영화 보자고, 다시 시작하자고 하는 남자다.

입 싼 남자를 피해야 하는 이유

귀찮다 : 호기심이 많아서 사소한 것까지 알고 싶어한다.

못됐다 : 자기 비밀은 절대 말 안 하면서 당신의 비밀은 모두 알려고 든다.

무책임하다 : 당신이 한 말은 무엇이든 그의 주변 사람들에게 퍼지고 있다.

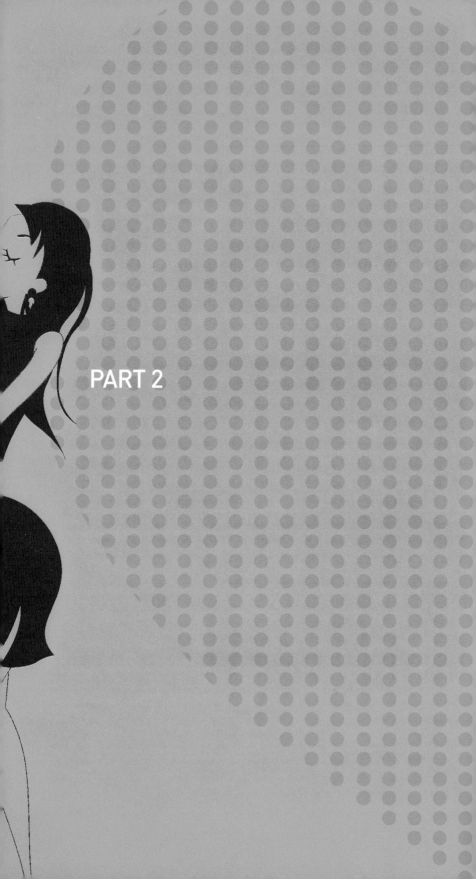

PART 2

외모만으로
그 남자를
파악하는 법

남자들의 얼굴에 흔들리지 말라 | 뱃살의 훈훈함을 즐겨라 | 예쁜 손? 우선은 잡
혀보라 | 그 남자의 향을 기억하라 | 그 남자의 등을 유심히 훔쳐보라 | 그의 헤어
스타일을 존중하라 | 그가 하루에 몇 번 손을 씻는지 알아보라 | 허벅지와 종아리
의 매력을 놓치지 마라 | 키, 포기할 땐 과감히 접어라

님자들의 얼굴에 흔들리지 말라

잘생긴 남자 **VS** 못생긴 남자

잘생긴 외모는 상대방에게 호감과 편견을 동시에 준다. 눈 코 입 반듯한 정직 미남은 '잘생겼다'는 느낌과 함께 '뭔가 부족하다'는 인상을 주기도 한다. 잘생기기만 한 남자는 매력이 없다. 그저 잘생 기기만 한 남자는 여자들을 설레게 하지 않는다. 요즘처럼 '훈남'이 네 '완소남'이네 하면서 갖가지 특별한 매력을 좇는 여자들이 많아 지는 것도 다 그런 까닭이다. 부리부리한 눈, 오뚝한 코, 굳게 다문 입술은 기본이고, 거기에 '플러스 알파'가 있어야만 여자들을 끌어당길 수 있다는 얘기다. 실제로 호감형 외모를 살펴보면 보조개, 눈웃음, 덧니 등 보조 장치들을 장착해 여자들 마음에 불을 당기는 경우가 더 많지 않은가.

나는 쉽게 말해 잘생긴 남자에게 거부감을 갖고 있다. 사춘기 때 "잘생긴 남자는 분명 바람피울 거야. 그래서 싫어!"라는, 그럴 법하지만 유치함은 벗어나지 못한 주장을 폈다가 한 친구가 "야, 그래도 잘생기고 바람피우는 게 낫지, 못생긴 주제에 바람까지 피워봐라. 그 꼴을 어떻게 보겠니?"라고 어른스러운 충고를 해준 덕에 좀더 그럴듯한 이유를 생각해 보게 됐다. 그리고 몇 번의 연애를 걸쳐 이십대 중턱에 이르러 찾아낸 근거(혹은 편견)는 '잘생긴 남자는 노력하지 않는다'였다.

잘생긴 남자는 일단 끌린다. 하지만 그뿐, 거기서 멈칫하게 된다. 진도가 쉽게 나가도 이상하고 잘 안 나가도 자존심이 상한다. 남자들이 예쁜 여자들에게 접근할 때 느끼는 이율배반과 같은 이치다. 잘생긴 남자가 접근해 오면 대개 여자들은 '내가 아직까진 쓸만한 모양이야. 이런 킹카에게 프러포즈를 받다니!'라고 생각하며 상대적 우월감에 황홀해한다. 하지만 이건 너무나 잘못된 착각이다. 그들은 생각보다 인기도 많지 않을뿐더러 알고 보면 평범하다 못해 지루할 수도 있다. 분명한 건 당신 이전에 만났던 멋진 여자들도 이 남자의 바로 그 점 때문에 뒤도 안 돌아보고 떠났다는 것이다. 왜냐고? 자신의 빼어난 외모로 상대를 사로잡았다고 생각한 그는 더 이상 여자의 마음을 잡으려고 애쓰지 않으니까!

하지만 그럼에도 불구하고 세상 모든 남녀들은 예나 지금이나 잘생긴 남자나 예쁜 여자 앞에서 탄성부터 내지른다. 그리고 머릿속에 줄줄이 생각의 고리를 엮는다. 먼저 '저 사람이랑 나랑 잘 될까?' '저렇게 잘생긴 남자라면, 저렇게 예쁜 여자라면 분명 따르는 사람들도 많겠지?' 같은 생각을 하면서 지레 겁을 먹기도 한다. 그런 다음엔 '평범하고 편안한 사람이 최고야. 선남선녀는 요구사항도 많고 까다로울 게 틀림없어!'라며 느닷없이 '여우의 신포도 이론'을 떠올린다. 결국은 남녀 모두 "저런 사람하고 사귀면 피곤해서 안 돼!"라는 편견으로 마침표를 찍는다.

이쯤 되면 잘난 선남선녀들은 억울할 생각이 들 것이다. 발을 떼기도 전에 정중하지만 어쨌든 출입금지를 당한 셈이니 말이다. 하지만 우리는 안다. 선남선녀들은 그것만으로도 충분히 '자뻑'하며 살 수 있는 족속이며, 지금도 어디선가 자신을 외롭게 하는 스스로의 너무 잘생긴(아름다운) 외모를 탓하며 짐짓 슬픈 얼굴로 한탄한다는 것을.

연애 전선에 뛰어든 잘생긴 남자들이 초반에는 선방하다 뒤로 갈수록 뒷심을 잃는 까닭은 그것만이 아니다. 적재적소에 날리는 발랄한 재치가 없다는 것도 한 몫 한다. 통계를 살펴보면, 잘생긴 남자들은 대개 유머 감각이 부족하다. 그래서인지 잘생긴 남자들은 말주변이 좋은 남자들을 친구로 둔다. 얼굴은 별로지만 말발 하나는 끝내주는 남자들이 유사시를 대비해 잘생긴 친구를 곁에 두는 것과 같은 원리다.

이처럼 겉모습이 남녀관계의 모든 것을 좌우하지는 않는다. 언젠가 결혼을 앞둔 한 친구가 우연히 만난 어떤 남자에게 영혼을 빼앗긴 것 같다고 고백해 온 적이 있다. 그런데 그 영혼 도둑을 보자하니 말할 수 없이 초라한 모습을 지닌, 솔직히 겉모습만 보고는 혹할 만한 구석이 뭔지 도통 알 수 없는 사람이었다. 깜짝 놀란 나는 친구에게 어떻게 이런 사람에게 마음을 뺏겼냐고 대놓고 물었다.

그녀의 대답은 "완벽한 약혼자의 모습이 어쩐지 답답했는데……
이 남자는 너무 편하더라"였다. 세상에. 드라마에나 나올 법한 대사
같았지만, 결국 이런 황당한 일은 내 주변에서도 일어나고 있었다.
아무리 봐도 조건이며 외모며 모든 면에서 친구의 약혼자와 뉴 페
이스는 격차가 컸다. 하지만 결정적으로 어느 날 갑자기 나타난 이
못생긴 남자는 지루한 연애 끝에 결혼에 들어서려는 친구에게 '데
이트의 쾌감'을 선사했다. 친구에게 스스럼없이 진심을 보였고 그
녀가 결혼을 앞두고 있다는 죄의식에 빠질 겨를도 없이 빼어난 유
머 감각과 진정성으로 다가섰던 것이다.

이쯤 되면 두 사람의 결말이 궁금해질 것이다. 간단하게 정리하
면, 친구는 잘생긴 외모와 안정적인 조건을 지닌 약혼남을 내팽개
치고 뉴 페이스와 연애를 시작했고 1년 뒤에 헤어졌다. 친구는 그
러고도 끝까지 킹카였던 약혼남과 헤어진 것을 후회하지 않았다.
오히려 제대로 된 연애를 했다는 자신감에 차올라 남녀관계에 한결
진지하고 적극적으로 바뀐 모습을 보여주었다.

못생긴 남자들의 미덕은 역시 성실함이다. 잘생긴 남자들과는
다른 태도. 그럴 수밖에 없는 것이 외모에 자신이 없는 남자들은 여
자의 환심을 사기 위해 갖은 노력을 다한다. 기본적으로 미안함을
깔고 성실한 모습으로 물심양면 노력한다.

하지만 외모에 자신이 없는 남자들이 경제력을 획득하면, 그 순
간 얘기는 달라진다. 남자들은 주머니에 돈이 없으면 성욕마저 줄
어든다는 속설이 있다. 바꿔 말하면, 돈과 자신감은 정비례한다는
것. 돈만 있으면 남자들은 은근슬쩍 허풍도 세지면서 여자를 대할
때도 눈에 띄게 적극적으로 바뀐다는 뜻이다.

고전에서 TV 드라마까지 형식만 다른 수많은 이야기들 속에서

가진 것 없는 초라한 남자가 미녀의 허리를 꿰차는 구조는 너무나 자주 등장한다. 왜 '그런 남자'냐고 묻는다면 미남 미녀의 만남에는 극적인 애절함이 없기 때문일 것이다. 바보 온달이 그랬고, 야수가 그랬고, 〈타이타닉〉에서 디카프리오가 그랬다. 그들의 헌신과 성실함은 미녀들을 감동시키기에 충분했다.

그런데 초라한 자신에 대한 자괴감만으로 그토록 저자세로 노력하고 봉사했을까? 다시 생각해 봐도 아니다. 꾸미고 감추고 잘난 체하지 않는 소박함이 그들의 최대 무기였다. 못생겼더라도 진정성을 갖춘 소박한 남자들에겐 여자들이 먼저 반응한다. 여자는 그를 보며 잘생긴 남자를 봤을 때와 다른 생각의 고리를 엮는다. '편안한 외모니까 다른 여자들과 경쟁할 필요도 덜할 거고 나만 볼 거야. 수더분한 외모만큼 성격도 소탈하겠지' 하고 말이다.

하지만 여기서 하나! 소박한 남자와의 연애가 늘 핑크빛이라는 착각은 금물! 동물의 왕국에 엄연히 존재하는 우성과 열성의 법칙에 따라 앞으로 어떻게 흘러갈지는 관계를 만들어가기 나름이라는 것을 잊지 말자.

못생긴 남자들은 여자들이 자신들 앞에서 설렘을 거둔 대신, 무장해제한 듯 편안함을 느낀다는 것을 안다. 그리고 곧바로 용기를 낸다. 이렇게 얻은 용기는 점점 과감해져서 잘생긴 남자들이 '이놈의 인기는 식을 줄을 모르는구만!' 따위의 나른한 한탄을 늘어놓는 동안, 거침없이 여자들을 향해 사랑의 세레나데를 날리는 것이다. 자자, 이쯤 되면 생각이 조금 달라졌을지도? 잘생기고 지루한 남자와 못생기고 적극적인 남자! 이 둘 중 당신의 취향은 어느 쪽?

Date Tip

잘생긴 남자를 만날 때 잊지 말 것

그 남자의 과거를 묻지 마라 : 꼭 물어봐야 아나? 그의 몸짓, 자주 가던 찻집, 차 안 곳곳을 눈 크게 뜨고 보면 과거의 흔적이 덕지덕지 한 것을. 잘생긴 남자는 상대가 자신에 대해 불안해하고 애태울 거라 생각할 확률이 높기 때문에 굳이 더 부추길 이유가 없다. 무심하게 굴수록 그는 더 다가온다.

세 번에 한 번은 참아라 : 보고 싶을 때, 팔짱 끼고 싶을 때, 필살 애교를 날리고 싶을 때, 먼저 전화하고 싶을 때, 이럴 때마다 먼저 '앵기지' 말 것! 세 번에 한 번은 욕망(?)을 참으며 그를 길들여라. 잘생긴 남자의 약점은 섬세함이 결여된 무심함. 머리를 써서 비싸게 굴수록 그가 더 안달할 것이니.

못생긴 남자 '킹카' 만들기

칭찬은 '폭탄'도 춤추게 한다 : 웃을 때 살짝 퍼지는 보조개, 토라졌을 때 티 안 내려고 꾹 다문 입술, 늘 따뜻한 손, 살가운 스킨십 등 건수가 있을 때마다 칭찬해라. 화사한 색깔의 니트를 입고 오면 '멋있다!'를 연발하며 뽀뽀도 날려줘라. 이미 칭찬은 바보 온달을 장군으로 만들지 않았던가.

잘난 척하지 마라 : 못생긴 그에게 선심이라도 쓰듯 마지못해 '만나주는' 게 아니라면 빼기고 싸가지 없게 굴지 말라. 그래도 가끔씩 밑지는 기분이 치솟는다면 "당신, 정말 못생겼어. 근데 난 자기가 왜 이렇게 좋지?"라고 귀엽게 입 내미는 것까지만!

뱃살의 훈훈함을 즐겨라

권상우, 소지섭, 김종국, 다니엘 헤니 등등, 모두 배를 다스리는 '왕'을 품고 사는 근육맨들이다. 지방이라곤 눈곱만큼도 없을 것 같은 이들의 배는 빨래판으로 써도 좋을 만큼 탄탄해 보인다. 굳이 힘을 주지 않아도 보란 듯 자리 잡고 계시는 이들의 '왕'은 가슴은 더욱 넓어 보이게, 허리는 더욱 잘록해 보이게 만든다. 모든 남자들이 원하는 역삼각형 몸매가 자연스럽게 나오는 것이다.

하지만 이런 배를 바라보는 여자들의 생각은 아마도 다들 비슷할 것이다. '와, 왕(王)자구나!'가 다다. 더 뭐 드는 생각 없냐고 묻는다면 아쉽게도 이게 끝이라고 답해 주겠다.

좀 더 생각을 발전시킨다 해도 "운동 열심히 했나 봐"(25세, 회사원 H양)에서 "음, 힘 좀 쓰겠는걸?"(32세, 은행원 E양) 정도? 이처럼 남자들은 자신의 복근을 자랑스러워하지만 정작 여자들은 생각보다 큰 감동을 받지는 않는다.

물론 남자들이 바라는 대로 '섹시하다!' '멋지다!' '안기고 싶다!' 같은 반응도 당연히 있었다. 하지만 바라는 만큼 많지 않을 뿐이다. 배에 '왕'을 품으려고 남자들은 날마다 세 시간 넘게 땀을 흘리며 벤치프레스를 하고 어금니 꽉 깨물며 덤벨을 들었겠지만, 영리한 여자들은 오로지 건강만을 생각한다면 그렇게까지 하지 않아도 된다는 것을 너무나 잘 알고 있다. 그저 여자들에게 잘 보이고 싶어 얼마나 애썼는지를 인정하는 차원에서 딱 그만큼만 감동해 준다.

근육질의 남자를 좋아하는 여자들은 단순히 그 남자의 복근을 좋아하는 게 아니다. 그 만들기 힘들다는 복근이 배 한복판에 떡 버티고 있다면 온몸 구석구석에 뜻밖의 기쁨을 안겨주는 소소한 근육도 있을 거라는 기대 심리 때문이다. 여자들이 닭다리를 붙인 듯 거대한 근육보다 섬세하게 잘 다듬어진 근육에 더 끌린다는 것을 남자들은 왜 모를까.

근육맨에 대한 여자들 또는 나의 냉정한 시선이 부담스러운 분들을 위해, 그렇다면 근육이라곤 눈 씻고 찾아볼 수 없는, 출렁이는 뱃살을 지닌 남자들에 대해 이야기해 보자.

처음엔 나도 남자들의 뱃살이 싫었다. 미련하게 셔츠 위로 둥그렇게 띠를 두른, 샅바 같은 그 살덩이는 게으름과 나태를 증명하는 결과물이라 믿었기에, 그런 남자들을 혐오하기까지 했다. 날렵한 배와 부지런한 눈빛이 이 시대를 사는 남자라면 당연히 가져야 할 미덕이라고 굳게 믿었다.

그런데 세상이 나를 좌절하게 했다. 일하면서 만난 모든 남자들은 늘 말술을 마시면서도 "요새 부쩍 배가 나와서 말이야!"라는 서푼어치 반성만 늘어놓았다. 당연히 해가 갈수록 그들의 배는 풍선처럼 부풀었다. 바쁘게 일하는 남자, 눈코 뜰 새 없이 하루하루 바쁘게 일하는 남자들은 천형처럼 뱃살을 안고 살아가는 게 당연한지도 모른다며 날씬한 배와 부지런한 눈빛을 포기하기에 이르렀을 때! 나는 깨달았다. 뱃살에도 여러 종류가 있다는 사실을.

술을 많이 마셔서 홀쭉한 가슴 아래로 볼록 튀어나온 배, 스트레스로 위와 장이 부어오른 배, 식탐으로 옆으로 퍼져버린 배, 노화의 징후로 벨트 위로 조금씩 삐져나오는 배 등등 살바에도 원인과 형태가 다양했으며 그 배를 가진 남자들의 태도 또한 놀랄 만큼 다양했다. "남자의 배는 인덕 아니겠어요?"(35세, 직장인 N씨), "이 안에는 그동안 내가 술자리에서 쌓아온 인간관계가 들어 있어요!"(34세, 자영업자 K씨) "운동을 해도 없어지지 않는 걸 보니 곧 서른이 되긴

되나 봐요"(29세, 애니메이터 Y씨)와 같이 유형도 많고 구실도 많았다.

나는 자신의 뱃살에 대해 귀엽다 못해 무한한 애정을 보이는 한 남자를 알고 있다. 매사에 자신감이 넘쳤고 자기 주변에서 일어나는 모든 일에 단연코 앞장서야 직성이 풀리는 과였다.

어느 날 나는 "그렇게 모든 면에 자신이 넘치는 양반이 왜 몸매는 그렇게 방치하는 거요?"라고 물었다. 그러자 "난 내 외모에 불만 없어요. 내가 내 몸에 대해 자조하거나 열등감을 가질 이유도 없잖아요? 평균치에 못 미친다 한들 그 평균치를 무시하면 그뿐이죠"라고 맞받아쳤다. 역시 대단한 자신감이 아닐 수 없다.

그 말을 듣는 순간 나는 망치로 뒤통수를 한 방 얻어맞은 기분이었다. 자기 연민에 휩싸여 콤플렉스를 떨치기 위해 어깨와 가슴을 넓히고 먹물의 농도를 높이듯 서서히 왕 자를 뚜렷하게 만드는 남자들보다 축 늘어져 옷맵시조차 나지 않는 뱃살을 허리띠 삼아 끼고 살면서도 자기애로 똘똘 뭉쳐 있는 사람이 더 건강한 게 아닐까 하는 생각이 들었던 것이다. 근육에 목숨을 걸고 순간순간 자신의 태생적 한계를 극복하느라 피곤하게 살 바에야, 그냥 생긴 대로 뱃살을 껴안고 살면 어떠랴. 단단한 근육질을 통통 튕기며 와락 품에 안기는 여자들도 있지만, 출렁출렁한 뱃살에 머리를 대고 스르륵 잠드는 여자도 많다는 것을 남자들이 기억해 주면 좋으련만.

Date Tip

근육남을 조심해야 하는 세 가지 이유

걷잡을 수 없는 건강염려증 : 온몸이 근육으로 이루어진 남자가 온갖 약을 달고 산다면 그보다 더한 꼴불견은 없을 것이다. 그런데 이런 남자들이 의외로 많다. 중증으로 번지기 전에 어느 쪽으로든 정리하자.

S 라인에 내리꽂히는 시선 : 근육남은 여자의 근육에 시쳇말로 환장한다. 놀라운 탄성을 자아내는 여자들의 다리와 가슴에 남자들은 침을 흘린다. 이럴 때는 다른 거 없다. 버럭! 화를 내는 수밖에.

잔소리, 잔소리, 잔소리 : 운동해라, 살 빼라, 먹지 마라 등의 잔소리가 결코 그의 사랑의 증거가 아니다. 아예 싹도 못 틔우게 말이 나오기가 무섭게 단단히 밟아 넣을 것.

뱃살남이 좋은 세 가지 이유

내 남친은 미식가 : 데이트 때 남녀의 절반은 먹는 데 시간을 보낸다. 맛있는 것을 사랑하는 뱃살남들은 여자친구와 함께하는 맛집 순례를 최고의 기쁨으로 여긴다. 칼로리만 적절히 조절한다면 그보다 좋은 데이트는 없을 터!

가장 푹신한 휴대용 베개 : 뱃살 있는 남자는 허벅지도 두껍거든. 햇볕 좋은 날 공원 벤치에서 그의 허벅지를 베고 누워보라. 잠이 절로 온다. 그 달콤한 졸음은 경험해 본 자만이 알리라.

한 움큼의 여유로움 : 살찐 사람이 느긋한 것은 나도 알고 당신도 아는 사실. 당신이 급하고 불같은 성격의 소유자라면 더더욱 뱃살남이 제격! 가끔은 답답하기도 하겠지만 깐깐한 남자보다야 한결 낫지, 암.

예쁜 손?
우선은
집혀보라

손이 못생긴 남자 **VS** 손이 예쁜 남자

손은 섹시한 느낌을 곧바로 안겨주는 기관은 아니지만, 낮은 온도로 가장 오래 섹시함을 전하는 매력 넘치는 부위다. 가장 좋은 손은 잡았을 때 편안한 느낌을 주는 손인데, 이건 사실 상대에게 느끼는 호감의 정도에 따라 천차만별이다.

마디가 뭉툭하고 손가락이 짧고 굵으며, 쫙 폈는데도 살짝 굽은 듯한 손. 이런 손들은 단순하고 충직하다. 못생겼지만 믿음직하다.

호감이 있어도 잡아보고 싶다는 느낌보다 차라리 팔짱을 끼고 싶게 만드는 그런 손. 이런 손을 지닌 남자는 아쉽게도 그만큼 외모에 대한 호감도도 '평범하다'나 '좋은 인상이다'를 벗어나지 못하는 경우가 많다. 좋게 말하면 남자답고, 다르게 얘기하면 못생긴 손이 그 남자의 매력을 평가절하시키기 때문이다.

사실 내가 좋아하는 손은 깨끗하고 긴 손가락에 손목부터 손등까지의 각도가 단단하고 미끈하며, 손끝은 동그랗고 날씬한 손이다. 힘줄이 너무 튀어나와 부담스러워서도 안 되지만 그렇다고 지나치게 얇아도 안 된다. 무엇보다 내 얼굴을 기꺼이 덮을 만큼 큼지막해야 한다. 길고 매끈한 데다 손가락마저 길어야 하다니. 너무 따지는 것 아니냐고? 맞다. 난 손만큼은 많이 따지는 편이다. 취향인데 당연하지 않은가! 그리고 이런 손을 가진 남자는 의외로 많다. 말하자면 크고 긴 손을 가진 남자인 셈인데, 형태야 조금씩 달라도 메시지는 똑같다. 여자친구의 머릿결을 부드럽게 넘겨줄 것 같은 손, 뭔가를 움켜잡기보다 살짝 쓸어내리는 게 더 어울리는 손, 그 부드러운 손아귀에 살짝 잡혀보고 싶은 그런 손이다.

반대로 투박하고 뭉툭한 손은 모양만으로는 아무런 감흥을 안겨주지 않지만 사실 이건 속속들이 몰라서 하는 말이다. 이런 손이 주는 온기는 두꺼운 오리털 점퍼를 겹쳐 입은 것만큼 황홀하다. 특히 울적한 어떤 날, 이 손에 살짝 잡힐 때의 짜릿함이라니!

손에 집착하는 나도 늘 내가 원하는 형태의 손을 가진 남자만 만난 것은 아니다. 그런 내 기억 속에 가장 강렬하게 남은 남자는 외모와 스타일이 주는 매력에 비해 상대적으로 평범한 손을 가진 남자였다. 어느 날 사귀고 나서 처음으로 그와 다투게 됐다. 차 안은 침묵으로 무겁게 가라앉았고 나는 창밖을 바라보며 말을 삼키고 있었다. 상처와 실망으로 마음이 어지러웠던 그 순간, 단 한 번도 매력적이라고 느낀 적 없던 그의 손이 말없이 내 손을 덮었다. 자칭 '손 마니아'인 내가 보기에 평소 그의 손은 섹시하거나 섬세한 것과는 거리가 먼, '아무리 남자 손이라고 해도 참 투박하군!'이라는 감상 말고는 할 말이 없는 손이었다. 그런 까닭에 나는 묵직하고 뜨겁게 내 손을 덮는 그 손길에 화들짝 놀라지 않을 수 없었다.

그런데 이상했다. 내 심장은 기습 키스라도 당한 것처럼 떨렸고, 그의 손은 갑작스레 다가온 입술처럼 강렬하고 섹시했다. 화해의 몸짓치곤 별스러울 것 없었지만 꼿꼿이 똬리를 틀고 있던 내 오기와 자존심은 그 못생긴 손이 건넨 온기에 스르르 풀려버렸다. 그의 손은 따뜻했고 조심스러웠으며 간절했다. '미안해. 우리 더 이상 싸우지 말자' 같은 말로 달랬다면 과연 그토록 내 가슴이 찌릿했을까. 서걱하고 싸늘한 가슴을 따뜻하게 어루만졌던 그의 손은 아직까지도 내 기억에 최고로 섹시한 손으로 남아 있다.

남자의 가늘고 긴 손가락은 여자의 로망이다. 그 손이 주는 섹시한 떨림은 모성본능을 자극하는 동시에 퇴폐적인 느낌마저 준다. 한 영화에서 잘나가는 킹카로 출연한 모 배우는 자신의 몸에서 가장 섹시한 부위가 어디라고 생각하냐는 질문에 한참을 뜸들이다 "나는 모르겠는데 여자 스태프들은 담배 피울 때 내 손가락이 가장 섹시하다고 하더라" 하고 대답했다. 가만 보니 과연 그럴 법도 했다.

내가 아는 한 '손 마니아'의 말을 빌면, "나는 남자의 가늘고 긴 손이 얼굴을 부드럽게 쓰다듬어주었으면 하면서도, 그 섬세하고 부드러운 손이 머리카락을 거칠게 움켜쥐며 뜨거운 키스를 퍼부어 주었으면 하고 바래!"라고 꿈꾸듯 말했다. 말 그대로 '꿈꾸듯'.

내 후배 중에는 실제로 이런 손을 가진 남자가 있다. 어느 겨울

날, 여럿이 길을 가다 군고구마 파는 아저씨를 만났다. 아저씨에게 달려드는 우리를 쭈뼛거리며 따라오던 그 애는 키득거리며 냠냠 먹고 있는 우리에게 이렇게 말했다. "물수건도 없이 어떻게 그걸 먹어요?" 이 말이 얼마나 재수 없는 코멘트인 줄 그는 당연히 몰랐다. 왜냐면 그는 군고구마를 먹으면서도 너무나 진지한 얼굴로 손톱에 껍질이 낄까 봐 껍질 한 번 깔 때마다 물수건으로 닦는 동작을 되풀이할 남자였기 때문이다. 모양은 너무나 바람직했지만 그런 사고방식은 곤란하지 않은가. 나는 재수 없는 그 사고방식을 바로잡기 위해 모양만 섹시한 그 손을 밧줄로 꽁꽁 묶어버리고만 싶었다.

남자의 손에는 그가 살아온 역사와 세상을 대하는 태도는 물론, 성격까지도 고스란히 담겨 있다. 어느 중견 연극인이 남자의 손에는 그 사람의 과거와 현재, 미래의 모습이 담겨 있다고 말했는데, 나는 이 말을 100퍼센트 믿는다. 그래서 난 아리송한 남자를 해석해야 할 때, 딴엔 복잡하게 이리저리 회로를 꼬아놓고 보란 듯 자신을 포장하고 싶어하는 남자를 만날 때, 필요에 따라 이 남자를 빨리 파악해야 할 때 주저 없이 손의 미학에 모든 직관을 맡기곤 한다. 그 남자의 구체적인 행동이나 말은 기억하지 못하면서도 잡았든 그저 보기만 했든 무조건 그들의 손에서 받았던 느낌을 모두 기억해내는 것이다.

따뜻한 온기를 머금은 못생긴 손도, 섹시한 떨림을 주는 길고 날씬한 손도 일단 그 손아귀에 잡혀보지 않고는 사실 그 느낌을 제대로 알 수 없다. 내 손이 그의 손 안에 폭 안겨봐야 투박한 손이 주는 평온과 섹시한 손이 주는 설렘도 느낄 수 있으니까. 연애할 때 두 남녀의 살가운 마음은 살짝 힘주어 잡은 두 손을 통해 찌릿 흐른다는 걸 잊지 말자.

Date Tip

그 남자의 섬세한 손이 하는 말

눈가나 입술 언저리를 만질 때 : 눈치 채면 안 돼요. 나 지금 거짓말하고 있어요.

엄지로 맞잡은 손등을 가볍게 쓰다듬는다면 : 당신 알아요? 나 지금 당신한테 작업 걸고 있어요.

맞잡은 손에 힘을 줬다 뺐다 할 때 : 말로는 못 하겠는데 나 당신과 키스하고 싶어!

그 남자의 뭉툭한 손이 하는 말

당신의 손을 꼭 잡으며 힘을 줄 때 : 갈 때 가더 라도 지금은 가지 마세요. 자존심 상하니까 보 내도 내가 보내요.

손바닥에 밴 땀을 닦으며 양손을 깍지 낄 때 : 할 말이 있어요. 진지하게 들어줘요.

힘을 빼지 않은 상태로 잡고 있을 때 : 매너 있 게 보이고 싶긴 한데 사실은 불편해.

그 남자의 향을 기억하라

비누 향 나는 남자 **vs** 향수 뿌리는 남자

한 남자가 몸에 지닌 냄새는 너무도 많다. 늘 쓰던 비누로 샤워를 했을 테고 출근길에 달걀과 버터를 바른 토스트를 한 장 먹었을 것이다. 점심엔 해장국 한 사발을 먹었을 거고 오후는 담배 두어 개비에 자판기 커피 몇 잔과 함께 보냈을 것이다. 저녁엔 친구들과 호프집에서 닭다리를 뜯었을지도 모른다.

하지만 집에 들어서는 그 남자에게서 우리가 맡게 될 냄새는 오직 하나다. 말 그대로 그의 냄새, 바로 그것. 음식 냄새와 담배 냄새는 잠깐 앉았다 사라질 뿐, 그의 몸에 가장 오래 남아 우리의 후각을 파고드는 냄새는 온건한 그의 냄새다.

냄새는 여자에게 일종의 사인이다. 여자가 향이 좋은 바디 로션과 스킨 제품도 모자라 향수까지 목 언저리에 뿌리는 것은 내 향기를 오래 기억해 달라는 메시지다. 이렇듯 냄새에 민감한 여자들이 남자의 냄새를 그냥 지나칠 리 없다.

샤워를 막 마친 듯 약간 물기를 머금은 머리카락에 기름기 하나 없이 매끈한 맨 얼굴의 남자는 여자들에게 편안하면서도 이상적인 느낌을 전달한다. 깔끔하면서도 세련된 옷차림, 여기에 상큼한 비누 향을 풍긴다면 앞으로의 관계는 이름을 잘못 부르거나 입냄새를 풍기는 것과 같이 특별한 중죄를 범하지 않는 한 탄탄대로라고 봐도 좋다.

여중을 다니던 사춘기 시절, 나는 테리우스 같은 머릿결을 흩날리며 새하얀 이가 보이도록 활짝 웃고는 깔끔한 비누 향을 폴폴 풍기는 남자가 나타나기를 바라고 또 바랐다. 하지만 앞뒤 좌우에 쫙 깔린 남중과 남고 학생들은 버스만 타면 퀴퀴한 냄새를 풍겼고 그때마다 난 하얗게 질려야 했다.

바람에 살포시 전해지는 향긋한 비누 향은 상대를 사로잡기에 충분하다. 비누 향을 통해 남자는 여자에게 성숙한 여인의 향기를 맡고, 여자는 남자에게 꼬질꼬질함을 벗은 수컷의 상쾌함을 느끼는 것이다. 그래서 엊그제까지 콧물 질질 흘리던 어릴 적 짝꿍으로만 보이던 남자가 상쾌한 비누 향과 함께 왠지 지적이고 말쑥하며 깔끔한 '오빠'처럼 느껴지기도 한다. 새침한 십대 소녀에게 남자의 존재가 무시의 대상에서 동경의 대상으로 옮겨가는 순간이다.

　성인 남자에게 나는 비누 향은 인위적인 향을 싫어하는 고집스러운 순수함을 대표한다. 향이라 해봐야 스킨 잔향 정도인데, 이런 남자라면 피부가 찢어질 듯 당기는 걸 막고자 두어 번 볼에 톡톡 두드릴 뿐이니 스킨 잔향도 부담스럽기만 하겠지. 그들의 샤워는 아주 간단하다. 수분 함량이 높은 바디 제품과 향긋한 샴푸, 고기능 각질 제거제, 상쾌한 향이 오래 가는 샤워 코롱 등을 다 빼고 비누로 머리부터 발끝까지 후다닥 씻고 나오면 끝이니까. 귀찮음과 인위적인 냄새에 대한 반감이 반씩 섞여 만들어낸 결과다. 역시 비누로 뽀뽀 씻어야 제맛이라고 생각하는 단순함도 살짝 섞여 있다. 이런 남자, 딱히 비누가 좋아서라기보다 이질감이 싫어서일 경우가 많다. 그는 겨울철엔 비누가 수분을 모두 빼앗아가는 바람에 팔뚝, 종아리에 각질이 생겨나도 수분 크림이나 바디 로션을 챙기지 않는다. 좀처럼 유턴하지 않는 일방통행과도 같은 우직함, 연애나 사회 생활을 할 때도 천재지변이 일어나지 않는 한 변덕을 부리지 않고 어지간하면 있는 그대로 받아들이는 스타일이다.

　여자들이 몸을 가까이 밀착해야만 겨우 맡을 수 있는 그의 비누 향에 몸을 파르르 떠는 까닭은 이처럼 고집스러운 그 남자의 식물성 때문이다. 군데군데 각질이 일어나는 피부와 뻣뻣한 머릿결 따위는 얼마든지 눈감아줄 수 있다. 그들에게는 곧게 뿌리 내린 나무 같은 믿음직스러움이 있으니까.

이렇듯 식물성 느낌이 강한 비누 향과는 달리 향수는 그의 몸에 쩍 들러붙어 하루 종일 남는다. 길거리에서 우연히 곁을 스칠 때, 자판기 커피를 앞에 두고 회의실에 마주 앉을 때, 그의 차를 탔을 때, 극장에 나란히 앉아 영화 팸플릿을 함께 볼 때, 그의 팔에 내 팔을 끼우고 조금 더 가깝게 그의 어깨 쪽으로 머리를 옮길 때, 살짝 풍기는 향수 냄새는 은근한 설렘을 준다. 그가 누구든 은은히 풍겨 나오는 향수 냄새는 곧 '남자의 매너'를 나타낸다.

남자의 향수는 여자의 매니큐어 매너와 같다. 정리 안 된 손톱에 두껍게 바른 진한 매니큐어가 눈살을 찌푸리게 하듯 향수로 샤워라도 한 양 역하게 풍기는 과한 향은 후각뿐 아니라 식도를 자극해 뱃속을 울렁거리게 하게 마련. 깨끗한 손가락과 손톱에 깔끔하게 발라진 그녀의 손이 자신감과 여성스러움을 동시에 말해 주듯 목덜미에서 풍기는 그의 향수 냄새는 텁텁한 주변 공기를 송두리째 바꿔 놓는다.

유행하는 샌들을 멋스럽게 신었지만 길고 더러운 데다 아무것도 바르지 않은 발톱은 그녀

가 얼마나 게으르고 뻔뻔한지 알 수 있게 한다. 마찬가지로 몸에만 덕지덕지 향수를 뿌리고 차 안엔 퀴퀴한 냄새가 진동하고 있다면 그는 향수를 지저분한 사생활을 감추기 위한 방향제로만 인식하고 있다는 뜻이다. 아무리 향수가 더럽고 추악한 파리의 구석구석을 잊고 싶은 귀부인에게서 시작됐다고 해도, 지금까지 씻지 않은 머리와 숙취에 찌든 입냄새를 감추기 위해 향수를 쓴다는 건 너무 '몰 매너'하지 않나!

이 시대에 향수는 여자는 물론이거니와 남자에게도 취향의 역사다. 조르지오 알마니에서 폴로 스포츠로, 불가리에서 아라미스로 옮겨가는 동안 삶을 대하는 태도나 연애관도 리드미컬한 변화를 겪었을 것이다. 향수를 좋아하는 남자에서 더 나아가 향수를 수집하는 남자를 두고 혀를 차는 시대는 지났다. 땀을 흠뻑 쏟으며 운동한 뒤 빠른 샤워를 마치고 목 언저리와 손목에 향수를 칙칙 두어 번 뿌리고 나타난 남자친구의 향기는 얼마나 근사한가. 클럽에서 한 손에 맥주를 들고 당신에게 다가온 어떤 남자, 무겁고 더운 공기에 섞여 전해지는 그의 섹시한 향기는 그야말로 지루해지려던 당신의 정신을 '후끈' 일깨우지 않던가. 우리 몸은 참으로 오묘해서 각자의 냄새에 비누 향과 향수 향을 더해 자기만의 특별한 향을 뿜어낸다.

남자의 향은 그 어떤 페로몬보다 강력하다. 여자가 그러하듯 남자 역시 이 냄새로 '날 잊으면 안 돼!'라고 말하는 것이다. 내가 나한테 맞는 향수를 찾아낸 뒤로 10여 년이 되도록 절대 향수를 바꾸지 않는 이유도 다 여기에 있다. 우연히 다시 만나도 날 그리워하도록, 여전히 나답다고 상대가 느끼도록 말이다.

당신은 은근하게 다가오는 비누 향과 자기만의 개성을 담아 강하게 두드리는 향수 중 어느 쪽에 더 마음이 움직이는가?

Date Tip

비누 대신 권할 만한 향

시작은 스킨으로 : 향기 자체를 부담스러워하는 남자라면 향이 은은한 스킨 제품을 먼저 권해 본다. 조금씩 길들이면서 당신이 좋아하는 향수를 은근히 권하는 것이 좋다.

유니섹스 향수 추천 : 딩신의 귓불에서 맡은 향을 자신에게서 맡을 수 있다면 향수에 대한 거부감은 말끔히 사라질 것이다. 남녀공용 향수로 공략할 것.

소품에 살짝 칙칙 : 그의 수첩, 지갑 등에 한 두 방울 뿌려주자. 몸에서 나는 냄새에 민감한 남자일수록 소품에서 나는 향기는 자연스럽게 반응한다.

향수 마니아에게 던지는 충고

옷에 뿌리지 마세요 : 향수는 몸에 뿌려 체취와 섞여야 가장 매력적이다. 잘못 뿌리면 옷 자체에 얼룩이 생길 뿐 아니라 산화하면서 역한 냄새를 만들기도 한다는 것을 일러주자.

머리에 뿌리지 마세요 : 혹시 여자들이 머리에 뿌리는 걸 봐서 그런가? 여자들의 펌핑 스팟은 목덜미와 긴 머리카락 중간이라는 걸 몰라서 그런다. 그 남자가 긴 생머리의 소유자라면 모를까 머리에 뿌리면 떡진 머리가 되는 건 시간문제.

그 남자의
등을 유심히
훔쳐보라

등이 슬픈 남자 **VS** 등이 섹시한 남자

우연히 한 남자의 등을 훔쳐본 적이 있다. '훔쳐봤다'는 표현을 쓴 까닭은 그냥 힐끗 보고 말아도 될 것을 그의 등에서 받은 느낌에 사로잡혀 꽤 오랫동안 시선을 거두지 못했기 때문이다.

그의 등은 한마디로 슬펐다. 내가 기억하는 바, 그의 등은 오른쪽보다 왼쪽이 조금 올라간 어깨와 그럭저럭 봐줄 만한 삼두근과 약간의 살집이 붙은 팔, 그리고 뾰족하게 튀어나온 팔꿈치를 양쪽에 달고 있었다. 등 가운데는 척추를 따라 골이 깊게 파여 있었고, 여드름 몇 개와 함께 왼쪽 허리께에 꽤 큰 점이 있었다. 수영을 하다 나온 그는 수건으로 대충 물기를 닦고는 다리를 바닥에 짚고 서서 물을 마시고 있었다. 머리카락 끝에서 떨어지는 물기는 척추를 타고 흐르고 있었다.

묘사대로라면 꽤나 섹시해 보여야 할 그의 등은 그럼에도 슬프기 짝이 없었다. 가슴 펴고 지낸 날이 없었는지 등은 활처럼 굽어 있었고 살점 없이 미끈하게 뻗어 있었지만 세상 모든 것에게 '접근금지!'라도 외치듯 지치고 외로워 보였다.

물을 다 마신 그가 고개를 돌려 이마에 손을 가져다 대며 이쪽을 향해 미소 지었을 때 나는 아무렇지 않은 듯 웃으며 손을 흔들었다. 슬픈 등에 어울리지 않는 그 상쾌한 얼굴이라니. 처음으로 그의 등이 말하는 슬픔과 외로움에 맞닥뜨린 나는 덩달아 슬퍼졌다. '내가 옆에 있어도 당신은 외로운 거야?' '왜 당신 등은 그토록 슬퍼 보이는 거지?'라고 물을 수도 없었다.

등은 무방비다. 눈앞에선 온갖 포커페이스가 가능하지만 등은 그 사람의 진짜 속마음을 고스란히 드러낸다. 감추고 싶어도 감출 수 없는 것이 등이 말하는 감정이다. 따라서 해거름에 "잘 가!"라고 손을 흔들며 집에 가는 길이든 눈물 나는 이별의 순간이든 남자가 절대 뒷모습을 보이지 않으려고 한다면 순순히 안 봐주는 것이 예의다. 가는 모습 보고 가겠다며 극구 등을 떠미는 여자는 겉으론 상냥해 보일지 몰라도 남자 입장에선 썩 내키지 않을 수 있다. 때로 뒷모습은 남자에게 마지막 자존심이기도 한 까닭이다. 나 역시 그날 무심코 봐버린 그의 슬픈 등이 기억 속에서 도무지 지워지지가 않는다. 어떤 남자도 자신의 서글픈 정체성을 여자에게 들키고 싶어하진 않을 터, 그날 나는 그래서 그의 등을 끝내 못 본 척했다.

이렇듯 남자의 등은 많은 말을 한다. 슬프거나 지루한 등도 있고, 재치 있고 섹시한 등도 있다. 남자들이 여자들의 벗은 가슴에 모두 흥분하지 않듯 단단한 역삼각형 모양의 등이라고 모두 섹시하지는 않다.

남자들은 대체로 복근이나 이두와 삼두근, 활배근 등으로 여자들에게 호감을 얻어내려 하지만 사실 여자들은 목선이나 어깨, 등에 더 관심이 많다. 이유는 단순하다. 보이는 부분보다 은밀하게 감추어져 있거나 사지를 연결하는 부위가 더 섹시하기 때문이다. 남자들이 여자의 희고 가는 목선, 금방이라도 꺾일 듯 위태로운 발목, 동그랗고 부드러운 무릎 등에 매료되는 것과 같은 이치다. 등은 연결 부위는 아니지만 사회학적으로 그 남자의 역사를 담고 있다고 봐도 지나치지 않다.

등은 스스로 그 모양을 절대로 다 볼 수 없는 부위인 동시에 남에게 보이기 위한 부분도 아니다. 등만 빼고 우리 몸의 모든 부위는 스스로 가꿀 수도, 감탄할 수도, 반성할 수도 있다. 하지만 등은 누가 봐주지 않으면 판단할 수 없다. 누가 만져주지 않으면 만질 수도 없다. 등을 가만히 쓸어주었을 때 느끼는 안온한 충만감을 아는 남자라면 여자를 외롭게 하지 않을 것이다. 허전하고 쓸쓸할 때 누군가 부드럽게 등을 쓰다듬어만 줘도 터져나오는 눈물 정도는 참을 수 있다.

진짜 섹시한 등은 남에게 보이는 것을 주저하지 않는 등이다. 〈섹스 앤 더 시티〉에서 새침한 샬롯의 마지막 남자가 된 해리가 샬롯에게 내민, 온통 털로 뒤덮인 등을 기억하는지. 이런 등은 섹시하다. "난 당신에게 거리낄 게 없어요. 내 모든 것을 다 보여줄 수 있어요"

라고 말하고 있기 때문에.

　근육이 없어도, 굽고 휘었어도, 여드름이 빽빽하게 장악하고 있
어도, 아토피의 흔적이 군데군데 남아 있어도 당신에게 당당하다면
그것이 바로 가장 섹시한 등이다. 당신에게 기꺼이 등을 보였다면
그가 당신을 만나 세상살이에 자신감을 얻었다는 뜻도 된다. 그러
므로 가능하다면 기꺼이 당신에게 등을 내밀 수 있는 남자와 사랑
에 빠지라.

Date Tip

그 남자의 슬픈 등과 친해지는 방법

쓰다듬어주자 : 그의 등을 가만히 쓸어주자. 백
마디 말보다 훨씬 더 큰 위로가 된다.

안아주자 : 남자도 여자 못지않게 뒤에서 안아
주는 것을 좋아한다. 그가 흠칫 놀라 당신의 팔
을 허겁지겁 풀며 당황할 수도 있다. 하지만 그
건 그렇게 안아준 여자가 당신이 처음이라 그
런 것뿐, 안아줘서 고맙다는 말과 같다.

그 남자의 섹시한 등을 짬하는 방법

흔적을 남겨라 : 남자들의 등은 무방비다. 사우
나에 가서 여러 남자들과 어울릴 때 말고는 공
식적으로 벗을 일이 없다. 그가 좋아서 미치겠
다면 그의 등에 살짝 당신의 손톱자국을 내라.
유의할 것은 손톱 판타지는 있지만 아픈 것은
싫어하니까 살짝, 아주 살짝만 긁을 것.

당신의 등을 가꾸라 : 당신의 뒷모습에 반했다
면 그는 결코 당신을 먼저 떠나지 않는다. 곧고
날렵한 등선을 만들어 그를 유혹하라.

그의
헤어스타일을
존중하라

머리숱이 줄어드는 남자 **VS** 웨이브파마를 한 남자

탈모는 남자들에게 사형선고와 같다. 우스갯소리로 거세 다음
으로 남자들이 두려워하는 것이 탈모라는 말이 있을 정도니까. 삼
십대를 넘기면서 내 주변에는 머리숱이 조금씩 줄어드는 친구와 후
배들이 생기기 시작했다. 야구 모자나 벙거지 모자로 가리면서 졸
지에 스포츠맨이나 예술가 스타일로 급변신을 꾀하기도 하고 아예
머리를 밀어버리기도 한다. 하지만 그 어떤 방법을 쓴다 해도 콤플

렉스를 쉽게 털어내기 어려워 보였다. 적게는 서너 살, 많게는 열 살이나 더 나이 들어 보이는 데다 원하는 헤어스타일 따윈 꿈도 못 꾸게 됐으니까.

내 친구는 애견을 안고 들른 동네 동물병원에서 한 수의사를 알게 됐다. 그가 보여준 친절에 호감을 느낀 친구는 그의 데이트 신청을 받아들였고, 초여름 기운이 넘치던 오월 어느 날, 둘이 함께 드라이브를 가게 되었다.

그날, 친구는 차 안이 덥게 느껴져 에어컨을 켜려고 했다. 그런데이 남자, 감기에 걸려 에어컨 바람이 부담스럽다며 자제해 달라더니 차창을 내리자 이번에는 "밖은 쌀쌀한데……"라고 했다지. 보기엔 멀쩡한데 몸이 좀 약한가 싶어 불편하게 드라이브를 마치고 호젓한 레스토랑으로 식사하러 간 두 사람. 식사를 마치고 차 한 잔을 마시며 본격적인 대화를 시작했는데 이 남자, 정면으로 보지 않고 고개를 꼰 채 곁눈으로 친구를 바라보더란다. 짐작대로 이 남자는 가발을 쓰고 있었다. 겉보기에 그렇게 티가 나던 것은 아니지만 그가 보여준 소심한 태도는 가발을 쓴다는 것보다 더 큰 감점으로 작용했다.

하지만 이건 어디까지나 남자들의 생각이다. 머리숱이 적더라도 옷을 잘 챙겨 입고 세련된 말투와 몸짓을 선보이면 머리숱은 의식되지 않는다. 반대로 머리숱 때문에 좌절한 나머지 꼬질꼬질한 셔츠와 구두로 버티고 있다면 반감도는 급상승! 문제는 머리숱이 아니라 콤플렉스를 극복하려는 남자들의 태도, 다시 말해 자신감의 문제다.

성글어지는 머리숱을 비관하는 대신 남김없이 밀어버리는 것을 선택한 남자는 오히려 섹시하다. 내 친구는 얼마 전 은행에서 형광등 불빛 아래 반짝반짝 빛나는 알머리 은행원에게 첫눈에 반했다고

털어놨다. 머리숱 때문에 삭발을 감행했다는 것은 누가 봐도 알 수 있었다. 하지만 그는 상큼한 웃음과 당당한 태도, 유머 감각을 고루 갖춘 남자였다. "그런데 그 남자, 여자친구 있는 것 같더라, 쩝." 입맛을 다시는 친구의 얼굴에는 아쉬움이 덕지덕지 묻어 있었다.

풍성한 머리숱이 반드시 갖추어야 할 남자의 미덕은 아니다. 〈겨울연가〉를 보며 여자들이 배용준에게 열광했던 까닭은 부드럽게 넘어가는 웨이브 스타일의 머리 때문만은 아니었다. 그가 극중에서 보여준 '준상'이라는 캐릭터가 뜨면서 그가 한 헤어스타일과 패션이 여자의 마음을 사로잡은 것!

남자들은 여자들 짐작보다 훨씬

많은 시간과 노력을 헤어스타일에 투자한다. 여자들이야 마음에 안 들면 자르거나 다른 스타일로 바꾸면 되지만 남자들은 그 짧은 머리카락을 가지고 오만 가지 고민을 다 해야 하니 그야말로 머리 빠질 일이 아닐 수 없다.

내가 아는 한 남자는 아침에 머리 손질이 제대로 안 되면 하루 종일 죽상을 한다. 일할 때도 뿌루퉁하고 소극적으로 바뀐다. 심지어 천하의 달변이었던 그가 회의 도중 말을 더듬기도 한다. "무슨 일이야 어디 아파?"라고 물으면 "아니, 헤어스타일이 마음에 들지 않아서……"라는 놀라운 대답이 돌아온다. 보기엔 이상하기는커녕 평소보다 깔끔하고 단정하기까지 한데 정작 그는 헤어스타일이 후져서 영 집중이 안 된다니. 이렇듯 머리숱과 헤어스타일에 대한 남자들의 유난스러움은 그저 '아, 그렇구나!' 하고 넘어가는 게 현명하다.

특히 군대에 다녀온 남자들 가운데 헤어스타일에 유난히 집착하는 경우가 많은데, 대개 일반화에 대한 거센 저항감 때문이다. 똑같은 길이로 머리를 깎고 도무지 구분 안 되는 국방색 군복을 입고 팬티 색깔마저 똑같은 것을 입고 나란히 김밥 속 단무지처럼 내무반에서 누워 잠드는 날이 되풀이된다고 생각해 보라. 그들에게 군용과 사제의 차이는 머리카락 길이와 다

르지 않다. 말년 병장이 제대 일자를 손꼽으며 거울 앞에서 휘파람을 부는 모습을 신병들은 무참한 심정으로 바라본다. 언제쯤 나도 저렇게 머리 기르고 제대하게 될까 하는 마음. 여자들은 죽었다 깨나도 모르는 절박감이다.

이쯤 되면 멋들어지게 모양 잡힌 남자들의 웨이브 헤어는 단순히 '멋을 내다'의 개념이 아니라 자신의 존재를 부각시키는 행위가 된다. 점점 빠져가는 머리숱이 자신감을 상실하게 한다면 아침마다 한 시간씩 거울 앞에 매달린 결과의 하나로 선택한 웨이브 헤어는 자신의 존재감을 위한 투쟁이라는 것. 아침에 샤워할 때마다 처연해지는 빈모남이나 헤어스타일 때문에 하루를 망치는 웨이브남이나 그들의 고민은 한 가지다. "머리카락은 곧 내 운명!"

Date Tip

빈모남에게 당신이 해줄 수 있는 말

"답답해 보이지 않아서 좋아." : 사실이다. 익숙해지면 듬성듬성 비어 있는 머리숱쯤은 눈에 들어오지도 않는다. 시커먼 김에 기름 발라 소금 뿌린 듯한 느낌을 주는 머리보다야 낫지 않은가. 머리숱은 혼자만의 콤플렉스라는 것을 일깨워주자.

"모자 쓰지 마. 눈빛 왕자가 눈을 가리면 쓰나." : 닭살이 좀 돋겠지만 참아라. 내 남자의 기를 살릴 수만 있다면야 잠시 닭이 되면 어떠리.

"발모제가 정력을 감퇴시킨대." : 치명적이긴 하지만 지나치게 머리숱에 집착하는 남자라면 확인되지 않은 가설을 던져 스스로 헉 하게 하는 수밖에.

웨이브남에게 당신이 해선 안 될 말

"머리가 그게 뭐야?" : 아침에 한 시간 공들인 스타일이다. 촌스럽다며 비웃지 마라.

"머리 자르러 가자." : 머리를 기르는 남자들에게는 '그나마 머리라도 기르는 게 멋져 보인다!' 라는 굳은 신념이 있다. 나만의 삼손에게 가위를 들이대지 말자.

"지저분해 보여." : "조금만 손보면 훨씬 멋있겠는데?"라고 잘 구슬려야지 바로 들이대면 큰일!

그가 하루에 몇 번 손을 씻는지 알아보라

손톱에 때 낀 남자 **VS** 손톱 손질 잘하는 남자

남자의 손톱은 청결함의 상징이다. 메마르고 거칠지언정 손을 잘 씻는 남자는 손톱도 깨끗하다. 나는 이렇게 깨끗한 손이 좋다. 남자들조차 지나치기 쉬운 사실이 있으니, 남자가 여자보다 더욱 손을 자주 씻어야 한다는 것.

여자는 화장실에 가서 볼일을 본 뒤 손을 한 번만 씻고 나오면 된다. 하지만 남자는 볼일 보기 전엔 '그것'을 만지기 위해 한 번 씻

고, 볼일 본 다음엔 '그것'을 만졌으니 또 한 번 씻어야 한다. 첫 번째는 성기를 깨끗하게 관리하기 위한 것이고 두 번째는 말 그대로 깔끔함을 위한 마무리 작업이다. 하지만 안타깝게도 화장실 갈 때마다 번거롭게 두 번씩 손을 씻는 남자는 많지 않다. 그러니 적어도 한 번이라도 손을 씻는다면 그것만으로도 고마워해야 할 지경. 그마저도 하지 않는 남자는 세균성 질환에 몸서리를 치면서도 비뇨기과엔 절대 가지 않는 치기 어린 남자일 것이다.

알고 지내는 지인 K씨는 평소 빼어난 패션 감각으로 여자보다 더 멋지게 옷을 입는 남자다. 패션 업계에서 일하다 보니 벨트 하나, 양말 한 켤레 허투루 입지 않는다. 하지만 이 완벽 코디남에게도 모두가 눈살을 찌푸리는 고질병이 있었으니, 바로 손을 씻지 않는다는 것. 아름다운 옷을 만지고 모델들에게 그 옷을 입히며 구석구석 매무새를 정리해 주는 직업을 가진 그의 손은 작업 도구치고는 너무 더러웠다. 무엇보다 나를 놀라게 한 건 때가 시커멓게 낀 그 손톱! 난 대뜸 "옷만 잘 입으면 뭐 해. 손톱 좀 어떻게 해봐!"라고 말해 버리고 말았다. 그러자 그는 아주 약간 민망해하면서도 아무 일 아니라는 듯 웃어젖혔다.

"손은 일하는 데 쓰는 도구일 뿐이야. 먼지가 산더미처럼 쌓인 피팅 룸에서 일일이 옷을 고르고, 온갖 소품들을 만지다 보면 늘 손이 이래. 큭큭." 나 역시 그냥 웃어버릴 수밖에 없었다. 물론 속으로 '그와는 절대 악수하지 말아야지!' 하고 다짐했지만.

내 생각은 그와 다르다. 남자의 손톱은 비즈니스의 시작이다. 사회생활을 하는 남자에게 더러운 손톱은 삐죽이 삐져나온 코털보다 더 치명적이다. 사업상 중요한 사람들과 딱딱하게 굳은 분위기에서 비즈니스를 하고 있는데 볼펜을 쥔 그 남자의 손톱에 까맣게 때가 껴 있다고 해보자. 제아무리 설득력 있고 조리 있게 이야기한다 해도 과연 신뢰가 갈까. 남자의 더러운 손톱은 먼지 낀 구두와 구겨지고 어깨가 틀어진 슈트, 얼룩진 넥타이를 합해 놓은 듯한 위력을 발휘한다. 왜냐하면 구두와 슈트와 넥타이는 그저 '오늘 아침에 늦잠을 자고 말았어요!' 수준이지만 때 낀 손톱은 '난 청결함에는 관심 없어요!'라고 말하는 것과 같기 때문이다.

손을 안 씻으면 손톱이 더럽고, 더러운 손톱은 상대방에게 불쾌감을 준다. 어쩌다 한 번은 몰라도 늘 손톱이 더러운 남자와는 연애할 생각은 하지도 말 것! 그런 남자는 날마다 샤워는 할지 몰라도 양치질은 심심찮게 빼먹는 남자임에 틀림없다. 당신과 키스하려는 그 순간, 그의 어금니 안쪽에는 어제 먹은 삼겹살 살점이 끼어 있을지도 모를 일.

그렇다고 K씨 같은 남자만 있는 건 아니다. 많은 남자들이 제때 손톱을 깎고 깔끔하게 관리한다. 물론 손톱이 깨끗한 남자를 무조건 청결한 남자라고 공식을 지을 수는 없다. 그 반질반질하고 깔끔한 손톱이 의외로 숨겨진 그 남자의 결벽증을 반증하는 경우도 있으니까.

손톱에 집착하는 남자에는 두 종류가 있다. 결벽증 때문인 경우와 이물감을 못 견디는 경우. 손톱 자라는 것을 못 참는 남자는 머리카락 자라는 것도 못 참는다. 간혹 손톱 밑 속살이 보이도록 짧게 자른 사람들을 볼 수 있는데, 이는 자기 몸에 통제를 가하며 스스로 기뻐하는, 소극적인 반골 기질이라고 봐도 된다. 머리카락이 귀밑으로 조금만 내려와도 거추장스럽다며 바로 미용실로 달려가는 남자들도 자신의 통제를 벗어난 이물감을 못 견뎌 그러는 거다.

깎은 지 사흘이 지나는 순간 '오늘 저녁엔 꼭 손톱을 깎아야지'라는 생각에 사로잡혀버리는 남자를 우리는 결벽증으로 여기지만 사실 당신에겐 큰 영향을 미치지 않는다. 손톱에만 유독 결벽을 떠는 남자라면 말이다. 손톱이며 눈썹이며 방안 먼지까지 세심하게 관리 감독하는 남자라면 몰라도 깨끗한 손톱에만 집착하는 남자라면 머리를 쓰다듬어 마땅한 선행이다.

"어디 봐봐, 이 사이에 고춧가루가 끼었네?"라며 생각해 준답시고 더럽고 새까만 손톱을 들이대는 남자보단 낫잖아? 과장이라고? 천만의 말씀. 얼마든지 가능한 얘기다. 남자들은 여자와 사랑에 빠지면 가능한 모든 일들, 가능한 모든 순간마다 자신의 손을 당신 가까이에 두고 싶어한다. 손을 잡는 것은 물론이고 당신의 얼굴을 쓰다듬고, 머리결을 훑고, 바람을 후 불어주기 위해 당신의 턱을 잡아당기고, 눈곱을 떼어준다. 모두 그의 손이 하는 일이고, 당신의 피부에 가장 자주 다가오는 것은 손보다 손톱이다.

손톱이 잘 정돈돼 있다는 사실만으로 그가 결벽증이라고 볼 순 없다. 그저 자신의 몸을 청결히 하는 기특한 행위일 뿐이다. 손톱이 깨끗한 남자는 발톱도 깨끗하고 발톱이 깨끗한 남자는 자주 씻는 남자다. 자주 씻는 남자는 정리정돈을 잘한다는 뜻이고 정리정돈을 생활화하는 사람은 세심한 계획 아래 변화를 도모하면 도모했지, 느닷없이 사고를 치거나 삶의 행로에서 벗어나지 않는다. 한마디로 이성적이고 합리적인 남자라는 뜻이다.

단, 이런 남자가 어느 날 몹시 더러운 손톱을 하고 나타났다면 그의 눈동자를 살펴보라. 모든 것을 예상가능한 예측치를 갖고 움직여온 그에게 뜻밖의 혼란이 찾아왔다는 얘기이므로, 위로가 필요한지 격려가 필요한지 빨리 파악해야 한다.

그러니 이왕 연애할 거라면 손톱이 깨끗한 남자를 만나라. 이런 남자는 필요 이상의 격정으로 당신을 흔들어놓고는 어느새 꽁무니를 내빼는 몹쓸 짓을 할 확률이 적다. 혹시 아나? 당신들의 데이트 코스에 함께 네일 케어를 받는 날이 추가될지. 너무 잦으면 곤란하겠지만 예쁘잖아. 어쩌다 기분전환 삼아 손톱 손질 받으러 가는 커플!

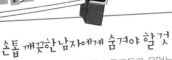

손톱이 더러운 남자를 위한 극약 처방

휴대용 비누 : 책상 위든 그의 가방 속이든 보이는 곳에 두면 손을 씻고 싶어질지도. 무엇보다 변화는 그 시도가 중요하다.

사계절용 장갑 : 손을 깨끗이 씻고 다니든지 장갑을 끼든지 고르라고 세게 나가볼까?

절대 손을 잡지 마라 : 조금 잔인하지만 그가 깨끗해질 수만 있다면 약간의 시련기는 잘 넘길 수 있지 않을까!

손톱 깨끗한 남자에게 숨겨야 할 것

매니큐어 벗겨진 내 손톱 : 두고두고 욕먹는다. 관리 못하겠으면 아예 바르지 말아라.

차 안에 떨어진 내 머리카락 : 결벽증 유무를 판단하는 가장 좋은 근거는 역시 '털'에 대한 반응! 그는 내가 좌석에 떨어뜨린 머리카락을 보면 분명 인상부터 쓸 것이다.

얼룩진 흰옷 : 뭐라도 먹다 흘린 자국을 보면 그는 끌끌 혀를 차며 비웃을 것이다. "왜 그렇게 칠칠치 못하니?"

허벅지와 종아리의 매력을 놓치지 마라

허벅지가 튼튼한 남자 **VS** 종아리가 예쁜 남자

　남자들이 예쁜 여자를 보면 저도 모르게 다가가고 싶어지듯 여자도 섹시한 남자에게 끌린다. 여자들마다 남자의 특정 부위에 느끼는 섹시함의 정도와 집착은 천차만별. 대개 남자들이 여자의 가슴과 엉덩이에 성적 흥분을 느낀다면, 여자들은 주로 남자의 허벅지와 엉덩이, 또는 종아리와 발목에서 뭔가를 느낀다.

　허벅지가 탄탄한 남자만 보면 곧장 "내 스타일이야!"를 부르짖는 회사원인 서른 살 K양. 그녀의 말에 따르면 남자의 허벅지는 인간이 직립보행을 하면서 가장 두드러지게 발달한 부위란다. 사냥을 위해 창을 들고 너른 들판과 숲속을 거침없이 달려야 했으니 허벅지 근육이 단련될 수밖에 없다는 것. 즉 남자의 허벅지는 생존을 위해 단련된 부위이자 남성미를 상징하는 가장 섹시한 부위라는 얘기다.

남자의 허벅지가 얼마나 발달했는가는 엉덩이 모양에도 큰 영향을 미친다. 허벅지가 두꺼운 남자일수록 엉덩이도 발달한 경우가 많으며, 이 경우의 엉덩이는 단순히 '크고 잘빠졌다'가 아니라 '탄력 있고 힘이 세 보인다'로 구체화된다.

그렇다면 단단하고 잘빠진 허벅지에 여자들은 왜 이토록 열광하는 것일까. 이유는 간단하다. 처지지 않고 탱탱한 엉덩이와 두껍고 단단한 허벅지는 섹스에 대한 기대 심리를 증폭시켜 주기 때문이다.

그렇다고 이 땅의 모든 여자들이 남자의 허벅지에 눈이 뒤집힌다는 말은 아니니 오해는 말기를. 성에 대한 관심이 많고 건강한 섹스를 통해 남자 몸에 관심이 생긴 여자라면 누구나 한번쯤 남자의 탄력 있고 단단한 허벅지에 관심을 갖게 된다는 정도의 뜻일 뿐이다.

남자의 잘 빠진 몸매를 보고 싫어할 여자는 없다. 그중 허벅지는 특히 성적 매력을 극대화시킨다. 그에 반해 종아리는 섹시함과는 거리가 멀다. 앞서 말한 대로 멋진 허벅지를 가진 사람이라면 꾸준한 운동으로 힘줄이 툭 불거지고 잘 그을린 종아리도 갖고 있을 것이다. 하지만 근육보다 군더더기 없는 라인이 먼저 눈에 띄는 종아리라면 어떨까? "뭐야? 남자 종아리가 뭐 저래?" 하고 콧방귀를 뀌게 될까?

카피라이터 J양은 스물다섯 살에 시작된 종아리 사랑이 10년이 다 되어간다. "헐렁한 반바지를 입고 날씬하고 긴 발가락에 깔끔한 샌들을 신었는데, 그 위로 매끈한 종아리가 보이면 난 아주 짧은 10초

동안 그와 사랑에 빠지는 상상을 해요." 과연 J양과 같이 종아리에 열광하는 여자들의 심정은 무엇일까. 의외로 간단하게 정리할 수 있다. 허벅지에 집착하는 여자들이 "저 남자랑 자고 싶어!" 또는 "저 남자에게 안기고 싶어!"와 같이 즉각적인 반응을 보인다면, 매끈하게 잘 빠진 종아리에 눈독 들이는 여자들은 "저 남자랑 사귀고 싶어!" "저 남자랑 달콤한 데이트를 하고 싶어!"와 같이 감성적인 반응을 드러낸다.

대개의 아시아 사람들이 그러하듯, 한국인도 허리가 길고 다리가 짧다. 다리 길이는 종아리에서 판가름 난다. 제 아무리 발육 상태가 서구화되고 있다고 해도 아직까지 한국 남녀의 종아리 길이는 평균 미만이다. 남자의 종아리가 매력적이기 위한 필요조건은 일단 길어야 한다는 것. 그러면서 심하게 얇아서도 안 된다. 스커트에 하이힐을 신은 여자보다 더 가느다란 종아리는 보는 사람마저도 힘 빠지게 만드니까.

여자들이 열광하는 매끈한 종아리란 허벅지 길이와 비례한 알맞은 길이에 불거나오려다 수줍은 듯 살짝만 드러나는 근육이 있으면서 곧아야 한다. 피부가 너무 희지 않고 적당히 그을려 있다면 금상첨화! 그러니 이 얼마나 어려운 주문이겠냐고. 그런데도 이 어렵고

힘든 조건을 굳이 내세우는 여자들이 많다는 것은 남자 허벅지가 주는 즉각적인 섹시함 말고도 섬세하고 예민한 감성 또한 바라고 있다는 뜻이다.

남자들은 다른 온갖 부위에는 다 신경을 쓰면서도 종아리에는 무관심하다. 특별한 관리 없이 그 자체로 멋진 종아리에 여자는 더욱 아찔함을 느낀다는 것을 모르는 까닭일 터. 굵고 단단한 허벅지가 '굿 섹스'에 대한 판타지를 선사한다면, 곧고 늘씬한 종아리는 세련되고 자상한 성격을 지닌 남자에 대한 기대, 즉 '굿 데이트'에 대한 판타지를 준다. 좀 더 줄여서 말하자면, 허벅지는 섹스, 종아리는 연애에 대한 기대심리를 자극한다.

종아리가 잘 빠진 남자는 어쩐지 끈적거리지 않은 재치로 하루 종일 나를 즐겁게 해줄 것만 같고, 적재적소에 드러내는 다정함으로 짜릿한 감동을 줄 것만 같다. 매끈한 종아리에 샌들을 신었지만 결코 신사의 매너를 저버리지 않을 것 같은 유연함! 한마디로 세련된 도시남의 이미지다. 설령 그가 밀짚모자에 검게 그을린 피부라고 해도 단단하고 잘 빠진 종아리는 어딘지 모를 안도감과 신뢰를

전하는 것이다. 같은 이치로 제아무리 댄디한 스타일로 치장했다고 해도 야구공 하나를 박아놓은 듯한 종아리는 두 번 볼 것도 없이 아웃이다.

잘 단련되어 튼튼하고 건강한 허벅지에 길고 곧으면서도 매끈한 종아리를 가진 남자는 정녕 없는 것일까.

왜 없겠나. 잘 보면 사방팔방에 널려 있을 것이다. 하지만 그들을 찾기 전에 먼저 깨달아야 할 것 하나. 그런 남자들로 하여금 당신이 지금 그를 유혹하고 있다는 것을 깨닫게 할 만큼 당당하고 매력적인 여자가 되어야 한다는 것!

Date Tip

그 남자의 허벅지에 숨겨진 함정

타고난 섹스 머신? : 꼭 그렇지는 않다. 여자가 가슴이 빵빵하고 허리가 잘록하다고 침대에서 뛰어난 테크닉을 지닌 것이 아니듯, 섹시한 허벅지가 모든 걸 해결해 주지는 않는 법.

건강에는 자신 있다? : 철마다 감기를 달고 살고, 온갖 알레르기는 다 갖고 있는 남자도 허벅지 하나는 튼튼하더라. 모든 것이 다 그렇듯 겉보기와는 다른 사연이 있다.

남자답다? : 남자답다는 말을 강인하고 긍정적이고 적극적인 성격을 뜻하는 말로 쓰고 있다면 이제 생각을 바꿔라. 몸의 발육 상태가 성격을 보여주지는 않는다.

그 남자의 종아리에 숨겨진 함정

타고난 멋쟁이? : 기본 몸매만 제대로라면 여름에 티셔츠만 걸쳐도 한결 옷태가 난다. 잘 빠진 종아리가 돋보이는 여름을 보낸 뒤, 다른 계절에도 여전히 돋보이리란 보장은 없다.

깔끔쟁이? : 종아리 아래로 드러난 복사뼈를 유심히 살필 것. 허옇게 각질이 일고 발톱마저 까맣게 때 낀 남자가 얼마나 많은데!

바람둥이? : 대부분은 맞다. 왜냐하면 종아리를 드러내는 반바지를 입을 줄 아는 남자는 그렇지 않은 남자보다 사고방식이 자유롭다. 일단 '여자를 잘 이해하는 남자' 정도로만 생각할 것. 무조건 편견을 갖고 놓치면 아깝잖아.

키, 포기할 땐 과감히 접어라

키 큰 남자 VS 키 작은 남자

대한민국 남자의 평균 신장은 173.6센티미터다. 평균치는 해마다 2~3밀리미터씩 올라가고 있다. 하지만 실제로 173.6센티미터의 키를 가진 남자와 데이트를 하게 되면 여자들은 대개 '키가 작네?'라고 생각하겠지. 역시 평균치란 언제나 기대치보다 한참 밑돌게 마련이다.

어쨌든 남자의 키는 여자들에게 가장 관심 있는 부분이자, 마지막까지 포기할 수 없는 가장 중요한 이슈다. 그래서 여자들은 남자의 평균 신장이야 어찌 됐든 180센티미터를 훌쩍 넘는 '기럭지'를 원한다. 큰 키는 균형감 있게 잘빠진 몸매를 더욱 돋보이게 해주고, 관리가 소홀한 몸매를 보완해 준다. 다시 말해 키가 크면 디테일한 부분이 기대에 못 미쳐도 용서가 된다는 얘기다. 이게 여자들이 남자들의 키에 대해 갖는 엄격한 잣대다.

A양의 첫 남자친구는 키가 195센티미터였다. 두 사람의 키 차이는 무려 40센티미터로, 함께 걸어가는 모습을 뒤에서 보면 '고목나무에 매미'라는 표현 말고는 달리 떠오르는 말이 없었다. 버스를 탈 때나 직접 운전을 할 때도 약간의 불편을 감수해야 할 정도로 장신이었던 그녀의 남자친구는 아담한 키를 가진 A양을 '귀여워'했고, 그녀는 고개를 확 꺾어 올려다봐야 하는 그를 '자랑스러워'했다.

하지만 오랜 연애 끝에 둘은 헤어졌다. 이후 A양은 190센티미터가 안 되는 남자는 쳐다보지도 않는 몹쓸 병에 걸렸다. 그녀, 아직까지도 "남자가 적어도 185센티미터는 돼야지"라고 완강히 고집을 피우며 몇 년째 허벅지만 찌르고 있다. 그녀에게 어필했던 남자가 없었을 리 없다. 귀여운 외모에 성격 좋은 그녀에게 숱하게 남자들이 사랑의 화살을 쏘아댔지만 끝내 키의 장벽을 넘지 못했다.

세상 모든 여자가 그렇지는 않겠지만 남자의 키에 집착하는 여자는 남자의 외모나 그 어떤 조건보다 키에 유독 강하게 집착한다. 왜일까. 남녀의 연애가 서로의 옆에 서거나 앉는 것으로 시작된다고 치자. 남의 시선을 즐기는 여자들에게 '이 남자가 나랑 얼마나 잘 어울리는가'는 굉장히 중요한 부분이다. 잘생기고 못생기고, 근육질이고 물렁살이고를 떠나서 '키는 크고 봐야 한다'는 것이 첫 번째이자 가장 마지막 연애의 조건이 되는 것도 다 그런 까닭이다.

그런데 키 큰 남자가 그렇게 맹목적인 사랑을 받을 만큼 불가항력의 매력을 가졌냐 하면 꼭 그렇지 않다는 말씀. 키가 크면 같은 옷을 입어도, 비슷한 외모를 가졌어도 훨씬 멋져 보이긴 한다. 하지만 이걸 아셔야지. 당신들이 그토록 열광하는 '기럭지' 말인데, 대한민국 남자들 치고 키 크다고 '롱 다리'인 경우는 별로 없다는 말씀! 그리고 키 큰 사람이 작은 사람보다 훨씬 인내심이 부족하고 사회 적응력이 약하다는 건 이미 연구 결과로 나와 있다. 키 큰 남자를 비난할 생각은 눈곱만큼도 없지만 키 큰 남자에게 보내는 여자들의 무조건적인 찬양은 이제 좀 바로잡아야 한다. 나는 키 작은 남자에게서 볼 수 있는 의외의 남자다움을 알려주고 싶다.

A양과 달리 다행히도 나는 남자의 키엔 별 비중을 두지 않는 편이다. "좋은 성격을 가졌는데 키도 크네?" "깐깐한 성격에 키도 작네?" 정도의 기준을 둘 뿐, 키가 남자를 가르는 절대 기준은 아니라는 얘기다. 그런데 이건 있더라. 키가 큰 남자는 그 자체로 큰 점수를 먹고 들어가는 반면 작은 남자는 상대적으로 점수를 잃고 들어간다.

때문에 키 작은 남자는 경쟁심이 강하고 야심도 만만치 않다. 연애를 할 때 키 작은 남자들이 성격이나 매너 부분에서 키 큰 남자보다 입체적으로 두드러지는 것은 이 때문이다. 그들은 여자에게 더 많은 사랑을 표현하고, 더 열과 성을 다한다. 그녀가 '내 여자다' 싶게 사정권 안에 들어오면 소유욕을 여실히 드러낸다. 그렇게 작은 키 때문에 초반에 잃었던 점수를 만회하고 자신의 남성성을 끊임없이 강조하면서 연애를 리드해 나간다. 연애의 지속도 면에서 도 키 큰 남자 커플과 키 작은 남자 커플 중 후자가 더 오래 간다. 왜냐, 연애란 기본적으로 남자가 얼마나 여자에게 헌신하는가에 달렸기 때문이다. 제아무리 남자는 쭉쭉, 여자는 빵빵한 커플도 남자가 더 오래 붙들지 않으면 오래 못 간다. 여자의 외모와 상관없이(심지어 빼어난 미모의 여자도) 왜소한 남자와 커플을 이룬 쪽은 언뜻 보기에 별로 잘 어울리지 않아 초반엔 위태롭다가도 상당히 오랫동안 관계를 지속시키는 경우가 많다.

후배 S양은 173센티미터의 장신이다. 반면 그녀의 남자친구는 어지간한 여자들만 한, 한눈에 확 들어오는 단신이었다. 남자 쪽의 엄청난 구애를 받아들여 연애를 시작한 S양도 처음엔 "다 좋은데 키가 너무 작아서……"라고 노골적으로 아쉬움을 드러냈다. 하지만 남자는 헌신하고 여자는 공주처럼 굴던 둘의 관계는 시간이 지나면서 점점 바뀌었다. 그는 S양에게 당당했고 S양은 그에게 안절부절못했다. 미녀인 S양이 키 작은 남자에게 매달린다니. 내 머릿속엔 그림이 잘 그려지지 않았다. 이런 내게 그녀는 "내가 그 앞에서 제멋대로 행동하고 튕기는 동안 그는 싫단 표정 한 번 없이 내 뜻을 다 받아주더니 날 다루는 방법을 터득했더라. 누굴 만나도 이 사람만큼 날 잘 아는 남잔 없을 거야"라며 얼마 전 그와 결혼했다.

연애의 역학이란 게 그렇다. 초반에 남자에게 '내가 널 만나줄게'라는 태도를 취하면 막판엔 역습을 당하게 돼 있다. 키가 작은 것이 남자의 원죄라도 되는 양 오만하게 잘난 척하다간 나중에 큰 코 다친다.

어려서부터 키가 작다는 이유로 받은 놀림과 사회에서 겪은 부당한 대우(입사시험이나 첫인상) 때문에 와신상담해 온 그에게 연애는 가장 마음대로 되지 않는 일이자, 한편으론 오히려 그 때문에라도 꼭 이뤄내고야 말겠다고 주먹을 불끈 쥐게 만드는 마지막 '골'이다. 그들도 안다. 작은 키가 연애에 얼마나 핸디캡으로 작용하는

지를. 원래 가진 사람은 방만하고 못 가진 사람은 노력하고 기를 쓰게 돼 있다. 키 작은 남자가 연애에서 성공하는 이유는 바로 이 때문이다. 애정을 쏟아붓는 그들의 은근과 끈기는 한 여자를 감복시키고 남는다. 초반에 튕겼다고 나중까지 잘난 체하다간 나중에 "키도 작은 놈에게 차였어"라며 제 발등 찧을 소릴 하게 될 날이 올지니. 키 작은 남자를 무시하지도, 자극하지도 말 것.

여자는 결국 더 많이 사랑해 주는 남자를 택하게 돼 있다. 처음엔 조인성의 쭉 뻗은 다리에 눈을 반짝이다가도 결국 김제동의 따뜻한 마음씨와 꾸준한 애정에 감복하고 마는 건 이 때문이다. 조인성의 키와 김제동의 따뜻하고 재치 있는 마음씀이까지 겸비한 남자를 찾는 것이 급선무되겠다. 그러니 여자들, 무조건 키 큰 남자는 되고, 키 작은 남자는 젖히고 보는 못된 습성은 좀 버려다오.

Date Tip

그 남자, 큰 키에도 불구하고 NG

다리가 짧다 : 나랑 청바지를 같이 입는다. 앉은 키가 너무 커서 영화 볼 때마다 뒷사람에게 미안하다.

얼굴이 크다 : 얼굴이 키의 10센티미터를 먹고 들어간다. 목 아래로는 나와 별 차이가 없다.

발이 작다 : 발이 작다는 건 균형감에선 꽝이라는 얘기. 자주 넘어지고 병치레할 가능성이 짙다.

그 남자, 작은 키에도 불구하고 OK

패션감각이 뛰어나다 : 작은 키를 커버하는 멋진 센스를 지녔다. 이젠 키가 작은지도 잘 모르겠다.

피부가 좋다 : 나보다 더 뽀얗고 건강한 피부를 가졌다. 키 작으면 어때. 얼굴만 보고 있으면 내가 다 기분이 좋아진다.

남자답다 : 어깨높이는 나랑 비슷한데도 이 남자랑 같이 있으면 든든하다.

PART 3

진짜
'조건 좋은' 남자
선별하는 법

그의 인간관계를 들여다보라 | 10년 뒤 남자의 꿈을 물어라 | 퇴근하고 뭘 하는지 체크하라 | 그가 가진 콤플렉스를 파악하라 | 그 남자의 재테크 노하우를 살펴보라 | 원하는 선물을 콕 찍어 말하라 | 그의 자동차가 그와 어울리는지 보라 | 계속 얻어먹지도, 계속 사주지도 말라 | 아버지와 엄마, 어느 편인지 읽어라 | 그가 나고 자란 배경을 받아들여라

그의 인간관계를 들여다보라

직장 동료들과 잘 노는 남자 **VS** 불알친구들과 잘 노는 남자

남자들은 나를 이해하는 인간이냐 아니냐를 살펴 관계를 맺는다. 나를 알아주고 믿어주는 사람과 그렇지 않은 사람, 내게 언제나 단단한 가슴을 보여주는 사람과 언제라도 등을 돌릴 수 있을 사람으로 세분화된다. 친구, 학교 및 직장 선후배, 사회에서 만난 동료와 상사 등 다양한 동지이자 라이벌과 한 발씩 묶고 결승선을 향해 달리는 2인 3각 달리기처럼 호흡을 맞춰 살아간다. 남자에게 사

회생활은 동지이자 라이벌인 다른 남자들과 끊임없이 부딪히며 성숙해 가는 과정이다.

잘 노는 사람이 일도 잘한다고 했다. 나는 이 말을 반은 믿고 반은 믿지 않는다. 밖에서 잘 노는 사람이 안에선 움츠리고 지내는 경우도 봤고, 일 잘하는 사람이 통 사람들과 어울리지 못하는 모습도 봤다. 그런데 이거 하난 확실하다. 직장에서 잘 놀고 두루 관계가 좋은 사람은 남보다 빠르면 빨랐지 적어도 뒤처지는 일은 없다는 것. 성격이 좋은 남자가 성공한다는 뜻이냐고 묻는다면 다음 예시를 참고할 것. 원만하고 좋은 성격은 '성공할 것 같은 남자의 조건' 중 59위 정도에나 랭크돼 있을 터. 다음은 직장상사 두 명이 나누는 대화다.

김 차장 : 저기 저 한 대리가 매일 야근을 밥 먹듯 해서 별명이 '한 경비원'이라며? 참 열심히 하는군.

오 과장 : 네. 그런데 남들이 하루면 끝낼 일을 사흘째 붙잡고 있어요. 다른 사람들이 남긴 일처리를 혼자 떠안느라 늦어지는 것도 있지만 워낙 둔해요. 그런데 성격이 아주 원만하고 착해요.

김 차장 : 그렇군. 그런데 한 대리 이름이 뭐지?

아까 그 두 사람이 또다시 만나 나눈 대화.

오 과장 : 차장님. 어제 노래방에서 시계 잃어버리셨다면서요?

김 차장 : 찾았네. 박 대리가 술 마시면 시계 푸는 내 습관을 알고 보관하고 있었다는군.

오 과장 : 아아, 그랬군요. 박 대리가 어제 회식 자리에 있던 사람들

을 하나씩 동영상으로 찍어서 메일로 보냈더라구요. 정말
재미있습니다. 차장님도 꼭 보세요.

　　김 차장 : 그 친구, 오늘 PT 준비하느라 밤새웠을 텐데? 껄껄. 볼수
　　　　록 재밌는 친구야.

　문제 나간다. 김 차장과 오 과장이 차기 프로젝트 매니저로 누구
를 지목하게 될까? 그렇다, 박 대리다. '성격 좋은 직원'과 '볼수록
재밌는 직원'의 명백한 차이다. 성격 좋은 한 대리는 오전 PT 때 몇
가지 안건을 내놓기도 했지만 두 상사는 그를 기억하지 못한다. 그
에 반해 박 대리의 재기발랄함은 어떻고? 딴엔 얄미울 수도 있겠지
만 누가 박 대리에게 돌을 던지랴? 못 하는 게 바보다. 두 상사는
한 대리는 보지 못하고, 박 대리는 보고 또 본다. 왜? 착한 짓이 아
니라 눈에 쏙 들게 예쁜 짓만 골라 하니까! 계산하지 않는 순수함
은 직장생활에선 대부분 큰 영향력을 발휘하지 못하는 무용지물이
다. 더군다나 남자들의 정글에서 순수함으로 승부한다는 것은 지나
가던 개가 웃을 일이다.

　직장 동료들과 잘 어울리는 사람이란 말은 정치적으로 그만큼
탄력적이고 노회하게 군다는 뜻이다. 성공을 위해 야심을 가진 남
자라면 남들보다 공격적으로 상하좌우를 살펴야 한다. 이것이 남자
들이 직장생활을 시작하며 몸에 익히는 일종의 자기관리다. 똑같은
실수를 했을 경우 한 대리가 "또 자넨가?" 소리를 듣는 반면, 박 대
리는 "무슨 안 좋은 일이라도?"라는 반응을 불러오는 이유다.

　하지만 한 대리에게도 '내 편'은 있다. 고등학교 땐 꼬치에 소주,
대학 땐 통닭에 생맥주, 제대하고 나서는 과일에 양주를 함께 마셔
온 오랜 친구들이다. 회사에서 번번이 박 대리랑 비교되는 건 열받

지만 그가 생각해도 박 대리는 영리하고 셈이 빠르다. 그는 '도무지 박 대리를 따라잡을 수 없다'고 생각한다. 아니 그럴 필요조차 못 느낀다. 두 사람은 입사 동기인데 입사 성적은 한 대리가 훨씬 높았다. 하지만 한 대리는 방심했고 박 대리는 이를 악물었다는 차이가 있었던 것.

회사 생각만 하면 골이 지끈지끈한 한 대리는 친구들을 만나 어릴 적 옆집 살던 첫사랑 얘기부터 일찍 결혼한 친구의 신혼생활 얘기에, 요즘 인기 있는 드라마 얘기까지 고르게 나누며 한 잔 술에 하루의 피로를 털어내는 게 가장 큰 낙이다. 쓴 소주를 목에 털어넣으며 '박 대리, 넌 이런 친구들 있어? 이렇게 허심탄회한 술 한 잔이 너한텐 있어?'라고 마음으로 크게 한 방 날려주는 것, 그만이 갖고 있는 은밀한 쾌감이다. 하지만 이건 혼자만의 착각이자, 자위일 뿐인데 어쩌나.

친구가 많은 것은 분명 축복이다. 하지만 상황에 따라 친구보다 회사 동료와 더 가깝게 지내야 할 때가 분명히 있다. 동고동락한 동아리 선배보다 깐깐한 회사 상사와 음식점에 가서 상사의 웃옷에 고기 냄새가 배지 않도록 자신의 웃옷으로 조심스레 감아야 하는 순간이 더 많아진다. 여자가 보기엔 '배알도 없나? 웬 아부야?' 싶은 일들을 남자는 아무렇지 않게 해낸다. 더한 일도 서슴지 않는다. 왜? 성공하기 위해서다. 회사 동료와 상사에게 인정받아야 일에 대한 업무 능력을 내보일 수 있고, 능력을 인정받으면 일할 맛이 생기며, 하루하루 바쁘게 돌아가는 정글 속에서 양과 질 양쪽에서 성장할 수 있다. 그 와중에 어릴 적부터 뒹굴며 지내온 불알친구에게만 속을 터놓고 정글 속 투사들과 소통하지 않는 것은 미안하지만 이미 패배자란 말씀.

더불어 회사가 위기에 빠졌을 때, 어느 쪽으로 튈지 짐작조차 안 되는 사람이 한 대리 같은 유형이다. 그러니 더욱 싫을 수밖에. 그는 열망과 욕심은 많으나 자신감과 배짱이 없다. 남들이 하는 일의 '따까리'를 묵묵히 할 만큼 성실하지만 어디서부터 어떻게 해야 할지 몰라 늘 고전한다. 그는 성격이 좋은 것이 아니라 자신의 무능을 들킬까 봐 전전긍긍하며 웃었을 뿐이다.

좀처럼 새로운 것에 적응하지 못하고, 섣부른 패기를 무기로 도전을 꿈꾸지만 결정적인 순간에 나중으로 미루며, 익숙하고 낡은 것에만 집착한다. 혹시 당신, 이런 남자를 만나고 있나? 미래가 안 보이는 이런 남자를?

Date Tip

직장 내 인간관계로 본 그 남자

단짝 동기 위주 : 한번 사귀면 오래가는 장점은 있으나 단짝 관계에 금이 가면 독야청청해야 한다는 치명적인 단점이 있음.

후배들 위주 : 고집 세고 리더십이 강한 스타일. 모든 일이 본인 위주로 돌아가야 직성이 풀린다.

선배들 위주 : 눈치가 빠르고 야심도 커서 상사와 선배들의 비위를 잘 맞춘다. 하지만 동기나 후배들에게 인심을 잃기 쉬워 주변에 사람이 별로 없을 수 있다.

친구들과 노는 곳으로 본 그 남자

대학 친구들과 노래방에서 : 직장생활의 애로사항을 가장 잘 이해하는 친구들이며 사회생활을 하며 즐기는 문화를 공유할 수 있다.

동네 친구들과 포장마차에서 : 굳이 시간 내서 약속 잡을 필요 없이 집 근처에서 가볍게 소주 한 잔 나눈다. 두루두루 가벼운 대화를 나누기에 딱 좋다.

고등학교 친구들과 호프집에서 : 위로와 격려, 응원과 충고가 오가는 자리. 치기 어린 다툼도 일어나지만 "친구야, 너 땜에 산다!" 식의 결연한 우정도 왕왕 보여준다.

114

10년 뒤 남자의 꿈을 물어라

당신의 남자가 사회생활을 시작한 지 3년쯤 되는 나이라면 가장 빛나면서도 힘든 시기를 겪고 있다는 것을 알아줘야 한다. 성공에 대한 나름의 청사진을 만들어 미친 듯이 일에 매진하는 격동기를 건너고 있기 때문이다. 그는 아마도 사회생활에 어느 정도는 노련해지고 일에도 자신이 붙었을 것이다. 직장 내 인간관계 역시 불편한 사람들과 자기 말에 사심 없이 웃어주는 사람들로 어느 정도

구분을 하고 있을 것이다. 당신의 남자는 지금 불투명한 미래와 성공에 대한 열망으로 불안과 자신감 사이를 오가고 있다.

비슷한 시작점에서 출발해도 일에 유난히 진지하고 열심인 남자들이 있다. 그는 비슷한 무리 가운데서도 빛을 발하는 유능하고 독보적인 '파이터'다. 입사한 뒤에 오히려 숨겨져 있던 재능과 적성이 불꽃놀이처럼 화려하게 발현되는 경우다. 이런 남자는 곁에서 바라보는 동료들을 불편하게 한다. 그들은 그 남자가 인간관계와 유연한 사회생활에 필요한 숨고르기를 전혀 모른다고 생각한다. 이렇게 그를 비난하는 마음속에는 질투와 시샘이 숨어 있다.

당신의 남자가 지나치게 일에 몰두한다고 생각해 '일 중독자'라고 몰아붙여선 안 된다. 그는 적어도 자기가 하고 있는 일에 순도 높은 애정을 가진 남자다. 남자치고 성공에 대한 욕망이 없는 남자는 없다. 하루하루 때우듯 살아가는 무기력한 남자보다 얼마나 생동감 있고 당당한가! 일에 지나치게 매달리느라 당신에게 소홀하다는 투정은 그 다음 문제다.

먼저 당신은 당신의 남자가 사회생활에 빨리 적응하고 그 과정들을 하나하나 힘차게 극복해 나가고 있다는 것에 대견하고 자랑스러운 마음부터 가져야 한다. 회사에 나와 하는 일 하나 없이 빈둥빈둥 수다나 떨고 남 뒷얘기나 하는 사람에 비해 재수 없는 야심가라 불리는 당신의 남자는 제대로 살고 있는 거다. 그래, 모난 돌이 정 맞는 수가 있다. 하지만 당신의 남자는 정 맞는 것을 별로 두려워하지 않을 것이다. 그는 이미 일 안 하고 놀러 오는 직장 동료를 먼저 무시하고 있을 테니까.

그는 업무와 관련된 일이라면 무엇이든 스펀지처럼 빨아들인다. 그에게는 일밖에 모르는 우직함이 있다. 이런 남자는 스스로에게 쏟아지는 비난을 참는 데 도가 텄다. 일일이 반응하기 시작하면 일에 대한 집중도가 흐트러지기 때문이다.

아는 후배 중에 새 직장 하난 기가 막히게 잘 들어가는 K군이 있었다. 수틀린다 싶으면 언제든 미련 없이 다니던 회사를 때려치웠다. 퇴사할 땐 함께 일하던 선배와 동료들을 깡그리 무시하고 냉정하게 정을 뗀다. 그러고는 한 달 정도 자리를 알아보다 귀신같이 새 일터에 출근한다. 그곳도 슬슬 질릴 즈음이면 이번엔 회사에 다니면서 다른 직장을 알아본 뒤 며칠 동안 연락 두절한 채 '잠수'를 타면서 다른 회사로 옮겨간다. 그의 행태는 선배들 사이에 돌고 돌면서 후배의 몸값은 떨어졌다.

어느 날, 이 후배가 공부하러 미국에 간다며 나를 찾아왔다. 그는 여기저기 하도 쑤시고 다녔더니 자신을 받아주는 데가 없다면서, 완전히 풀이 죽어 있었다. 왜 한곳에 오래 뿌리내리지 못하고 싫증

을 내는지 물어봤다. "솔직히 전 이 일에 그다지 미련이 없어요. 월급만 받아서 생활이 보장되면 그뿐이거든요. 아무 생각 없이 하기엔 편의점 아르바이트가 딱인데 그건 밤낮이 바뀌어서 안 되고, 프리랜서 작가는 생활 보장이 안 되잖아요. 그래서 배운 게 도둑질이라고 이 일을 했지만 큰 메리트는 없어요. 돈 벌어서 내가 하고 싶은 디자인이나 더 배우고 싶어요."

나는 돈 벌어서 다른 일을 할 요량이면 굳이 스스로에 대한 비난을 참아가면서까지 왜 이 일을 했느냐고, 남들이 다 널 욕하는 것 알면서 왜 진작 떠나지 않았냐고 묻지 않았다. 굳이 대답을 듣지 않아도 알 것 같았다. 그는 불안했던 거다. '배운 게 도둑질'이니 이도 저도 안 되면 계속 이 일을 해야 할지도 모른다는 불안감. 그러니 홀홀 털고 일어설 용기는 나지 않고, 쉽게 싫증을 내는 성격 탓에 본의 아니게 여기저기서 욕도 얻어먹게 된 거다.

세상은 이렇듯 철새처럼 가볍게 둥지를 털어내는 남자를 반기지 않는다. 제아무리 개인의 목적이 있다고 해도 진심이 있는 남자라면 의리까지 저버리지는 않는다. 철새 같은 남자는 떠난 자리에 손톱만큼의 온기도 남지 않는 법, 이런 남자에게 세상은 박정하다.

철새는 바람을 따라 미련 없이 둥지를 버린다. 끊임없이 궁둥이를 들썩거리며 자리를 옮길 궁리를 하는 남자는 다른 곳에 가서도 뿌리를 내리지 못한다. 가끔 이렇게 얘기하는 남자들을 종종 본다. "지금 하는 일은 내 인생에서 별 의미 없이 하는 일이구요. 정말 하고 싶은 일은 다른 거예요. 나중에 돈 벌면 제대로 한번 해보려구요." 이보셔. 나중에 언제 돈을 벌 것이며, 돈을 벌었다 한들 세월이 당신을 기다려줄까? 아무 의미 없이 하는 일이라고 대수롭지 않게 하는 말 속에는 그 일이 자신과 맞지 않는 부끄러운 일이라는 자조가 도사리고 있다. 왜 남자들은 무슨 일이든 열심히 하는 게 매력적이라는 진리를 모르는 것일까.

남자들, 이것밖에 못하고 있는 현실이 불만이라면 궁둥이 들썩거리지 말고 그 안에서 '쇼부'를 쳐라. 나중에 돈 벌어서 뭐 하겠다는 씨도 안 먹힐 소리는 집어치우고 말이지. 거듭 얘기하지만 남자의 '나중에'는 '기약할 수 없는 먼 미래'라는 뜻이래두! 툭하면 회사를 그만두겠다고 입버릇처럼 얘기하는 남자라면 연애에서도 실수를 반복할 때마다 오만 가지 변명을 늘어놓으며 스스로를 합리화할 것이다. 책임감이라곤 약에 쓰려 해도 없는 남자다. 이런 남자, 만나지 마라.

Date Tip

10년 뒤 성공할 남자

내 앞에서 긴장을 푸는 남자 : 회사에선 일 때문에 잔뜩 긴장하다가 나를 만나면 환하게 웃으며 "너 보니까 살 것 같아!"라고 말하는 남자.

회사 동료들을 칭찬하는 남자 : 덩달아 어깨가 으쓱 솟는다. 이 남자, 오늘따라 더 멋있어 보인다.

회사 얘기 잘 안 하는 남자 : 회사일로 요새 힘든 것 같은데도 회사나 상사에 대한 불평 불만은 절대 꺼내지 않는 남자. 믿음직하다.

평생 꿈만 꿀 남자

자기 입으로 '능력 있다'고 말하는 남자 : 여기저기 옮겨 다닐 줄만 알았지, 진득하게 회사로부터 인정받는 모습을 못 봤다.

회사 욕을 달고 사는 남자 : 입사할 땐 뛸 듯이 좋아하다가 이틀 뒤면 "사람들이 이상하다"며 투덜대는 그 남자. 한심하다.

언제나 피곤한 남자 : 회사일 때문에 너무 바쁘다며 어깨가 축 늘어진 그 남자. 일을 제대로 안 하니까 성취감이 주는 기쁨을 맛볼 틈이 없는 거지.

퇴근하고 뭘 하는지 체크하라

우리 주변 남자들은 정말 열심히 산다. 그들은 교복과 학사모를 집어던지자마자 아니면 그 전부터 일찌감치 생활인이 된다. 그들은 세상이 만만치 않다는 것을 잽싸게 알아차리고는 부지런하고 영리하게 세상을 뚫고 나간다. 여유를 잃어버린 자리에 '해야 할 일'이 빼곡히 공간을 채운다. 나는 너무 빨리 조로해 버리는 남자들이 안타깝다. 내용물이 훤히 들여다보이는 차갑고 매끈한 유리병

같다. 오죽하면 이 사회가 남자들에게 한 템포 쉬어가라는 캠페인까지 벌이고 있겠는가.

낭만과 향기가 없는 남자처럼 재미없는 건 없다. 일찍부터 낭만을 버려버리면 삶의 질은 팍팍해진다. 이런 면에서 보면 대한민국 남자들, 참 불쌍하다.

내가 다니던 회사들은 도서 구입과 체력 단련, 학원 수강 등 자기계발을 적극 권장했다. 그때마다 나는 몇 권의 책을 사거나 피트니스 센터에 등록했지만 오래 가지 못했다. 대신 이 과정에서 재미있는 사실을 발견했다. 끈기나 본전 욕심, 자기계발에 대한 집념 등 모든 면의 비율을 따져보면 여자보다 남자가 훨씬 부지런하게 끝까지 매달린다는 것.

남자들은 왜 학교 다닐 땐 여자 엉덩이와 머릿결, 이해할 수 없는 거친 장난 등으로 시간을 다 보내고는 머리 빠지고 뱃살 튀어나오기 시작하는 이십대 후반부터 '공부'에 그토록 진지해지는지 잘 모르겠다. 지적 탐구심도 그쯤 되면 아인슈타인 감이다. 뭘 하겠다고 결정하면 사전조사부터 시작해 워밍업을 하고 풍부한 이론을 쌓는다. 이론 쌓기는 남자들의 장기다. 취미인지 금메달 도전이 목적인지 구분되지 않을 만큼 열심히 빠지더니 나중엔 자기계발 자체에 집착하느라 머리가 더 빠진다며 울상을 짓는다.

공부에 왕도가 어딨냐고? 나도 그렇게 생각한다. 그 나이라고 해서 결코 늦은 건 아니지만 남자들은 너무 지나치게 "이때가 아니면 도약할 수 없어!"라고 조바심을 낸다. 그러다 보니 지나친 열정이 때로는 역효과를 낳기도 한다.

그들의 '지금이 아니면' 마인드는 그뿐이 아니다. 사십대 후반부터 오십대에 접어들면 로맨스에 열광한다. 이 시기를 넘어서면 자기 인생의 로맨스도 끝이라고 생각한다. 열심히 앞만 보고 사느라 마른 논바닥처럼 메마르게 달려온 자신의 삶을 늙은 사자처럼 통탄하며, 섹스와 연애가 아닌, 열정과 사랑을 열렬히 원하게 된다. 남자로서 성적 매력을 잃어가는 시점에서 온 마음을 다해 불사르는 로맨스에 대한 열정은 보기에 안쓰러울 정도다.

운동도 마찬가지다. 마침 여자는 운동하지 않는 남자보다 운동하는 남자를 훨씬 좋아한다. 하지만 운동 자체에 질질 끌려다니며 다른 자기계발의 기회를 놓치는 일은 안타깝다. '여자에게 잘 보이는 것'이 운동을 하는 가장 이상적인 이유가 될지는 몰라도 앞서 말했듯이 여자들이 근육을 그다지 잘 봐주지 않는 걸 보면 어딘가 잘못된 열정은 아닌지 남자들, 한 번쯤 점검해야 한다.

운동이나 어학은 그렇다 치고 스스로를 위한 것도, 보는 누군가를 위한 것도 아니면서 집중도로 따지면 단연 최고봉인 것은 바로 게임이다. 눈을 모니터에 박은 채 꼼짝도 하지 않고 오로지 손가락만 맹렬히 움직이면서 밤을 꼴딱 새우는 남자들에게 나는 제발 한 시간이라도 운동장에 나가 당신들이 그렇게 좋아하는 축구를 하라고 등을 떠밀고 싶다.

더 한심한 경우는 허구한 날 술 마시느라 이것도 저것도 못 하는 남자들이다. 주변을 돌아보면 가볍게나마 술 한 잔씩 걸치고 하루를 마감하는 남자들은 널리고 널렸다. 다음 날 문제가 되지 않는 범위에서, 스트레스를 쌓아두는 것보다 해소하는 것이 낫다는 측면에서 생각하면 게임보다 건강하긴 하다.

하지만 입 꾹 닫고 흥분한 얼굴로 마우스 클릭에 여념이 없는 인터넷 게임과 밤마다 주종과 상대를 바꿔가며 마시는 술은 그들의 영혼을 갉아먹는다. 읽지 않은 채 쌓아두는 책, 머릿속에 아무것도 남기지 않은 채 학원 문을 나서는 어학원, 근육만 혹사시키는 하루 세 시간의 운동이 여유 있고 발전적인 삶으로 이어지지 않는다면 그게 다 무슨 소용이랴. 이것들은 자기계발이 아니다. 낭만이 없으면 재미가 없고, 영혼이 없으면 섬뜩하다.

그렇게 맹렬히 전속력으로 달려가지 않아도 인생, 잘 살 수 있다. 경주마는 양 옆을 볼 수 없도록 되어 있다. 무조건 앞만 보고 달려야 속력을 낼 수 있기 때문이다. 남자들, 뒤처지지 않고 싶은가? 아니면 빼어나고 싶은가? 전자라면 포용력과 담력을 먼저 키우고 후자라면 퇴사해 본격적으로 한 우물을 파라. 옆을 보는 법을 잃은 경주마처럼 그 나이에 맞는 낭만과 여유까지 잃고 세상에서 가장 재미없는 남자가 되기 전에.

Date Tip

절대 말리고픈 자기계발 세 가지

여자가 많은 곳만! : 강남의 잘 나가는 어학원, 물 좋다는 피트니스 센터, 파리지앵 미녀 선생이 가르친다는 제빵 학원 등 젯밥이만 관심 있는 거니?

미친 듯 매달리기 : 취미와 여가, 자기계발 단계에서 그치길! 목표치를 정해 놓고 도달하지 못하면 좌절하는 남자, 보기에 딱하다.

한 달 넘게 하는 게 없다 : 뭘 하든 금세 싫증을 내버리고 새로운 학원이나 종목에 도전하는 남자, 돈이 남아도삼?

함께 하고픈 자기계발 세 가지

요가와 밸리 댄스 : 요가는 호흡과 스트레칭으로 이뤄져 있어 함께 호흡하며 동작을 맞추다 보면 건강한 긴장감이 형성된다. 밸리 댄스도 마찬가지. 음주와 흡연으로 흐트러진 그의 건강도 좋아질뿐더러 당신들의 밤은 한결 뜨거워질 것이다.

해양 운동 : 시간과 장비 등 수고스럽지만 함께 물에서 스릴을 만끽하고 난 뒤의 짜릿함이란!

각종 캠페인 : 일주일에 한 번 고아원에 찾아가 아이들에게 책 읽어주고, 양로원에 가서 할머니 할아버지 등 밀어드리고 오면 천국 갈 확률이 더 높다. 둘이 함께 가면 좋잖아!

그가 가진
콤플렉스를
파악하라

슈퍼맨 콤플렉스를 가진 남자 **VS** 셔터맨 콤플렉스를 가진 남자

남자는 두 종류로 나뉜다. 오빠와 오빠가 아닌 남자. 여자에게 '오빠'는 핏줄과 성씨를 나눈 가족의 의미이기도 하고, 팔짱을 끼고 영화를 보다가 어느새 살며시 키스를 나눌 수 있는 연인의 의미이기도 하다.

자기가 뭐든 할 수 있다고 믿고, 그래야 한다고 생각하는 남자들의 슈퍼맨 증후군은 그 상대, 즉 여자가 부추긴다. 다시 말해, 원래

갖고 있던 '강한 남자'에 대한 열망은 여자 때문에 더 구체화되다 결국 강박증으로 발전한다는 뜻이다. 부드럽고 말캉한 가슴을 팔에 연신 부벼대며 '오빠아, 오빠아~'를 읊어대는 연인에게 남자가 못 해줄 것이 무엇이랴. 그는 밤 12시 강남대로에서 웃통을 벗어 저고리를 휘날리며 택시를 잡아주고, 몸살 걸려 꼼짝 못 하는 신세인데 불닭이 먹고 싶다는 그녀의 주문에 한걸음에 불닭을 이고 날아온다. 그녀가 원하는데 불가능이 어디 있어? 실망할 그녀의 얼굴은 상상만 해도 호환 마마보다 끔찍한걸. 남자는 무조건 그녀를 웃게 하고 싶고, 그녀에게 자신의 위력을 알리고 싶고, 나아가 자신의 사랑을 증명하고 싶다.

연인이 아니어도 그는 웬만한 여자 앞에서라면 무조건 잘 보이고 싶다. 이미 만취해 몸에서 피 대신 알코올이 둥둥 흘러다니는 것 같아도 "이 대리님~ 흑기사 좀 해주세요!"라는 한마디가 들리면 "하하하. 삼순 씬 보기보다 술이 약하군요" 하고 여유롭게 웃으며 그녀의 폭탄주 잔을 싹 비워낸다. 그녀가 술에 취해 토악질이라도 하고 있다면 눈으론 그녀의 실팍한 허벅지와 가슴골을 훑으면서도 어떻게 하면 멋져 보일까를 궁리하며 눈에 잔뜩 걱정을 담아 묻는다. "집이 어디세요? 택시 잡아줄게요." 이 대목에서 기사도 정신과 헷갈리지 마시라. 기사도가 있는 남자라면 이미 술 깨는 약을 들고 있거나 말없이 등을 두드려주니까.

하지만 이 정도는 애교다. 우리는 모두 이성에게 조금씩은 잘 보이고 싶잖아. 남자의 진짜 슈퍼맨 콤플렉스는 이성관계가 아니라 일상에서 나타난다. 그것도 아주 다양하고 구체적으로! 남자들은 전날 술에 떡이 돼서 새벽 귀가를 해도 아침에 조깅한 뒤 출근하고 싶고, 입사 동기와 비교되는 것 자체를 불쾌해하며, 스틱과 오토,

승용차와 트럭 가리지 않고
바퀴 달린 모든 것엔 능숙해야 하
고, 적어도 자신은 인터넷에 댓글
다는 찌질이들과는 차원이 다른
성숙하고 지적인 동물이라고 믿는
다. 그들은 건강과 업무 능력, 기호
와 취향, 사고력 등 모든 면에서 대상 없
는 누군가와 경쟁을 한다. 비교당하는 것을 누구보다
싫어하면서도 끊임없이 마음속으로는 헬스 트레이너의 가슴팍을
훔쳐보고, 운전하다 길을 몰라도 절대 묻는 법이 없으며, 남들이 눈
치 채지 못하게 다양한 닉네임으로 포털 사이트에 "님하, 생각하는
수준이 그것밖에 안 되삼?"이나 "에잇, 한심한 인생들!" 따위의 글
을 남긴다.

슈퍼맨 콤플렉스를 가진 남자들의 특성은 "나는 날 수 있다!"는
대책 없는 착각과 금방 들통 날 허망한 자신감. 하지만 불행히도 현
실에서 슈퍼맨의 망토는 존재하지 않는다. 오빠! 오빠가 아니어도

각국 정상들이 온난화와 핵 문제를 고민하며 지구를 지키고 있어. 솔직해지자, 오빠! 오빠는 말로는 국제 정서를 논하면서도 사실은 야근을 피할 방책과 섹스와 최근 시작된 탈모에 대한 고민으로 머릿속이 가득하지 않나?

그렇다면 두 부류 남자 중에 '오빠가 아닌 남자'는 누굴까? 이것 참 더럽고 치사하지만 "언니의 능력을 믿습니다!" 를 외치며 아무것도, 정말 아무것도 하지 않는 남자다. 능력 있는 여자를 교주처럼 떠받들 며 여자 덕 좀 보려는 속셈으로 똘똘 뭉친, 이른바 '셔터맨 콤플렉스'를 갖고 있는 남자들이다.

K선배는 온 세상이 다 알 만큼 불꽃 같은 연애를 했다. 그들의 사랑은 쇳덩 이도 녹일 수 있을 만큼 뜨거웠다. 눈 속에 연인의 얼굴을 담고 다니며 찬가 를 부르던 선배 앞에 미모는 연인만 못 하지만 엄청난 재력을 갖춘 묘령의 여 인이 나타났다. 데면데면 지내던 두 사 람은 조금씩 가까워졌다. 그 선배는 잠 시 방황하다 결국은 아름다운 그녀와 이별하고 두 달 만에 (여자가 보기에) 명품으로 휘감은 것 말고는 눈에 들어 오는 매력이 딱히 없던 그 여인과 결혼 했다. 그리고 시간이 한참 흐른 뒤 선배 는 이렇게 말했다. "내가 사랑했던 여

자는 J(옛 연인)밖에 없었다. 하지만 후회하지 않는다. 돈 때문에 J를 외면한 것은 사실이고 용서받지 못할 거 알아." 그래서 뭐가 어쨌다는 건데? 현재 선배는 안락한 백수다. 원하던 것을 가진 그는 행복할까? 글쎄다.

그렇다고 우리, 여자 덕에 편하게 살고 싶어하는 남자를 양심 없다 욕하진 말자. 욕하려거든 "일이고 뭐고 남편이 벌어다주는 돈으로 소파에 누워 홈쇼핑이나 보면서 살고 싶어" 식의 말을 입 밖에 꺼내지 말든가. 여자들도 돈 많은 남자 만나 속 편하게 살고 싶은 게 사실이잖아. 그건 또다른 얘기라고? 아니, 하나도 다를 거 없다. 내가 경제적인 여유가 있기 때문에 좀 '있는' 남자여야 서로 신경 안 쓰이고 편하게 살 수 있다는 마인드는 환영한다. "내가 웬만큼 갖췄으니 가난한 넌 몸만 와!"라고 남자에게 주문할 정도의 배포라면 박수쳐 주겠다.

문제는 여자 덕 보려는 남자 자체가 아니다. 적어도 여자는 노리는 남자의 수준에 따라 메이크업 하기, 살림 솜씨 연마하기 등의 노력을 한다. 그런데 남자는 굴러들어 오기만을 바랄 뿐 아무런 노력도 하지 않는 것이다. 여자들이 흥분해야 하는 건 바로 이 지점이다.

이른바 '골드 미스'인 친구 C양은 요새 성가시고 기가 막혀 죽을 지경이다. 들어오는 선 자리가 죄다 극상과 극하를 오가고 있기 때문. 나이 많고 성적 매력이라곤 눈곱만큼도 없는 돈 많은 실업가나, 머리 빠져가는 의사이거나 아직 장가를 못 간 이유는 딱 하나 '여자 고르느라'인 초특급 왕자님이었다. 번번이 진을 빼던 그녀는 "맞선을 포기하고 요새 뉴 페이스들을 알게 됐는데 죄다 변변치 않은 데다 세계관도 맞지 않아" 하며 툴툴댔다. 이어지는 그녀의 말. "애, 근데 더 웃기는 건 뭔지 아니? 걔들은 내 명함을 받는 순간부터 눈빛이 달라져. '심봤다'는 얼굴이랄까. 지들이 들이대면 여자들은 다 넘어갈 줄 아나 봐. 골드 미스? 그런 말 누가 만든 거니? 기분만 더럽게!"

셔터맨 콤플렉스를 가진 남자가 모르는 것이 있다. 능력 있는 여자들은 당차고 드세기 때문에 사랑엔 능숙치 않아서 조금만 건드려 줘도 넘어올 것이라는 믿음은 명백한 착각임을. 그녀들은 겉이 단단한 만큼 속도 잘 열리지 않는다. 당신의 검은 속에 상처받고 돌아서는 골드 미스의 마음, 오빠들이 알아?

Date Tip

그 남자의 슈퍼맨 콤플렉스

병원 가느니 죽는다 : 몸살로 편도선이 쩍쩍 갈라져도 약 안 먹고 버틴다.

모르는 게 없다 : 민간요법부터 자동차 내부까지 모든 것을 다 아는 척한다.

덮어놓고 우긴다 : "그럴걸?"이라고 말하는 법이 없다. "내 말이 맞다니까"라고만 한다.

그 남자의 셔터맨 콤플렉스

당신의 지출에 예민하다 : 당신의 씀씀이에 따라 자신의 미래가 달라진다고 믿는다.

헌신적이다 : 애교면 애교, 힘쓸 일이면 힘쓸 일 등 마님 따르는 돌쇠처럼 헌신한다.

자신에 대해 비관적이다 : '되는 일이 없다'며 비굴하게 나온다.

그 남자의 재테크 노하우를 살펴보라

'어떻게 살아갈 것인가'는 남자들에게 너무나 중요한 이슈다. 살아갈 방향과 태도는 미래에 대한 투자로 연결된다. 아무리 '또순이'가 알찬 재테크 실력을 자랑해도 이십대 후반부터 삼십대 중반까지 이른바 청장년기의 남자를 따라갈 수 없다. 미래 계획 가운데 거의 대부분을 차지하는 재테크에 한해서 남자는 몹시 진지하고 절박한 플랜을 세우기 때문이다. 그는 결혼과 함께 가족을 부양해야 하고, 성공을 도모하기 위해 걱정 없는 가계가 뒷받침돼야 한다고 생각한다. 고로 그들은 핏대 세우며 은행 상담을 하고 친구들과 모여 돈 얘기를 한다. 이십대 중반이 넘으면 돈은 그 자체로 남자의 가장 좋은 파트너이자 친구가 된다.

몇 년 전 주식으로 재테크를 해보겠다며 그쪽 '선수'로 꼽히는 선배와 수다를 떨었던 적이 있다. 이런저런 얘기 끝에 선배는 "부동산이다 뭐다 해서 여자들이 재테크 선수 같지만, 사실은 남자들이 여자들보다 질적으로 우수한 재테크 기술 보유자들이다"고 단정했다. 이유는 남자들이 자신의 호주머니를 절대 전부 보여주지 않는다는 것, 마치 카드 게임을 하듯 한 패씩 열어가며 투자의 재미를 알아간다는 것이다. 실패와 이득 모두 계산에 넣기 때문에 한 번의 투자 실패로 기가 죽지 않으며, 끊임없이 도전 의식을 드높이기 때문에 결국 질 좋은 정보와 기량을 갖게 된다는 얘기다.

당신의 남자친구가 송두리째 휴지 조각이 될지도 모를 위험한 일에 적지 않은 돈과 열정을 주저 없이 밀어넣는다고 해도 걱정할 필요 없다. 겉으로 보기엔 무모해 보이지만 손해 볼 일은 절대 하지 않으니까. 남자들은 배팅을 좋아하는 습성과 함께 스스로 정해놓은 기준치를 넘기지 않는 성향을 동시에 가졌다. 그러니까 욕망과 통제를 동시에 조절한다는 얘기다. 결혼 전 혼자서 통장 관리를 할 땐 친구들 만나 술값 계산하느라 돈을 썼다손 쳐도 정신 차리면 그 돈이 모두 통장으로 들어간다. 계절마다 스타일 바꾸랴, 지름신 내릴 때 지르랴, 노화 방지하랴 돈 들어갈 데 많은 여자들과 다르다.

결혼을 하고 나면 다시 남자는 두 부류로 나뉜다. 가족을 위해 더욱 매진하거나 아내만 믿고서는 용기 낸답시고 목돈을 홀랑 날리거나.

투자를 하며 목덜미에 가볍게 흐르는 전율을 그 남자가 얼마나 즐기는지 당신은 모른다. 남자는 그 전율 하나만으로도 '만에 하나 날린대도 큰 지장 없을' 투자를 하는 거다. 그들은 무슨 일이든 놀이처럼 하고 싶어하거든. 재미가 없으면 금세 싫증을 느끼며 집중하지 못하는 존재들이다. 투자도 마찬가지다. 본능과 자기 확신만으로 목돈을 투자하는 남자들에게 호들갑 떨며 잔소리하지 말자. 그들은 투자할 때 손해에 대한 위기관리를 모두 계산해 놓는다. 몰랐나? 여자보다 남자가 훨씬 셈이 빠르고 정확하다는 것을.

34세의 직장인인 후배 B는 결혼을 앞두고 고민에 빠졌다. 연봉 4천만 원 말고도 아르바이트까지 마다하지 않으며 착실하게 적금을 부어 1억 5천만 원을 모은 그는 대출을 받으면 서울 외곽의 조그만 아파트를 살 수 있다는 기대에 부풀었다. 부모님 도움은 받고 싶지 않았으므로 예산은 빠듯했지만 스스로를 무척 대견해했다. 문제는 예비 신부의 태도였다. 아파트는 공동 명의로 해야 하고, 혼수는 살면서 하나씩 장만하자는 조건을 내건 것이었다. 더구나 가격이 턱없이 안 맞는데도 무슨 수를 써서라도 신혼 집은 친정 근처에 구하자고 우기는 통에, 요새는 만나서 웃으며 헤어지는 날이 없었다.

B는 그녀가 혼수를 안 해오는 것도 상관없고, 친정 근처에 집을 얻는 것도 괜찮았다. 하지만 걸핏하면 다른 남자들은 주식이며 펀드며 돈을 잘 굴리던데 당신의 재테크는 고작 적금 부은 것이 다냐며 자존심을 긁어대는 것만은 견딜 수 없었다.

적금 붓는 것 말고 요령이라곤 눈곱만큼도 없는 남자에게 미래를 맡기자니 불안하다는 예비 신부의 주장도 언뜻 일리가 있어 보이긴 했다. 하지만 그게 다는 아니잖은가. "한눈 안 팔고 다달이 월

급의 절반 가까이를 통장에 넣었어요. 어렸을 때 사업한답시고 목돈을 날린 뒤로 '돈은 정직하다'는 생각을 굳히게 됐거든요. 집안이 넉넉하지 않은 그녀 입장을 생각해서 모든 것을 받아들이고 있지만 사랑하는 그녀가 자꾸 저를 무능하고 소심한 남자 취급 하는 건 견딜 수가 없어요." B는 거의 울기 직전이었다.

결혼을 앞두고 돈 때문에 싸워보지 않은 커플이 몇이나 될까. 나라면 너무 기특하고 자랑스러워 엉덩이라도 톡톡 두들겨주고 싶을 텐데, 난 B군의 그녀가 너무하다 싶었다. 그녀가 내 동생이었다면 "그러는 넌 미래를 위해 준비한 것이 뭐냐?"고 호되게 야단을 쳤을 것이다.

어쨌든 돈 모으는 재미에 한번 맛들이면 일주일 동안 밤을 새워도 전혀 피곤하지 않다는 말을 종종 듣는다. 그런데 진짜 재테크 선수들은 절대 떠벌이지 않는다. 요란하게 "얼마를 벌었네" "통장에 얼마가 있네"라고 으스대는 친구들치고 남 몰래 상당한 부채를 안고 있는 경우를 여럿 봤다.

돈 버는 스릴과 재미를 마다할 남자는 없다. 친구들이 재미 좀 봤다는 다양한 재테크 상품들을 보며 솔깃하지 않을 남자가 몇이나 되겠나. 그 유혹을 애써 무시하고 안전한 행로를 택했다고 해서 그가 소심하고 남자답지 못한가? 천만의 말씀이다. 오히려 그 반대다. 앞으로 무슨 일을 하게 된대도 그는 돌다리를 두들겨가며 위험부담을 최소화할 것이다. 무서워서 시도하지 않는 게 아니라 신기루 대신 눈에 보이는 알찬 열매를 보며 나아가겠다는데 쫀쫀해 보인다는 비아냥거림은 넣어둬라. 그렇게 말하는 사람치고 주머니 속에 먼지 말고 돈 되는 것 하나라도 들어 있는 사람 못 봤다.

가끔은 개미처럼 알뜰하게 저축하는 남자가 답답해 보일 수 있다. 모을 땐 지루하고 멀게 느껴지지만 쓸 때는 한 순간인 것을 우리는 너무 잘 알지 않나. 제대로 소비하는 법만 알게 한다면 이런 남자가 최고의 라이프 파트너다. 구닥다리 같은 소리라고 해도 할 수 없다. 돈 앞에 '영원한 한 방'은 없다.

Date Tip

주식하는 남자 알아보기

모니터에 주식 사이트 띄워놓는다 : 빨갛고 파란 선이 수시로 오르락내리락. 전화를 받을 때도, 옆 동료랑 얘기할 때도 눈은 모니터에 박아둔다.

휴대폰을 달고 산다 : 해외 출장 중에도 실시간 주가를 확인하느라 돈 들여 로밍까지 해간다.

감정 기복이 심한 편이다 : 주가가 심하게 떨어진 날은 눈에 띄게 우울해하며 짜증도 낸다. 주가가 상승한 날에는 '한 턱'을 쏜다.

적금 붓는 남자 알아보기

절약이 몸에 배어 있다 : 커피전문점에서 컵 반납하고 동전 안 챙겨오면 버럭 화를 낸다. 각종 영수증과 쿠폰, 할인카드로 지갑이 터지려고 한다.

이벤트가 없다 : 매달 정해놓고 지출을 하기 때문에 깜짝 이벤트는 상상도 못 한다.

원하는 선물을 콕 찍어 말하라

기본적으로 남자는 여자가 뭘 원하는지 잘 모른다. 여자들의 예스는 노, 노는 예스라는 구태의연한 공식이 전부라고 여기는 남자들이 널린 마당에 적절한 선물 센스를 갖췄다면 그야말로 드문 청년일 수도! 그런데 이 선물이란 게 오묘해서 주는 행복과 받는 기쁨을 빼고도 남자들의 경제 감각과 물질에 대한 그들의 마음가짐까지 알 수 있다.

남자는 여자가 꽃 선물을 좋아한다고 믿지만 실제로 그러한가? 여자는 화려하고 예쁜 꽃에 잠깐, 꽃으로 주목받는 기쁨으로 잠깐 흥분할 뿐, 꽃 선물 자체에 의미를 두지는 않는다. 오히려 화려한 꽃을 안고 자신을 만나러 온 남자의 순정에 더 큰 감동을 받는다.

나는 식물을 기르고 바라보는 것은 좋아하지만 정작 꽃을 선물받으면 그렇게 성가실 수가 없다. 이십대 땐 남자 손에 그 무겁고 민망한 것을 들게 했고, 언젠가는 남자에게 선물받은 꽃바구니를 그의 차 뒷좌석에 얌전히 두고 내려 그를 심하게 좌절시킨 적도 있다.

꽃뿐이랴. 향수는 또 어떤가? 내가 처음 받은 향수는 대학교 1학년 때 세 살 많은 선배에게 받은 것이다. 고백이랍시고 그가 건넨 향수가 엘리자베스 아덴의 '레드 도어'였다. 보기에도 강력한 포스를 뿜어내던 그 향수. 더구나 그는 "우리 엄마가 좋아하시는 거라 한번 사봤어"라며 멋쩍게 웃었다. 멋쟁이인 그의 엄마가 애용하는 향수라면 갓 스물이 된 꽃띠가 뿌려도 무방할 거라는 거냐, 뭐냐. 그 향수는 결국 화장실 방향제로 제 구실을 했다.

꽃과 향수, 립스틱, 액세서리 같은 것은 남자들을 혼란에 빠트린다. 잘못 해줬다간 '촌스럽고 센스 없는 남자'라는 주홍 글씨를 새겨야 한다. 그래서 그 어렵고 까다로운 것들을 고를 때 남자들은 자신의 심미안을 믿기보다 점원의 설명에 의존한다. 왜? 안전하니까!

그렇다면 남자들은 왜 그토록 어렵고 까다로운 선물을 지치지도 않고 바치는 것일까? 여자들은 꽃과 향수보다 좀 더 섬세한 것을

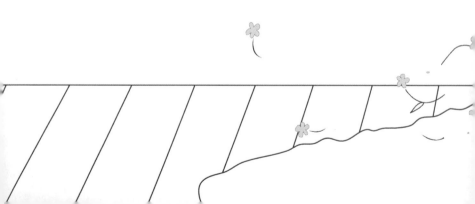

원하는 경우가 더 많은데도 말이다. 이유는 간단하다. '나, 선물했음!'이라고 생색내기에 그처럼 무난한 것이 없기 때문이다. 꽃 중에는 장미, 향수 중에는 켈빈클라인 등 가장 일반적인 것으로 골라도 충분히 의미 있는 선물로 탈바꿈할 만큼, 실패할 확률이 적다는 것도 남자들을 안심시키는 요인 중 하나다.

남자는 기본적으로 물질로 마음을 표현하는 일엔 약하다. 물질을 선물로 받아본 경험이 상대적으로 적기 때문이다. 그들은 난생처음 여자친구에게 선물을 해야 하는 순간이 오면 몇날 며칠씩 머리를 싸맨다. 멋지게 자신을 부각시킬 절호의 기회이자, 자칫 그녀의 취향을 오해하기라도 하면 공든 탑이 무너질 위험천만한 순간이다. 넓은 가슴으로 그녀를 사랑하는 일은 얼마든지 자신 있는데 고작 손바닥만 한 액세서리와 며칠 지나면 시들 꽃다발 같은 걸로 뜨거운 마음을 담자니 간지럽기도 하고 어색하기도 하다.

당신의 남자친구가 당신 생일을 기념하기 위해 선물을 고르는 눈치라면 자연스럽게 갖고 싶은 것을 말하는 것이 그를 암흑에서 구원하는 길이다. 아울러, 나처럼 꽃 받는 걸 싫어하고 향수도 쓰는 것만 쓰는 까다로운 당신이라고 해도 그가 준비한 것이라면 진심으로 기쁘게 받아주자. 그가 자기가 쓸 디지털 카메라는 그토록 신중하게 고르면서 왜 당신 선물은 꽃과 향수를 벗어나지 못하냐고 욕하지 마라. 그로선 아직까지 그게 최선이니까.

감성적으로 말하자면, 당신이 갖고 싶어하는 것을 선물하려고 하는 남자는 상대에게 오래 기억되고 싶어하는 사람이다. 다른 의미로 풀면 매사에 실용주의를 외치는 생각 많은 남자. 그들은 굵직하고 기억에 남는 것을 선물하는 것이 자본주의에 어울리는 바람직한 경제활동이라고 굳게 믿는다. 여자들, 가급적이면 이런 남자 만나라. 그리고 당신의 남자친구가 이런 센스를 갖추도록 교육하고 또 교육해라. 선물은 마음의 결과요, 이왕이면 가격대와 상관없이 오래오래 기억할 수 있는 것이 좋잖아! 당신에게 꼭 필요한 것을 선물했다면 당신에게 그만큼 집중하고 있다는 얘기도 된다. 뭐가 필요한지 꼼꼼하게 살펴봤다는 얘기니까.

밸런타인데이에 꽃바구니를 받은 내 친구 H양은 회사로 배달된 바구니를 보며 흐뭇한 미소를 지었다. 해외 출장 중인 그 남자의 더 뜨겁고 진한 사랑이 꽃더미 어딘가에 감춰져 있을 거라고 믿었기 때문이다. 집으로 바구니를 들고 오기가 무섭게 그녀는 꽃더미를 헤집으며 그가 감춰둔 '사랑의 징표'를 찾았다. 하지만 손바닥만 한 카드 한 장 말고는 아무것도 나오지 않았다. H양은 백화점 상품권 한 장 넣지 않은 그의 센스가 꽝이라며 끌끌 혀를 찼다.

여기서 남자들, 무슨 여자가 그렇게 뻔뻔하냐고 욕하지 마시라. 여자들, 남자친구의 성의를 너무 무시한 거 아니냐며 눈 동그랗게 뜨지 마시라. 선물이란 게 원래 그렇다. 뜬금없이 받게 되는 선물은 풀꽃 반지 하나도 감격스럽지만 기대심리가 치솟은 날의 선물은 준비하는 사람에겐 형벌이요, 받는 사람에겐 빚이다. 뻑적지근한 선물을 한 남자는 다음에 그만큼의 선물을 기대하게 마련이고, 받은 여자는 사랑이라고 믿어 의심치 않으며 그의 생일날 더 큰 감동을 주리라 다짐한다. 이것이 남녀 사이에 오가는 선물에 얽힌 경제 논리다.

꽃보다 가방을 선물하라는 까닭은 돈의 액수를 떠나 '필요한 것을 해주는 흑기사 같은 사람'이 되라는 뜻이니 남자들, 오해하면 안 된다. 한 가지, 명품 가방만을 고집하는 여자라면 절대 뜻대로 해주지 말 것. 마릴린 먼로가 살던 시대가 아닌 바에야 현대 사회에서 신사는 여자를 다이아몬드로 유혹하지 않는다.

Date Tip

꽃다발 선물을 막는 세가지 멘트

"사실 우리 엄마는 꽃 알레르기가 있어." : 물론 거짓말이지.

"꽃도 좋긴 한데 가끔은 날 위해 다른 것도 골라줘." : 꽃이 최고인 줄 알고 있을지도 모르니 그냥 가르쳐줘라.

"다음엔 꽃반지도 함께 줄 거지?" : 자칫하면 비싼 반지를 내놓으란 소리로 들릴 수 있으니 한껏 애교를 섞어 말할 것.

갖고 싶은 선물 집어주는 세가지 방법

자신 있고 당당하게 : 이왕 받을 거라면 쭈뼛거리는 것보다 당당한 것이 더 낫다는 말씀.

정확하게 찍어주기 : 디카, mp3라고 말하지 말고, 어느 브랜드의 무슨 디카와 mp3인지 분명히 말하라.

고마움 드러내기 : 받고 싶은 것도 챙겼는데 재수 없게 굴지는 말자고!

그의 **자동차**가 그와 어울리는지 보라

스포츠카 타는 남자 **VS** 소형차 타는 남자

　모든 남자가 그렇지만 특히 허영기 많은 남자들이 예쁜 여자를 밝힌다. 다른 이유 없다. 그저 과시욕 때문이다. 보는 이로 하여금 옆에 있는 여자의 외모를 마음껏 품평하라는 자세다. 그럼 옆에 있는 여자는? 응당 한껏 도도하게 서서는 날씨가 흐려도 선글라스 척 착용해 주시는 센스를 갖춰야겠지.

　차도 마찬가지다. 우리나라엔 스포츠카를 타고 달릴 만한 아우

토반은커녕 그렇게 쭉 뻗은 도로조차 없다. 지리적 여건이 이러한데 스포츠카가 웬 말이냐. 나는 예나 지금이나 스포츠카에 대놓고 비아냥거리는 것을 서슴지 않는다. 개인의 선택인 것은 분명하지만 선택의 이유가 시쳇말로 너무 구리다. 남자들이 여신처럼 떠받드는 꿈의 스포츠카 페라리는 실제로 오십대 이상의 중후한 중년 신사에게 가장 수요가 높다. 페라리는 뻥 뚫린 하늘 아래 무아지경의 속도감과 풍광을 음미하는 여유를 동시에 즐길 줄 아는 성공한 남자들에게 선물처럼 주어지는 차다. 그렇게 타야 옳은 차다. 짜릿한 바람과 그 속에 실려오는 들꽃 냄새를 함께 맛볼 줄 아는 멋진 남자, 그들에게 알맞다.

모든 스포츠카가 그렇다. 남에게 보여주라고 있는 차가 아니라 오롯이 스스로에게 집중하라고 만들어진 차다. 날씨에 걸맞지 않은 선글라스를 커다란 머리 위에 장식처럼 꽂고 왼팔을 문에 건들건들 걸치고 오른손으로 거만하게 핸들을 잡는 것도 모자라 담배 한 개비를 입에 물고 꽉 막힌 시내 도로만 뱅글뱅글 돌기에는 엔진과 마력이 너무 불쌍하지 않나.

얼마 전 출장으로 영국에 갔을 때 나는 깜짝 놀랐다. 모든 면에서 겉치장에 공들이지 않는 그들의 고집스러움 때문이었다. 물가가 비싼 것이야 더 이상 놀랄 일도 아니었지만 실용주의라고 하기엔 무뚝뚝하고 이기적으로만 보였다. 결혼해 영국에서 살고 있는 한 친구가 말해 주었다. "영국은 부자 나라지만 영국 사람들은 모두 가난해. 이 사람들은 금욕과 절약이 몸에 배서 엄청난 세금 때문에 허리띠 졸라매며 허덕대는데도 빡빡한 정부의 경제정책에 불만을 토로하지 않아. 정부의 그러한 완고함이 섬나라 영국을 누구도 무시 못 하는 강대국으로 만들었고, 이 나라의 시민이라는 자부심을 만들어냈음을 알고 있기 때문이지."

한국에 돌아온 뒤 나는 일 때문에 한 남자를 만나게 됐다. 사자 갈기처럼 흐트러진 머리를 하고 약속 장소에 나타난 그는 한 손엔 헬멧을 들고 있었다. 내가 묻기도 전에 그는 "스쿠터를 타고 다닙니다"라며 자리에 앉았다. 얘기를 마치고 일어서는 그의 모습이 바람처럼 경쾌해 보였다.

몇 달 뒤 다시 만나게 될 일이 생겼을 때 나는 그가 타고 있는 경차에 시선을 박았다. 오토바이의 행방을 물었더니 추워서 겨울에는 차를 탄다고 했다. 꽤 합리적인 생각이라고 속으로 생각하고 있을 때 그가 "남자가 차를 자기와 동일시하는 것은 여자들이 이해해야 해요. 그건 뭐라 설명할 수 없는 거니까. 그 대신 관계 짓기에 돌입할 경우 남자의 이런 속성이 여자들에게 유리하게 작용하죠. 남자가 평소 이용하는 '탈 것'이 무엇이냐에 따라 그의 가치관과 생활이 한눈에 드러나게 되니까요"라고 말했다. 여자가 옷차림, 메이크업, 가방과 구두 등으로 자신을 드러내듯 남자는 차 한 대로 단박에 스스로를 표현한다는 것. 남자에게 차는 그만큼 중요한 분신, 다시 말해 또다른 자기 자신이다.

하지만 부모 잘 만나 어린 나이에 배기량 엄청난 외제 차를 타고 다니는 것은? 차를 자기와 동일시하며 자기의 분수에 맞는 차를 건사하는 것이 이 시대에 능력이라면 능력이지만 역시나 과시하기 위한 차는 개인의 인간 됨됨이를 설명하는 것. 누구나 안락한 시트에 고급 세단이 좋은 건 안다. 차를 자신과 동일시하다 보니 크고 멋진 차를 선호하는 것까진 뭐라고 하지 않겠다. 하지만 배기량과 크기에 집착하는 빈 수레보다 실속 있게 스스로를 관리할 줄 아는 남자가 결국에는 알차다.

돈이 많다고 해서 크고 멋진 세단을 탈 수 있는 것은 아니다. 차가 곧 자기 자신이라는 남자들이 빠질 수 있는 가장 큰 오류는 멋진 차를 '굴릴' 만큼의 배포와 사회적 영향력을 스스로 갖추고 있는가 하는 것. 자신 없다면 자신과 가장 잘 어울리는 차를 골라 아끼면서 타주길 바란다.

그리고 여자들! 차의 크기를 보며 돈의 많고 적음을 따지지 말고 그 남자의 생각을 읽어라. 이럴 때 상식적으로 생각하면 대부분 맞다. 경제적인 여유가 없는데도 고급 세단을 탄다면 보나마나 속 빈 강정이고 적정 수준에 맞는 중소형 차를 애지중지 자신만만하게 몰고 다닌다면 믿어도 되는 남자다.

Date Tip

스포츠카를 타도 좋은 남자

연봉 1억의 경제력 : 스포츠카를 가졌다면 집에 세단 한 대쯤 갖고 있어야!

튀지 않는 패션감각 : 현란한 옷차림보다 깔끔하면서도 고급스럽게 옷을 입는 품격.

트렌드를 파악하는 센스 : 나이와 상관없이 세련된 감성의 소유자.

소형차를 타도 돋보이는 남자

고급 레스토랑에서 발레파킹 : 주차 도우미의 무시에도 아랑곳하지 않는 경쾌함.

전국일주 : 이 남자에게 차가 작다는 이유로 못 갈 데란 없다.

여자친구와의 은밀한 데이트 : 한강 둔치든 남산이든 가리지 않고 진한 키스를 건네는 용기.

계속 얻어먹지도, 계속 사주지도 말라

더치페이 하는 남자 **vs** 한 푼도 못 쓰게 하는 남자

연애할 때 당신의 남자는 어떤 유형인가? 셈이 정확해서 당신이 커피를 사면 밥을 사는 남자인가. 아니면 커피와 밥을 산 뒤 생색내는 남자인가. 두 유형 모두 쫀쫀한 남자들만 열거한 것 아니냐며, 적어도 내 남자는 저렇지 않다며 흐뭇한 미소를 짓기엔 아직 이르다. 당신의 지갑을 절대 열지 못하게 한 채 커피와 식사, 와인까지 모두 제공한 뒤 택시나 자기 차로 집까지 안전하게 모셔다 주는

스타일이라고 해서 마지막까지 그럴지, 막판에 네가 해준 게 뭐냐고 따지고 들지는 머느리도 모른다.

세상 모든 남자는 두 개의 방울과 함께 본전 의식을 달고 태어난다. 그들의 경제 감각은 매우 투철해서 인풋(Input)이 있으면 반드시 아웃풋(Output)이 있어야 한다고 믿는다. 그들에게 이러한 '기브 앤 테이크' 공식이 적용되지 않은 노동은 모두 무의미하다. 사랑할 때도 자신의 몫이 더 큰 것에 속으로 불만을 갖고 있는 속 좁은 남자들도 있는 마당에 실제로 지갑을 여는 행위에선 두말 할 나위가 없겠다.

사사건건 더치페이를 하자고 제동을 거는 남자가 있다. 그렇다고 계산대 앞에서 "넌 만둣국, 나는 비빔냉면이지? 내가 계산할 테니까 나중에 5000원 줘야 돼"라고 말하진 않는다. 일단 본인이 계산한 다음 음식점을 나와 밖에서 행동으로 표현한다. 다음 단계의 데이트 코스에서 계산할 사람을 분명히 하는 것이다. 카페에 들어가기 전 "커피는 네가 사"라고 말하는 것까지는 뭐, 상큼하다. 얼마든지 그럴 수 있다.

이 대목에서 이 남자 짠돌이 아니냐고 의심하면 못 쓴다. 남자나 여자나 벌이는 비슷비슷하다. 연상남을 만난다면 조금 더 벌 수도 있겠지만 그렇다고 데이트 비용을 꼭 남자가 계산하라는 법은 없다. 나는 여자들의 이런 태도는 사실 못마땅하다. 남자가 자기에게 돈 쓰는 건 당연하고, 남자를 위해 밥 사고 술 사는 건 대단히 자존심 상하는 일이라고 여기는 건 잘못이다. 그런 면에서 봤을 때 일일이 더치페이를 하는 남자가 다소 꼴불견으로 여겨질 수도 있겠지만 이를 남자가 쪼잔하다거나 나를 덜 사랑한다고 해석하면 안 된다.

더치페이에도 수준이 있는 법. 앞서의 경우처럼 상큼하고 쿨하

게 더치페이를 제안하는 남자가 있는가 하면, 자기가 여자보다 돈을 더 쓰면 손해 본다는 속마음을 노골적으로 드러내는 남자가 있다. 전자는 합리적인 마인드의 소유자, 후자는 진정 짠돌이.

　남자들이 기를 쓰고 더치페이를 하는 까닭은 첫째, 연애든 뭐든 손해 보기 싫다거나 상처받기 싫다는 자기방어 의식 때문이다. 두 번째는 이 노동의 결과가 물거품이 될 수도 있다, 이번 프로젝트가 실패로 돌아갈 수도 있다는 불안감이다. 마지막으로 가장 처절하며 뭐라 나무랄 수 없는 세 번째 이유. 궁색한 형편 탓에 절약하느라 들어버린 습성 탓이다. 그래도 이 모든 경우의 수가 용납되지 않는 이유를 들자면 첫째, 손해 보기 싫어서 사랑 안 하는 남자라면 두 번 볼 가치가 없으며 둘째, 그런 불안감을 갖고 세상을 어떻게 살아갈지 딱하기 짝이 없으며 셋째, 초반엔 허풍도 적당히 있어줘야 멋져 보인다. 그러니 남자들, 더치페이에 목숨 걸지 말라. 네 것 내 것 따지다간 영영 당신 여자 못 만든다.

대개 남자들은 연애할 때 전체를 10으로 봤을 때 6~7할 사이의 질량으로 돈을 쓰고 여자는 3~4할 정도를 쓴다. 그게 속도 편하고 관계도 무리 없이 서로에게 집중할 수 있는 정도의 나눔이다. 왜 여자는 남자보다 덜 쓰냐고, 남자가 왜 절반 넘게 맡아야 하느냐고 물으면 할 말 없다. 애당초 여자에게 이것저것 사주며 길들이지 않으면 될 일이다. 그런데 우리 남자들, 그게 말처럼 쉽지가 않다. 여자에게 성실하게 서브해야 하는 게 남자의 매너라고 생각하기 때문이다.

한편 위의 비율이 무색할 정도로 여자가 지갑에 손을 가져가는 것 자체를 싫어하는 남자가 있다. 건건이 본인이 다 계산해야 하고, 사소한 지출마저 기를 쓰고 막아서는 경우가 있다. 데이트 비용은 물론, 간단한 치장에 필요한 비용까지 모두 나서서 계산한다. 이게 웬 행복한 데이트람! 횡재한 듯 기쁜 것도 사실이다. 돈이 굳어서 좋은 것보다 머릿속으로 계산기 두드려야 하는 번거로움이 없어서 좋은 것이다. 참으로 편리하다. 돈이 없는 남자 만나 계산해 주고 싶어도 자존심이 상할까 봐 주저해야 하는 것보다는 백 번 낫다.

그런데 말이다. 남자친구와 데이트하면서 돈 한 푼 쓰지 않는 일이 뭐 그리 좋은 일일까. 좋아하는 남자한텐 경제력이 허락하는 범위에서 예쁜 옷도 입혀주고 싶고, 맛있는 곳에서 가끔 한 턱 쏘고 싶어지고 그렇지 않나?

아무튼 만날 때마다 "내가 낼게!"를 외치며 카운터로 직행하는 남자라면 일단 경제학적인 측면에서는 '남는' 장사다. 하지만 남녀 관계의 측면에선 당신은 철저히 밑지는 장사를 하고 있다. 그 남자는 당신을 소유물로 생각하고 있기 때문이다. 당신의 자산관리사도 아닌데 그가 당신의 지출을 그토록 막아서는 이유가 뭘까? 당신은 '내 것'이고 당신 주머니에서 돈이 나가는 것이나 자기 주머니에서 돈이 나가는 것이나 같다는 게 그의 입장이다. 물론 당신이 그에게 하루 24시간 사육당하며 지내는 완전한 소유물은 아니지만 감정적으로 그는 당신에게 경제적인 자유를 주면서 통제와 집착을 서슴지 않을 것이다. 아주 냉정하고 싸늘하게 얘기하자면 돈 때문에 약점 잡히는 꼴이 되는 건데, "나는 그렇지 않아. 그는 정말 날 사랑하고 난 그에게 공주 대접을 받고 있다구!"라고 얘기하고 싶은가? 공주 대접도 맞고 그가 당신을 사랑하는 것도 맞다. 또한 당신이 그에게 매력을 느끼는 이유가 바로 그 '대접받는 행복' 때문인 것도 부인할 순 없겠지.

후배 S양은 사랑하지 않는 남자와 1년 반이나 연애를 했다. 그녀에게 빠진 그 남자가 그녀를 위해 집세와 자동차 유지비와 간혹 펑크 나는 카드 값까지 해결해 줬기 때문. 연애라면 연애지만 그녀에게나 남자친구에게나 몹시 뒷맛이 쓴 연애다. 비생산적인 감정의 소모전을 꼭 돈 때문에 해야 한다면 차라리 혼자 지내라. 그런 남자는 나중에 꼭 비열한 방법으로 생색내게 돼 있다. 헤어지면서 후배의 남자친구는 자신이 해줬던 선물 중 되팔 수 있는 값비싼 것들을 죄다 끄집어 갔다. 비겁한 처사에 부르르 떨었지만 사랑하지도 않으면서 경제적인 이유로 헤어지지 못했던 스스로가 한심해 그녀는 아무 말도 못 했다지.

연애할 때 돈 갖고 티격태격하는 것처럼 꼴불견이 없다. 자기가 돈 좀 쓴다고 생색내는 남자라면 만나지 마라. 그 남자가 내주는 돈 아니면 당신이 밥을 굶나? 멋진 레스토랑에서 스테이크 좀 안 썰면 어때? 비빔밥 한 그릇 맛있게 비벼주는 남자가 훨씬 멋지다. 남자 만날 때 돈 안 쓰려고 버티다 보면 이렇게 돈 쓰고 생색내는 치사한 남자와 얽히게 된다. 남자가 밥 사면 당신은 커피 정도 사라. 그가 영화표 예매하면 팝콘과 콜라는 당신 몫이다. 설마 이 정도도 안 내려고 한 건 아니지?

남자와의 더치페이가 속 편한 이유

질척거리지 않는다 : 동등하게 비용을 대다 보면 서로의 감정도 균형을 찾을 수 있다.

아낄 수 있다 : 공주 대접 받는 다른 친구들에 비해 상대적으로 돈을 더 쓰는 것 같지만 습관을 들이면 규모 있는 지출을 하게 된다.

의외의 감동이 있다 : 더치페이를 주장하는 남자들도 가끔 여자를 감동시키는 재미를 안다. 어쩌다 한 번씩 그가 사주는 사소한 선물에 더욱 감동할 수 있다.

계속 사주는 남자에게 대응하는 법

받아쳐라 : 그가 구두를 사주면 당신은 벨트를 사주고, 그가 밥값을 계산하면 테이크 아웃 커피를 사들고 와라. 생색낼 시간을 주지 말 것. 단, 너무 자주 받아치다 보면 생활비 바닥나니까 어쩌다 한 번씩만!

길들여지지 말라 : 한두 번 받다 보면 열 번 받게 된다. 공짜에 너무 입을 헤 벌리고 있지 말 것.

그의 통제에서 벗어나라 : "나 아니면 누가 널 이렇게 사랑해 주겠니?"라는 그의 자화자찬은 자칫 의처증으로 번질 수 있다는 것을 잊지 말자.

아버지와 엄마, 어느 편인지 읽어라

엄마 말을 잘 듣는 남자 **VS** 아버지를 무서워하는 남자

A양이 찾아온 것은 새벽 네 시. 새벽에 느닷없이 손님을 맞는 일은 여간 고통스러운 게 아니다. 하지만 새벽에 한 여자가 도와줄 누군가를 찾아 텅 빈 거리를 헤매었을 것을 생각하면 참아야 한다. 얼굴이 백짓장처럼 새하얀 것으로 보아 진탕 술을 마신 뒤 서서히 그 술이 깨고 있는 상황이었다. 허연 얼굴로 그녀는 내 집에 들어서 자마자 방금 남자친구와 헤어졌다고 말했다.

그날 전화로 남자친구와 격하게 싸운 A양은 얼굴을 직접 보고 얘기하고자 그의 집을 찾아갔다. 그의 전화기가 꺼져 있기에 집으로 전화를 건 A양. 마침 그의 엄마가 받았다. 집 앞까지 찾아간 게 아까워 밤늦게 죄송하지만 그와 통화를 하고 싶다고 말했는데 그의 엄마는 바꿔주지 않았다. 끝까지 부탁하는 그녀에게 "너 때문에 우리 아들이 망가졌다. 두 번 다시 내 아들을 만나지 말라!"는 말까지 덧붙이더니 화를 내며 전화를 끊었다. A양은 그가 아닌 그의 엄마에게 이별 통보를 받게 될 줄은 몰랐다고 치를 떨었다.

세상 모든 엄마는 자기 아들이 최고인 줄 안다. 그러한 믿음이 '울 엄마는 절대적'이라는 맹신을 낳는다. 아들에게 엄마는 아침밥을 차려주는 여신이다. 엄마 말이라면 사족을 못 쓰는 마마보이들은 그래서 의존적이고 자기 변명에 능하다. 사회생활을 할 때 마마보이와 팀을 이루면 가슴이 답답해지는 것도 이 때문이다. 말끝을 정확하게 맺는 법 없이 늘 주저하거나 조심스러우며, 그 와중에 한 번 '땡깡'을 부리기 시작하면 일처리도 야무지지 못하면서 무슨 배짱으로 저러나 싶다. 엄마가 골라주는 옷, 엄마와 함께하는 식사, 엄마를 위해 준비하는 입사 시험 등 어려서부터 엄마에게 길들여진 인생은 절대 완전해질 수 없다. 엄마 말이라면 끔뻑 죽는 남자들, 여자친구의 제안 따위는 귀담아듣지 않는다. 엄마한테 사사건건 물어보고 결정하는 남자들, 상사의 지시에는 일단 투덜거리고 본다. 엄마가 시키는 일만 해온 남자들, 누군가의 강력한 조언이나 응원 없이는 아무 일도 못한다.

대한민국 남자들은 참 효자다. 어머니에 대한 연민과 애정만큼은 아마 세계 최강일 것이다. 우리 모두 누군가의 어머니가 될 존재이기에 그들의 애틋한 정이 반갑기는 하지만 그 전에 우리는 그저 한 남자의 여자이고 싶다. 효심이 지극하여 엄마하고 각별한 친분을 갖고 있는 아들을 바라보는 여자의 마음은 사실 착잡하다. 어머니를 사랑하고 극진히 모시는 건 당연한 도리다. 두말 할 필요가 없는 얘기다.

그런데 문제는 어머니에게 무한 지원을 받고 살아온 남자들은 효심이라는 미명 아래 지나치게 어머니에게 의존적인 경향이 있다는 거다. 만일 이런 경향이 고쳐지지 않는다면 자칫 잘못된 결혼생활로 이어질 가능성이 높다. 자신의 어머니 손에 물 마를 날이 없었고, 남편과 자식들 뒷바라지하느라 허리가 휘게 고생하셨다는 사실에는 뜨거운 참회의 눈물을 흘리면서도 자신의 아내가 가사노동과 육아를 병행하느라 골다공증으로 힘들어하는 건 외면하는 남자, 의외로 많다. 어머니의 집안일엔 그토록 죄스러운 마음을 갖고 살면서 결혼한 뒤 집안 살림 들여다보는 걸 죽기보다 싫어하는 건 왜 그런 건데? 이젠 커버려서 다신 되돌아갈 수 없는, 당신에게 일방적이었던 어머니의 품을 그리워하는 것이 꼭 효심의 발로라고 할 수 있을까?

나는 남자들이 가끔은 무한한 지원자인 엄마 대신 아버지의 굽은 등을 좀 봤으면 좋겠다. 그런데 아버지의 현재에 대해 아들은 못됐다 싶게 무심하다. 역시나 이유는 단순하다. 아버지의 현재가 자신이 늙어갈 모습, 30년 뒤의 미래라는 것을 인정하기 싫기 때문이다.

남자는 자고로 아버지를 무서워할 줄 알아야 한다고 생각한다. 그래서 난 남자 입을 통해 흘러나오는 그의 아버지 얘기를 듣는 것을 좋아한다. 나는 남자가 아버지를 어떻게 생각하고 받아들이며 이해하고 있느냐에 따라 세상을 살아가는 가치관이 달라진다고 굳게 믿는다. 아들과 아버지의 관계는 딸과 어머니의 관계처럼 애증과 질투, 분노, 체념 등 복잡한 감정의 기포들로 형성된다. 기포들이 파도가 돼서 함께 풍랑을 헤쳐 나가기도 하고, 공기 중으로 힘없이 사라져 서로에게 어떤 영향력도 미치지 못하게 되기도 한다.

아들은 아버지를 통해 세상을 배운다. 꼬맹이 시절부터 절대 권력자인 아버지를 보며 힘을 키운다. 굳이 오이디푸스 콤플렉스를 들먹이지 않아도 엄마와의 관계를 통한 질투가 아주 구체적으로 자리하게 된다. '강해지고 싶다'는 열망과 자신보다 강력한 존재에 대한 경외심도 함께 키운다. 모두 아버지를 통해서다. 폭력적인 아버지 밑에서 자란 아들은 참을성이 없고, 어머니를 무시하는 가부장적인 아버지 밑에서 자란 아들은 여자친구에게도 똑같이 군다. 반대로 어머니에게 늘 무시당하고 권위라곤 찾아볼 수 없는 아버지 밑에서 자랐다면 극단적인 마마보이에 소심증 환자가 될 가능성이 크다. 따뜻한 말 한마디 없이 늘 바쁜 아버지의 아들은 일 중독자로 자라게 된다. 자애로움, 남자다움, 배포, 부부 금실 등을 자랑하는 아버지라면 아들이 어떻게 성장할지 관심 있게 지켜볼 것이 당연하기에 굳이 언급하지 않겠다.

어떤 아버지 밑에서 크느냐에 따라 아들은 그 모습을 달리 한다. 그러므로 아버지의 영향력은 막강하다. 그런 아버지를 왜 굳이 무서워해야 하느냐 간단한 이유를 하나 더 들자면, 교만하지 않기 위해서다. 관용의 반대말은 때로 교만이다. 치졸하고 교만한 남자처럼 볼썽사나운 게 없다. 살면서 느끼고 부딪혀본 바, 못난 남자들의 치졸함과 교만함은 늘 일을 그르치고 사람들에게 민폐를 끼치더라.

물론 우리 아버지들은 늘 바쁘다. 그들은 본인이 한가하면 가족을 고생시킨다고 생각한다. 기쁘거나 유쾌해도 조금 덜 웃는다. 그래서 외롭다. 아들과 아버지의 관계는 한번 틀어지면 좀처럼 회복이 어렵다. 남자 대 남자의 자존심으로 맞붙기 때문에 이해하면서도 받아들이지 않는다. 애틋해하면서도 표현하지 못한다. 안 하는 게 아니라 못 하는 거다. 왜냐? 어색해서 죽을 것 같거든. 아들에게 아버지란, 부담스럽고 먹기에 성가시지만 뱃속에 들어가면 온몸에 피를 돌게 하는 한 그릇의 뜨거운 육개장 같은 것이다. 어떤가? 그런 아버지와 친한 남자는?

Date Tip

그 남자의 엄마를 내편으로

그의 앨범 같이 보기 : "어머님, 아들 하난 기똥차게 키우셨네요!"

뜬금없이 집에 가기 : "어머니랑 놀려고 왔는데, 바쁘시면 그냥 돌아갈까요?"

은근히 띄워주기 : "그 사람은 저랑 있는 것보다 어머님이랑 있는 게 더 좋다네요."

그 남자와 아버지 사이에 다리 놓기

자꾸 물어보기 : "아버님은 요즘 어떠셔? 자기 승진한 것에 대해선 뭐라고 하셔?"

함께 선물 고르기 : "넥타이 정도는 자기가 사주면 좋잖아."

한자리에 부르기 : "이따 아버님이랑 같이 만나기로 했어. 자기도 올 거지?"

그가 나고 자란
배경을
받아들여라

결혼한 친구들의 신랑은 모두 장남이다. 신기하다. 어렸을 때 어른들이 '친구들끼린 어딘가 한 구석은 꼭 닮은 결혼을 한다'고 하셨을 때 그저 우스갯소리려니 했는데 묘하게도 어릴 때부터 알아온 친구들도, 사회에서 만난 친구들도 차남이나 삼남과 기똥찬 연애를 하다가 종국엔 모두 장남 아니면 외아들과 결혼했다. 장남이 어디가 어때서 그러냐고 눈 흘기지 마시라. 그저 내 친구들 이야기를 했을 뿐이니까.

형제 중 몇째로 태어나느냐가 번호표 뽑는 순서로 결정되는 것도 아니고, 그야말로 운명 아닌가. 내가 막내딸로 태어난 것이 내 뜻이 아니듯 큰오빠가 한 집안의 장남이자 3대 독자로 태어난 것도 어쩔 수 없는 운명이었을 뿐이다.

그렇지만 큰오빠의 큰아들, 그러니까 조카 영준이에게 '장남에 장손'이라는 숙명이 대물림되는 것을 보니 조금은 이상한 기분이 들었다. 영준이는 1년에 열세 번 있는 우리 집안 기제사마다 장난감을 만지던 고사리 같은 손으로 제사상 앞에서 술을 따르고 이마를 찧지 않도록 조심하며 절을 해야 했다. 녀석은 미취학 개구쟁이 주제에 그 순간만큼은 졸음을 꾹 참아가며 잔뜩 긴장하곤 했다. 나는 졸음이 그렁그렁 달린 녀석의 눈망울이 한편으론 우습고 한편으론 안타까웠다. 도대체 장남, 장손이 뭐기에!

장남은 책임감이 강하고 믿음직하다? 글쎄다. 이럴 순 있다. 장남은 어른들을 대하는 태도 면에선 확실히 다르다. 그들은 정말 예의 바르다. 형제 중 가장 먼저 어른을 접해 가장 오래까지 그들의 관심 대상으로 남아 있기 때문에 어른과의 소통 방법을 잘 알 수밖에. 따라서 장남으로 자란 남자는 여자친구의 부모에게도 끔찍이 잘한다. 그렇게 하도록 배웠고, 그녀가 자신의 부모에게도 공경의 수위를 맞춰주기를 기대하기 때문에.

반면 현실도피 성향이 가득한 욕구 불만 환자인 경우도 있다. 어쩜

당연한 결과다. 아래로 동생 수가 많을수록, 부모 중 한쪽을 먼저 잃었을수록 그들의 '도피와 체념' 성향은 강해진다. 책임감에 대한 강박이 가뜩이나 탱천하는 마당에 빼도 박도 못 하는 현실이 그의 어깨를 짓누르고 있으니 마음속으로라도 도망치고 싶지 않겠는가 말이다.

장남은 한 여자가 자궁에 잉태한 첫 번째 남자다. 태어날 때부터 한 여자의 첫 남자라는 숙명을 안았으니 관계 중독과 자기 연민에 빠질 가능성은 거의 100퍼센트다. 장남들의 명백한 이율배반을 이해하려면 우리가 결혼해 아들을 낳아 길러보는 수밖에 없는 걸까?

장남과 결혼해 시집살이를 감수하느니 시누이들과 얽혀 지내는 게 낫겠다고 입버릇처럼 말하던 한 후배는 누나 네 명을 둔 착한 남자와 연애를 하게 됐다. 그는 누나들에게 보고 들은 게 많아서인지 다정하고 부드러웠고, 후배는 뒤이어 닥칠 불운을 상상할 틈도 없이 그에게 빠져들었다. 연애한 지 한 달쯤 돼가자 첫째누나부터 넷째누나까지 번갈아가며 친학 척 그녀를 불러들이기 시작했다. 그리고 그 뒤로 그의 태도는 이상하게 변해갔다. 언제나 보이지 않게 누나들이 출현하곤 했던 것이다. 그는 "우리 둘째누나가 그러는데 넌 근육질보다 슬림한 몸매를 더 좋아할 거래. 그래서 요새 나 조깅한다"를 시작으로 "큰누나가 너랑 가보라고 추천한 스파게티 집 있는데 거기 가자!" 이런 식이었다. "넌 뭘 좋아해?"라고 먼저 묻는 법 없이 누나들의 얘기가 성전이요 교과서였다. 얼마 안 가 둘은 헤어졌다. 그녀는 "장남은 시부모 눈치만 견디면 되지만, 누나들 사이에서 자란 외아들에게 시집가면 그 환란을 어찌 당해낼 도리가 없겠다"며 쓰라린 결론을 내렸다.

누나들을 많이 둔 집안의 외아들은 애교가 많다. 그는 어려서 홀로 자동차를 갖고 놀다가 점점 자동차를 버리고 누나들과 함께 인형놀이를 하고 소꿉놀이를 한다. 자연스러운 일이다. 오빠들 틈에서 자란 외동딸이 오빠들의 짓궂은 장난에 빽빽 울다가도 그들의 사랑을 듬뿍 받으며 새침데기 여자아이로 자라는 것처럼 우리의 외아들은 앙칼지고 샘 많은 누나들 등쌀에 기를 못 펴다가도 언제부턴가 힘으로 누나들을 제압하는 남자아이가 되는 거다. 외아들은 동성의 남자 형제들과 투탁거리며 친해지는 법 대신 하루에도 열두 번씩 변하는 누나들의 비위를 맞춰가며 생존의 법칙을 배운다. 그가 보기엔 누나들은 이유 없이 토라지고 화를 내다가 돌연 천사처럼 굴곤 하는 데다, 서운하게 하면 반드시 복수의 화살이 날아왔으므로 단 한 순간도 마음을 놓을 수 없는 존재들이었다.

그러므로 누나들과 함께 자란 외동아들의 변화무쌍하고 완벽한 사회성에 놀라지 마시라. 그들은 대범하기보다 의존적이고, 폭력적이지 않은 대신 기본적인 책임감이 결여돼 있는 경우가 많다.

사실 여자들은 안다. 누나들 사이에서 자란 외아들이 얼마나 외롭게 컸는지를. 그들의 피해의식은 남자 형제끼리의 묵직하고 과감한 성장기를 못 가져봤다는 것이다.

반면 여자들 틈에 섞여 눈치 보거나 과도한 애정을 받고 자랐기 때문에, 사랑을 주고받는 데 왜곡된 경우가 종종 있다. 막내아들로 자란 남자의 왕자병이 눈에 거슬린다고 해도 한두 번쯤 눈감아주길 바란다. 그들도 사랑하는 여자에게만큼은 애교쟁이 막내가 아니라 믿음직한 남자로 인정받고 싶을 테니까, 그리고 당신 앞에서 보란 듯이 노력할 테니까.

Date Tip

그 남자의 '장남 근성'

부모님 얘기가 나오면 일단 예민해진다 : 장남들은 대개 부모님에게 사랑과 원망을 동시에 갖고 있다. 그러므로 당신의 가벼운 얘기도 과장되게 해석한다.

동생들에게 꼼짝 못 한다 : 말도 안 되는 동생들의 요구를 매몰차게 끊지 못한다. 겉으로는 화를 내지만 사실은 잘해주지 못하는 스스로에게 찌증을 내며 자학한다.

언제나 가족이 먼저다 : 연애를 하면서도, 결혼을 준비하면서도 언제나 본인의 가족을 먼저 생각한다.

그 남자의 '외아들 근성'

한번 삐치면 잘 풀어지지 않는다 : 살살 얼르고 달래서 원하는 대답을 해줘야만 풀린다.

칭찬해 줘야 움직인다 : '잘한다' '멋지다' '끝내준다' 등 칭찬을 해야 신이 나서 행동한다. 그렇지 않으면 금세 시무룩해진다.

여러 번 말해야 알아듣는다 : 어려서 혼자 노는 버릇을 들여 머릿속에 공상이 가득하다. 여러 번 얘기해야 "아, 그거?" 하고 반응한다.

PART 4

내 스타일에 딱 맞는 내 남자 만드는 법

그의 성적 취향을 알아내라 | 그의 잠자리 실력을 평가하지 말라 | 뽀뽀와 키스의 차이를 가르쳐라 | 섹스를 마친 그의 코와 입을 막아라 | 그의 첫사랑을 용서하라 | 남자의 질투를 함부로 유발하지 말라 | 통화 횟수로 그의 사랑을 재지 말라 | 그가 흐트러지는 지점을 노려라 | 마음을 고백할 타이밍을 알려줘라

그의
성적 취향을
알아내라

가슴에 흥분하는 남자 **VS** 엉덩이에 흥분하는 남자

결론부터 말하자면 남자는 여자의 가슴과 엉덩이에 모두 흥분한다. 그런데도 굳이 이렇게 나누는 이유는 가슴에 흥분하는 남자와 엉덩이에 흥분하는 남자의 특성을 헤집으려는 게 아니다. 사실 별 차이는 없어 보인다. 모성과 정복욕, 즉 본능에 대해 얘기하자는 거다. 크게 가슴과 엉덩이로 나누는 남자들의 성적 담론은 그들의 본능과 욕망을 단적으로 보여준다. 사람마다 말투와 표현의

차이가 있겠으나 이러한 담론이 저질이거나 천박하다고만 볼 것은 아니다. 여자들이 베컴의 회색 눈동자에 우람한 복근과 골반 근육을 보면서 저 단단한 가슴팍에 안기고 싶다고 느끼는 것과 무슨 차이란 말인가. 우리가 베컴의 복근에 기꺼이 포박당하는 기쁨을 누릴 수 없듯, 그들도 제시카 알바의 풍만한 가슴과 볼륨감 있는 엉덩이를 토닥거리며 만질 수 없다. 성적 환상은 이렇듯 담론으로 시작해 담론으로 끝나게 마련.

아주 가끔씩 여자는 남자를 곤경에 빠트린다. 가령 이런 식의 질문. "자기야, 자기는 내 가슴이 좋아, 엉덩이가 좋아?"나 "둘 중 어디가 더 섹시해?" 남자의 머리가 나쁘지 않다면, 그리고 남자가 여자를 진심으로 좋아하고 있다면 그 순간 '어디가 좋더라?' '어디가 더 섹시하더라?'라고 고민하지 않는다. 여자가 작은 가슴 때문에 콤플렉스에 시달리고 있다면 가슴이라고 말할 것이고, 엉덩이에 남다른 자신감을 갖고 있는 걸 눈치 챘다면 엉덩이만 보면 심박수가 빨라진다고 얘기할 것이다. 하지만 사실은 따로 있다. '둘 중 어느 곳?'이라고 물었을 경우 나름의 취향은 분명히 있는 법이다.

이 물음에 가슴이라고 대답한 남자들은 주로 모유를 먹던 유아기의 기억에 지배당하고 있는 경우다. 그리고 모든 남자들이 이 향수에서 벗어날 수 없다. 물론 유년기가 한참 지난 뒤에도 엄마의 가슴을 만지는 초등학생도 있고 여자친구와 첫 키스를 하는 순간 저도 모르게 그녀의 가슴팍을 꽉 움켜쥔 성급남도 있다. 나이, 성장과정 등 모든 배경을 무시하자. 남자들은 어릴 땐 엄마, 사춘기 시절엔 동영상이나 사진 또는 여자친구의 가슴에 자연스레 집착한다. 이상한 일이기는커녕 자연스러운 현상이라는 얘기다.

하지만 변하지 않는 사실 하나는 여자의 가슴은 남자에게 '최고의 아지트'라는 것. 남자이기 이전에 동물이고, 어른이기 이전에 누군가의 아들로 태어나 한 여자의 가슴에서 생명을 이어왔기 때문. 이러한 일반적 가설 말고도 한 연구조사 결과에 따르면, 유난히 가슴에 집착하는 남자라면 애정결핍을 의심해 봐야 한다는 결론이 나왔다. 그들은 아마도 어릴 적 듬뿍 받았어야 할 사랑을 형제나 타인에게 빼앗긴 경험으로 불안감을 키웠을 것이다. 그리고 이러한 유년기의 박탈감은 여자의 가슴에 집착하게 할 수도 있다. 여자의 가슴은 남자가 태어나 가장 처음 갖게 된 '내 것'인 탓이다. 포근하고 따뜻하며 원하면 언제든 젖으로 기쁨을 준다. 그래서 남자 아기는 자신의 맥박과 똑같은 빠르기로 안도감을 주는 가슴에 더욱 매달리게 되고 이는 그의 성장 과정에서 애정결핍의 습성으로 나타난다.

그렇다고 가슴에 집착하는 남자가 모두 애정결핍이란 말은 아니다. 사실 그렇다고 하면 또 어떠랴. 현대인이라면 누구나 애정결핍을 조금씩 갖고 있으니 당신의 남자친구가 유난히 가슴을 좋아한다고 해서 걱정하진 마시라. 모유 수유로 자란 본능과 함께 대부분 성인이 된 뒤에 생겨난 취향일 테니.

가슴에 집착하는 쪽이 모성 본능에 강한 반응을 보인다면, 엉덩이에 집착하는 쪽은 수컷 본능이 발달한 유형이다. 희고 부드러운 곡선을 그리는 둔부는 여자의 상징이다. 남자들은 여자의 목선부터 쇄골을 지나 가슴 계곡에 이르기까지 어느 정도의 노출만 봐도 형태는 물론 그녀의 가슴이 주는 느낌까지 짐작할 수 있다고 한다. 우리가 생각하는 것과 달리 남자들은 가슴보다 엉덩이에 더 강렬한 흥분을 느낀다. 남자들에 따르면 가슴보다 엉덩이가 훨씬 도발적이라는 거다. 엉덩이는 타이트한 스커트, 스키니 진, 허벅지를 단단하게 조인 부츠 컷 진 등으로 곡선을 적나라하게 드러내면서도 한 점의 속살도 노출시키지 않기 때문이다. 그들은 리드미컬하게 걸어가는 섹시한 여자의 뒤태를 보며 약 3초 동안만큼은 그녀와 섹스하는 상상을 한다. 그의 눈에 포착된 섹시한 엉덩이는 그에게 짧고 강렬한 섹스 충동을 느끼게 한다는 것. 즉, 가슴이 아지트라면 여자의 엉덩이는 상상력의 저장고다.

이렇듯 수컷에게 종족 번식을 위한 1단계는 가슴이 아니라 엉덩이다. 원래 암컷의 가슴은 수컷에게 어떠한 성적 신호도 보내지 않고 그저 수유하기 위한 장치로 존재할 뿐이었다. 다윈 아저씨의 진화론을 빌리자면, 기어다니거나 네 발로 다닐 때 남자의 성적 흥분을 드높인 부분은 여자의 엉덩이였다. 진화 과정에서 두 발로 걷게 되면서 체위는 후배위에서 정상위로 바뀌었고 성적 측면에서 가슴의 중요도가 높아졌다는 거다. 여자의 엉덩이는 삽입 직전 가장 도발적인 부위이므로 그들이 엉덩이에 흥분하는 건 당연하단 얘기.

엉덩이에 집착하는 남자들은 모순적인 스타일이 많다. 언뜻 남성적인 성향이 강하고 도전적인 남자가 많을 법한데, 들여다보면 대개 정반대다. 예민하고 감수성이 발달해 있으며 자기연민이 강한 사람이 많다. 즉 자기 존재에 대해 끊임없이 고민하고 사회 구성원이자 조직원으로서 명예나 위치에 집착하는 사람, 정치적인 야심가들이 엉덩이에 집착하는 경향이 있다. 히틀러와 나폴레옹 같은 독재자들이 엉덩이에 집착했고, 스트레스를 많이 받는 지적 노동자들 가운데 후배위를 좋아하는 남자들이 더 많다는 건 이미 통계로 나와 있는 엄연한 사실이다.

결론은 모성 본능이든 수컷 본능이든 남자에게 가장 중요한 것은 그것이 누구의 가슴이며, 누구의 엉덩이냐이다. 남자들은 여자를 볼 때 목 아래 쇄골 부근이 얼마나 환하고 깨끗한지, 허벅지의 탄력이 어느 정도인지를 잽싸게 눈대중으로 확인한다. 그러니 매력적인 여자가 되고 싶다면 손등에 핸드크림만 부지런히 바르지 말고 목과 허벅지에 각별히 신경을 쓰도록. 가슴과 엉덩이로 가는 가장 가까운 관문이자 은근한 섹시미를 전달할 수 있는 열쇠니까.

Date Tip

가슴 콤플렉스는 이렇게!

노출되는 피부를 집중 관리하라 : 목 아래로 드러나는 부드럽고 매끈하며 새하얀 피부는 크고 둥글고 답답해 보이는 가슴보다 훨씬 남자를 설레게 한다.

쇄골을 드러내라 : 의식적으로 어깨를 내려 목을 길어 보이게 하라. 어깨를 내리다 보면 자연스럽게 쇄골이 옆으로 길게 늘어나 섹시한 라인이 만들어진다.

엉덩이 콤플렉스는 이렇게!

힙을 조이는 운동을 하라 : 이건 생각보다 효과적이다. 서 있을 때, 걸을 때, 누워 있을 때 괄약근과 함께 힙을 조이는 운동을 하다 보면 자신도 모르는 사이 눈에 띄게 탄력이 생긴다.

걸음걸이를 바꿔라 : 귀엽게 걷는답시고 아장아장 걸으면 안짱다리밖에 안 된다. 배에 힘을 주고 걸으면 처지고 넓은 엉덩이도 왠지 섹시하게 보인다.

그의 잠자리 실력을 평가하지 말라

남자들은 자신의 능력과 관계된 얘기라면 무조건 과장하고 본다. 여자들보다 강박증에 자주 시달리고, 자기정체성에 대해 끊임없이 괴로워한다. 툭하면 현재와 미래에 대한 고민으로 얼굴살이 쏙 빠지도록 술을 마시기도 한다. 콤플렉스로 똘똘 뭉쳐 있는 데다 예민하기까지 하다. 이 말은 곧 남자들이 상대적으로 상처받기 쉽다는 뜻이 된다. 특히나 성적 능력에 관계된 문제라면 두말 할 것도 없다.

남자들은 비뇨기과엔 죽어라 가기 싫어하면서 성병에 무방비로 노출돼 있는 그룹 섹스에 대한 판타지를 갖고 있고, 한 여자에게 순정을 다 바치면서도 여운을 오래 남기는 하룻밤 섹스를 꿈꾼다. 그리고 섹스에 대해 담대한 척하면서도 파트너에게 거부당했을 때 자존심 상해 못 견뎌한다. 겉으로는 별일 아니라는 듯 입 다물고 있지만 마음속으론 이미 헐크로 변해 침대를 두 동강 내고 있다. 그게 남자다.

어느 날 한 후배가 폐경기 아주머니의 푸석한 얼굴을 하고 나타났다. 그녀는 남자친구와 섹스 라이프 때문에 힘들어하다 헤어지게 된 얘기를 털어놨다. 그녀의 남자친구는 정도가 심한 조루증을 앓고 있었다. 그는 그 부분만 빼면 완벽했고 무엇보다 그녀에게 참 잘했다. 참다 못해 이별을 고한 그녀에게 그는 "그동안 고생 많았다"며 위로했다. 그녀는 미안해해야 할지, 위로를 해야 할지, 아니면 민망해해야 할지 몰라 "아냐, 고생은 네가 했지"라고 대답했다는 슬픈 이야기.

한 친구는 소개팅에서 만난 남자와 수차례 데이트를 하며 호감을 키워나갔다. 적당한 설렘, 적당한 편안함, 그리고 적당한 거리 두기 등 모든 것이 착착 진행될 즈음 드디어 이 남자와 밤을 보내게 됐다. 다음 날 나에게 날아온 문자 메시지. "Size Does Matter! ㅜ_ㅜ" 나는 그녀가 남자를 두고 그토록 고민하는 것을 이전에 본 적이 없었다. 볼

살이 쏙 빠지도록 고민을 거듭하던 그녀는 결국 이별을 택했다.

남자들은 섹스 때문에 운다. 자기 탓을 하며 울기도 하고, 파트너 탓을 하며 울기도 한다. 사우나에서, 클럽에서, 술집에서 남자들이 친구들과 각자의 섹스에 대해 나누는 과시가 사실이라면 여자들이 만나 확인하는 그 많은 '우는 남자'는 다 누구일까. 앞선 후배나 친구처럼 극단적인 사례가 얼마나 숨어 있는지 나는 알지 못한다.

하지만 분명한 한 가지, 섹스는 행위가 아니라 감정이라는 것. 그러니 남자들, 울지 마라. 그보다 그녀가 당신에게 호감이 있다는 느낌만 받아도 호시탐탐 허리띠 풀 궁리만 했던 못된 습관부터 고쳐라. 얄미운 그녀는 당신에게 감정을 느끼기도 전에 당신의 실력을 평가하려 들 테니까.

침실에서 남녀가 쓰는 언어는 따로 있다. 섹스란 두 사람이 몸으로 각자의 지난 역사와 현재 갖고 있는 문화적 기호를 나누는 행위이거늘 어찌 가벼울 수 있겠는가. 사랑하느라 죽고 못 사는 닭살 커플도 때론 사인이 안 맞을 수 있고, '어쩌다 마주친 그대'와 우연히 하룻밤을 보낸다 해도 이왕이면 제대로 하고 싶은 것이 성인 남녀가 섹스에 임하는 자세다.

남자들 70퍼센트는 스스로가 침대에서 능숙하다고 생각하고, 그중 80퍼센트는 파트너가 자신과의 섹스에 만족한다고 생각한다. 그렇다면 여자는 지금껏 만난 남자의 70퍼센트에 대해 객관적으로 '섹스를 잘한다'고 생각할 것이고 그들과의 섹스는 거의 만족스럽다고 느껴야겠네? 수치로 이런 결과가 나와야 하겠지만 꼭 그렇지만은 않다는 것을 우리는 이미 알고 있다.

사람마다 다르고, 그때그때 상황이 다르고, 감정이 다르다. 침대에서 웃는 남자가 모두 관계에서 승자는 아니다. 여자가 남자에게 바라는 것을 보면 첫째 로맨스, 둘째 일편단심, 셋째 대화, 넷째 다정함, 다섯째가 섹스를 유발하는 접촉이다. 그러니 섹스만으로 그 남자의 매력이 급상승하는 일은 많지 않다는 것.

B군은 끈질긴 구애 끝에 짝사랑하던 여자와 사귀게 되었다. 그는 어려서부터 동영상과 서적으로 각종 기술을 연마해 섹스에 웬만큼 자신이 있다고 믿었고 호남형의 외모 덕에 여자들에게 인기도 많았다. 그런 그가 많은 여자들의 유혹을 뿌리치고 오랫동안 바라봐온 여자를 품에 안게 됐다. 하지만 그는 침대에서 번번이 뭔가 마음에 들지 않는 듯한 그녀의 얼굴 때문에 좌절했다. 결국 도대체 뭐

가 문제냐고 묻기에 이르렀는데, 그녀 말하길 "어디 시합이라도 나가는 거야? 왜 매번 내 감정을 무시한 채 잘하려고만 해?"

그동안 B군에게 엄지손가락을 세워줬던 몇몇 여성들은 감정 없이 테크닉만으로도 충분했던 것이다. 정작 난생처음 사랑하게 된 여자와의 섹스에서는 경주마처럼 달리는 것 말고 달리 어떻게 해야 할지 감이 오지 않았던 그 남자. 그는 자신이 이토록 섹스를 제대로 할 줄 몰랐나 하는 생각으로 뒤통수를 얻어맞은 기분이었다고 당시를 회상했다.

남자들은 침대에서 여자를 만족시켰다는 안도와 자신감을 얻었을 때 아이처럼 도취된다. 하지만 아직 웃기엔 이르다. 그녀가 연기하고 있을지도 모를 일이니까. 내가 지금 안고 있는 이 여자와 깊이 소통하고 있구나라는 생각이 든다면 그때 입을 귀에 걸치고 웃어도 좋다.

Date Tip

침대에서 그 남자를 울리는 일

다른 남자 이름 부르기 : 당신은 그의 가슴에 엄청난 상처를 남기고 이별하게 된다.

"에게?" : 그것도 물끄러미 바라보며 이렇게 말한다면 그 남자, 자살할지도 모른다.

끝나자마자 등 돌리기 : 차라리 "요새 왜 그렇게 힘이 없어?"라고 말하는 게 덜 치욕이다.

침대에서 그 남자를 웃게 하는 일

받은 만큼의 서비스 : 침대에서도 기브 앤 테이크는 확실해야 한다.

쿨하게 즐기자 : 한 번 잤다고 책임지라고 엉겨 붙지 마라. 순간에 충실하게.

적극적인 칭찬 : 입 꼭 다물고 참을 필요 뭐 있어? 좋으면 좋은 대로 꼭 그에게 표현해라. 약간의 과장은 덤.

뽀뽀와 키스의 차이를 가르쳐라

키스 잘하는 남자 **VS** 수시로 뽀뽀하는 남자

"남자의 빼어난 키스는 여자의 무조건적인 '예스!'를 끌어낸다." 철학자의 말이 아니다. 연애 선수라고 자부하고 있는 내 주변 사람 가운데 한 명인 미스터 봉의 얘기다. 그에 따르면 키스를 잘하는 남자는 망설이는 여자의 마음의 문을, 그리고 브래지어 후크를 어렵지 않게 열 수 있다.

키스를 잘하는 남자는 두 종류다. 다양한 실전 경험을 통해 여자의 입술 모양과 근육의 움직임만 봐도 터치 포인트를 알아낼 수 있는 선수이거나 키스 자체를 좋아해 그 순간이 오면 성스러운 마리아를 신봉하는 목자의 자세로 임하는 성실맨이거나.

그렇다면 키스만으로도 여자는 사랑에 빠질 수 있나? 답은 물론 예스다. 달콤한 키스는 때로 스포츠처럼 끝나는 섹스보다 한결 낫다. 여자는 섹스보다 키스를 더 좋아한다. 그러므로 감동적인 키스는 수동적일 수밖에 없는 섹스보다 한결 드라마틱하다는 결론이 나온다. 통계적으로 키스를 좋아하는 여자들은 키스를 잘한다.

내 친구 J양의 작고 주름 없이 탄력 넘치는 분홍색 입술은 누가 봐도 섹시하다. 자신의 매력을 너무도 잘 알고 있는 그녀는 입술의 도발을 신봉하게 되었고 키스를 통해 남자를 파악하는 경지에 이르렀다. 몇 번의 만남을 통해 호감을 굳힌 한 남자와 집 앞 주차장에서 키스를 나누게 된 그녀. 적당한 술기운에 도취돼 나눈 첫 키스로 그 남자와 곧바로 사랑에 빠졌다나 뭐라나. 착해서, 남자다워서, 헌신적이어서 등등의 이유는 모두 두 번째, 어쩌다 그와 사랑에 빠지게 됐느냐는 질문에 그녀의 대답은 명쾌하다. "키스를 잘해서!"다. "왜 사람들은 속궁합을 얘기하면서 키스 궁합을 하찮게 여기는지 모르겠어. 섹스는 중요한 문제고, 키스는 섹스로 가는 통과의례일 뿐이라는 건 너무 무신경한 사고방식 아니니?"라는 게 그녀의 지론이었다.

여자에게 키스란 무엇인가를 새삼 알게 해주는 또다른 친구 L양. 이십대 시절, 클럽에서 흐드러지게 놀다가 홀연히 사라지고 마는 그녀를 찾으려면 구석진 소파나 클럽 주차장을 기웃거리면 됐다. 우리는 그곳에서 한 남자와 마치 화음을 맞추는 한 쌍의 꾀꼬리처럼 다소곳하게 키스하는 그녀를 발견하곤 했으니까. 그러다 밤새

안 보이는 경우도 왕왕 있었고 다음 날 물어보면 "내가 좋아하는 키스를 원껏 하고 싶어서"라고 담담하게 대답하곤 했다. 그녀의 말인즉, "섹스보다 키스가 더 황홀하다"는 것. 이러니 키스 잘하는 남자가 여자들에게 환영받을 이유는 차고 넘친다.

남자에게 키스는 섹스를 위한 애피타이저이지만, 여자에게 키스는 그 자체로도 황홀한 메인 디시다. 그렇다고 키스를 잘하는 남자가 여자를 성적 대상으로만 보는 건 아니다. 사실 키스는 인간의 본능이 아니다. 키스를 하지 않는, 심지어 키스가 뭔지 모르는 종족이 인류의 10퍼센트나 된다는 놀라운 사실이 그걸 입증해 준다. 남녀 모두에게 키스는 학습의 결과요, 애정의 확인이다. 영화 〈바람과 함께 사라지다〉에서 비비안 리의 허리를 뚝 부러뜨릴 듯 열렬하던, 슈크림 케이크를 먹듯 달콤하고 길고 부드럽고 촉촉하던 굿 키서 (Good Kisser)들과의 키스는 즐겁다. 입술을 대자마자 한 손으로 등 뒤의 브래지어 후크를 찾는 짓만 참아준다면!

이렇게 저돌적인 남자가 있다면 여자보다 더 복잡한 감성의 소유자도 있다. 한때 사귀었던 연하남 P군은 뽀뽀쟁이였다. 그는 정말이지 시도 때도 없이 뽀뽀를 해댔다. 처음엔 내가 사랑스러워 그런다고 생각했지만 볼과 이마에서 코와 눈썹으로 이어질 때쯤 좀 심하다 싶었다. 그의 뽀뽀 패턴은 이런 식이었다. 테이크 아웃 커피점에서 "뭐 마실래?" 묻고는 이마에 쪽, 극장에서 "화장실 다녀올게"라면서 볼에 쪽, 차 안에서 "벨트 했니?" 묻고는 이젠 아무 곳이건 상관없다는 듯 앞을 본 채로 내 옆통수에 쪽!

좋았겠다고? 염장이라고? 음, 그 당시엔 좋았다. 그런데 그 뒤가 문제였다. 남자에게 스킨십은 무심코 찍어대는 쉼표일지 모르지만 여자에게 스킨십은 다음 순간에 대한 기대감을 불러일으킨다. 꼭 묵직하고 감상적인 멘트나 제스처까진 아니어도 '우리 둘이 함께' 라는 의식을 공고히 해주는 것이 바로 스킨십.

습관적인 뽀뽀와 습관적인 "사랑해"처럼 서글프고 김빠지는 것도 없다. 시도 때도 없는 '뽀뽀질'에 내 얼굴은 축축한 아밀라아제 범벅이 돼 갔으나 반대로 마음은 악성 건조증에 시달렸다. 차츰 뽀뽀의 질이 떨어졌지만 빈도는 여전했다. 아마도 그는 뽀뽀가 현재진행형 연애의 표식이었던 모양. 당시 나는 뽀뽀를 하는 것만큼 내 기분이나 일상, 기호나 열망을 알아줬으면 얼마나 좋았을까 싶었던 것 같다.

그는 헤어지는 순간만큼은 뽀뽀를 하지 않았다. 헤어지자는 내 말을 들은 그 사람은 그때 다른 사람 보듯 나를 빤히 쳐다보다가 어딘가 댈 곳이 없어진 입술을 허전하게 움직였었나? 모르겠다. 한 가지 분명한 건 그는 내가 엄마나 누나처럼 넓고 포근하며 자애롭기를 바랐다는 사실이다. 그가 유년기에 털어버렸어야 할 애착의 대상을 성인이 돼서까지 찾고 있었다는 것을 나는 헤어진 지 한참 지나서야 알게 됐다.

뽀뽀 자체에 의미를 두지 않고 키스를 참느라 뽀뽀를 하는 남자는 귀엽다. 후배 S군은 소개팅으로 만난 여자에게 첫눈에 호감을 느꼈다. 더 오랫동안 다양한 주제를 두고 대화하고 싶었고, 자꾸 보고 싶었고, 그녀가 사랑을 담아 자신의 이름을 불러주었으면 했다. 손도 잡고 싶었고, 머리를 움직일 때마다 나는 샴푸 냄새의 정체를 좀 더 구체적으로 파악하고 싶었다. 그녀도 자신에게 관심이 없지 않다는 걸 주선자를 통해 알게 된 S군은 세 번째 만난 날 자동차 안에서 진지한 얼굴로, 시선은 앞 유리창에 못 박은 채 이렇게 말했다고 한다. "저, 오늘 선영 씨한테 뽀뽀할 겁니다." 그녀는 한동안 말이 없더니 피식 웃었단다. 그러면서 이어진 대답이 "그러세요, 그럼"이었다나 뭐라나.

뽀뽀하는 사이가 키스하는 사이로 발전할 것 같지만 키스는 키스고, 뽀뽀는 뽀뽀다. 키스와 뽀뽀의 차이는 이토록 오묘하다. 나는 오래 사귄 사이일수록 뽀뽀가 더 좋다. 섹시하진 않지만 키스보다 시간은 짧게 들면서 설렘은 오래 가니까. 당신은 어느 쪽?

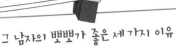
Date Tip

그 남자의 키스가 좋은 세 가지 이유

자기만족 : 나의 섹시함에 그가 걸려들었다는 증거 아니겠어?

짜릿함 : 가슴이 벌렁벌렁 뛰고 손에 땀을 쥐게 하는 육체적 만족감

발전 가능성 : 조금은 깊은 관계가 되었다는 믿음

그 남자의 뽀뽀가 좋은 세 가지 이유

신선함 : '쪽!' 경쾌한 소리가 주는 기분 좋은 설렘

신뢰 : 뜨거운 욕정보다 신실한 애정이 앞선 스킨십

친밀함 : 좀 더 가까운 거리에서 서로의 눈을 마주하고 웃을 수 있다는 것

섹스를 마친 그의 코와 입을 믹아라

끝나자마자 곯아떨어지는 남자 **vs** 꼬치꼬치 물고 늘어지는 남자

통계에 따르면 남자들은 3초마다 한 번씩 섹스를 생각한다던데 아무래도 좀 과장이 섞인 듯싶다. 그건 그렇고 그럼 여자들은 어떨까? 좋은 친구들과 나누는 유쾌한 수다도 있고, 예뻐지기 위해 들이는 시간과 공력이 있고 온갖 시름을 덜어주는 쇼핑도 있고, 보기만 해도 흐뭇한 조인성도 있고 장동건도 있으니 3초는 너무했다.

하지만 여자들도 섹스에 대해 떠들썩한 남자들과 달리 혼자서,

177

수위 높은 농담을 섞는 남자들과 달리 진지하게, 사이즈나 테크닉으로 단순하게 나뉘는 남자들과 달리 구체적이고 복잡하게 생각한다. 무엇보다 섹스가 끝난 뒤에 보여주는 남자의 태도와 후회에 대해 3초마다가 아니라 한나절이라도 끊임없이 몰두하는 게 여자다.

여기 섹스를 끝낸 남자의 모습이 어땠는지 회상하는 두 여자의 이야기가 있다.

O양의 남자는 성실했다. 둘은 그럭저럭 잘 맞았다. 서로에 대한

애정도 비슷했고 대낮의 데이트나 늦은 밤 단둘이 보내는 시간 모두 만족했다. 남의 은밀한 얘기를 굳이 늘어놓을 필요는 없으니 본론으로 들어가자. 낮에도 괜찮은 남자친구이자 침대에서도 더할 나위 없이 성실한 O양의 남자는 지나치게 '남자 그 자체'였다는 게 문제라면 문제였다. 섹스가 끝나면 그는 '해냈다'는 기쁨과 '끝났다'는 허탈감이 미묘하게 교차된 행동으로 O양을 어리둥절하게 했다. 그는 탄성인지 한숨인지 모를 낮고 굵은 소리를 낸 뒤 O양을 가슴팍에 끌어당겨 거세게 힘을 줬다. "처음엔 움찔 놀랐지요. 하지만 여자들은 섹스가 끝나고도 여운이 남아 있는 상태잖아요. 그의 강한 스킨십이 싫진 않았어요."

이렇게 생각하던 O양은 그러나, 방금 전까지만 해도 갈비뼈가 으스러져라 껴안으며 사랑을 속삭이던 그가 1분도 안 돼 해파리처럼 흐물흐물 팔에 힘을 풀고는 코를 골아대자 극심한 배신감에 시달렸다.

남자들은 섹스가 끝난 뒤 자신이 잠에 곯아떨어지면 홀로 깨 있는 여자친구가 뭘 하면서 시간을 보내는지 궁금하지도 않을까? 주로 그녀들은 오래 공들여 씻고 나와 아직까지 남자친구가 시체처럼 자고 있는 것을 보고 한숨을 폭 내쉰 뒤 주섬주섬 바닥에 널브러진 옷가지를 개킨다거나 잠을 청해본다거나 TV에 시선을 박는다. 볼륨을 살짝 키워도 일어날 기색이 안 보이면 심심해 죽을 지경인 여자는 슬쩍 남자를 깨워본다. 섹스는 남자에게 100미터를 전속력으로 달리는 것과 마찬가지의 체력이 소모된다고 하더라. 그러니 방금 전까지 수십 분 동안 전속력으로 달리기를 한 남자가 샤방 웃으며 일어날 리 만무하다.

남자친구는 귀찮다는 듯 억지로 실눈을 뜨며 웅얼거리고, 여자는 그런 남자친구에게 버럭 화를 낸다. 남자는 초인적인 힘으로 짜

179

증을 참고는 "알았어, 알았어. 미안미안"(남자들은 귀찮으면 꼭 두 번씩 얘기한다) 하며 여자의 어깨를 토닥인다. 그러고는 2라운드를 위해 다시 돌진. 주로 O양 커플의 행동 양태다.

이때 얘기를 가만히 듣고 있던 C양이 끼어들었다. "나는 차라리 남자친구가 조용히 잠들었으면 좋겠어. 얼마나 평온하니. 열정적인 흥분감을 함께 나누고 기분 좋게 같이 잠이 들면 너무 좋잖아. 내 남자친구는 관계가 끝나면 등 뒤에서 가만히 날 안아준단다." "어머, 바로 잠들어버리는 게 아니구?" O양이 시샘과 부러움을 담아 묻자 C양이 한껏 으쓱해진 얼굴로 "당연하지. 그렇게 안겨 있으면 절로 잠이 오거든"이라고 받았다. 나와 B양이 동시에 물었다. "그렇다면 뭐가 문제야?"

C양 얘기는 이렇다. 그 남자는 섹스가 끝나면 좀 전의 일을 발단부터 결말까지 소처럼 되새김질하며 환희를 차갑게 얼려버리는 버릇이 있었다. 머리를 쓰다듬어주며 등 뒤에서 그녀를 안고는 낮은 목소리로 "어땠어?"라고 물어오면 살풋 나른한 졸음에 빠져 있던 C양은 '올 것이 왔다'는 체념에 시달려야 했다. 기분 좋게 잠이 들기는 애초에 글러버린 것이다. 처음엔 남자친구 기분 좋으라고 민망함을 참고 구체적인 기분이며 체위까지 떠올려 얘기해 줬지만 과장도 한두 번이고 거짓말도 하루 이틀이지, 자꾸 반복되다 보니 말은 점점 단답형으로 짧아지고 목소리도 덤덤해졌다.

"그를 사랑하지 않는 건 아니야. 그와 섹스하는 게 싫은 것은 더더욱 아니야. 그런데 왜 자꾸 확인하려 드느냐구. 보통 남자들처럼 '난 좀 잘해'라고 자백하고 입 좀 닫아주면 안 되냐 말이야. 섹스는 테크닉이 아니라 충만감인 걸 왜 남자들은 모르는 거지? 언제가 좋았고, 어떻게 할 때가 좋았는지 어떻게 일일이 기억하니? 사이즈나 테크닉은 하룻밤 상대한테나 필요한 거잖아. 좋아하면 그 두 가지는 문제가 안 되지 않니?"

남자친구의 묘한 버릇 때문에 C양은 섹스 자체에도 집중할 수 없게 됐다고 털어났다. 남자친구에게 심드렁하게 대답하는 게 미안해서 절정의 포인트나 그때그때의 감정을 기억해 뒀다가 얘기를 해주려면 자신이 섹스를 하는 건지, 리서치를 하고 있는 건지 헷갈릴 때가 한두 번이 아니라는 슬픈 얘기.

남자의 70퍼센트가 자신은 침대에서 '꽤 잘한다'고 생각한다. 자신감이 하늘을 이미 찌르고 있다는 뜻이다. 그들이 진짜 실력을 갖췄든 아니든 자신감을 갖고 산다는 건 좋은 일이다. 이러한 자신감의 바닥에는 여자들의 '사랑으로 승화된 고도의 연기력', 즉 숨은 노력이 있다는 걸 그들은 알는가 모르겠다만.

조사 결과에 따르면 섹스를 마치고 연인이 함께 잠들수록 다툼이 적고 애정이 오래 이어진단다. 땡볕에서 우물이라도 파고 온 듯 중노동을 끝낸 피곤한 모습으로 잠에 곯아떨어지는 남자라서 짜증난다고? 그가 잠들기 전에 손을 잡거나 팔베개를 하거나 짧고 사랑스러운 키스를 해준다면 봐주자. 남자들이 가장 못 견디는 건 섹스가 끝나자마자 턱을 바짝 들이대며 대화하자고 하는 파트너의 태도다. 여름 휴가 때 해외여행을 갈 수 있는지, 금연은 언제부터 할 건지 자꾸 채근하지 말 것. 남자들, 김 팍 샌다.

평온한 시간을 원하는데 자신이 얼마나 잘했는지 이것저것 확인하는 남자친구 때문에 산통이 다 깨진다고? 심드렁한 대답 대신 뜨거운 키스를 퍼부어줘라. "말로 표현할 수 없어. 말하는 순간 날아가버릴 것 같으니까 더 이상 묻지 마!"라고 〈섹스 앤 더 시티〉의 사만다처럼 섹시하게 으르렁거리면, 그 남자 세 번 물어볼 걸 한 번으로 줄여줄 것이다. 너무 기를 살려주면 진짜 자기들이 잘하는 줄 알까 봐 좋게만 말해 주기 싫다고? 당신과 함께 있는 동안 그렇게 최면을 걸어주는 것도 나쁘지 않잖아!

Date Tip

곯아떨어지는 그 남자의 심리

몹시 피곤하다 : 보통 남자들이 다 이렇다. 섹스가 끝나면 언제나 감기약을 먹은 것처럼 몽롱한 졸음이 몰려온다더라.

당신이 너무 편하다 : 졸음이 몰려온다 한들 당신이 불편하면 맘 놓고 잠들 수 있겠나?

섹스가 만족스러웠다 : 당신의 허리에 한 손을 올리고 당신 귀에 푸푸 숨을 내쉬며 잔다면 안심해도 좋다.

꼬치꼬치 확인하는 그 남자의 심리

당신이 너무 좋다 : 당신이 만족해야 그도 만족할 수 있다. 그러니 어서 안심시켜 달라는 뜻.

일이 잘 안 풀린다 : 일상생활에서 성취감이 없으니 섹스로라도 그 공허함을 풀려는 거지 뭐.

변강쇠인 줄 착각한다 : 믿을 수 없겠지만, 정말로 자신이 뛰어나다고 생각하고 자신만만하게 물어보는 경우. 미쳤거나 착각을 하는 중!

그의 첫사랑을 용서하라

추억을 잊지 못하는 남자 **VS** 과거를 지워버리는 남자

마주 앉아 와인 한 병을 거의 다 비웠을 즈음, 그녀는 "오빠가 다른 여자의 이름을 불렀어"라고 말했다. 나는 다음 날 출근이 걱정됐고 무엇보다 압구정동 한복판에서 택시 잡을 일이 심란해 '적당히 마셨으니 이만 일어서자'고 말하려던 참이었다. 처음엔 그녀가 무슨 말을 하는지 못 알아들었다. "누가 뭘 불러?" 생각보다 내 목소리는 컸고 그녀는 발그레 상기된 얼굴로 또박또박 다시 얘기했

다. "내 남친이 잠꼬대로 다른 여자의 이름을 불렀다구."

가만, 그녀는 3년 동안 사귀어온 남자친구와 결혼을 생각하고 있었고 이변이 없는 한 두 사람은 머지않아 웨딩마치를 울릴 계획이었다. 이변이라면 이변인 걸까? 애인이 잠꼬대로 다른 여자의 이름은 불렀다? 도무지 믿기지 않는 얘기였다. 일단 나는 아무렇지 않다는 듯 은행원이나 회사 동료, 혹은 어머니 이름(내가 생각해도 이건 좀 후진 위로였다)일 거라고 에둘러 말했다. 그녀는 궁색한 내 얘기 따위 들리지도 않는다는 고개를 돌렸다. 며칠 사이 눈밑에는 다크 서클이 내려와 있었다. 남자친구가 부른 이름은 그가 그녀를 만나기 한참 전에 만난 첫사랑이었던 것.

흐느낌인지 외침인지 모를 이름이 남자친구의 입에서 튀어나온 순간 그녀는 화들짝 놀라 일어나 남자친구의 얼굴을 쳐다봤다. 그의 친구들에게 익히 들어 알고 있는 옛 여자친구의 이름이 사랑하는 그의 입에서 무의식중에 흘러나왔으니 그녀의 놀라움은 짐작하고도 남겠다. 그녀, 아무 일 없었다는 듯 다시 낮게 코를 골며 자고 있는 그의 얼굴을 보자니 투둑 눈물부터 쏟아지더란다. 조용히 일어나 화장실로 가 하염없이 운 뒤 차가운 물 한 잔을 벌컥벌컥 들이켰다는 게 새벽녘 에피소드의 전부였다.

"남친 옆에 다시 누우니 잠이 오든?" "아니지, 하얗게 지새웠지. 잠을 자면서까지 목 놓아 부르는 이름인데 그걸 내가 어쩌겠니. 첫사랑 못 잊는 남자니까 헤어지자고 얘기해? 오빠 입에서 그 이름이 나왔다는 사실 자체를 잊을 거야. 달리 방법이 없어."

슬프지만 그녀 말이 맞다. 젊을 땐 미래에 모든 것을 걸고, 나이들면 추억을 먹고 산다는 말이 있다. 사랑에도 사계절이 있다. 이것은 사람마다 제각각이다. 초반에 모든 정력과 열정을 쏟아 부은 사람은 스물 셋이라고 해도 남겨진 사랑을 기대하지 않는다. 스스로의 감정을 절제하며 야금야금 보호막을 쳐온 사람이라면 다 늙어임자 제대로 만나 마음의 열병을 앓게 될지니.

남자들에겐 죽어도 잊지 못하는 '한 여자'가 있게 마련이다. 첫사랑이라고 믿겠지만 반드시 그런 것은 아니란다. 만난 기간이나 상황과는 상관없이 마음이 아리도록 털어내지 못하는 여자. 남자의 마음속에는 찬란하고 따사롭고 그러면서 애틋한 '마음속 그녀'가 있다. 그녀는 어떤 남자에겐 5월처럼 터질 듯 싱그럽고, 어떤 남자에겐 11월처럼 아릿하고 눈물겹다. 다행스러운 일은 그 여자는 당신이 신경 쓸 만큼 위협적이지 않다는 것. 남자 자신도 마음속 그녀의 존재를 잊기 일쑤니까. 질투심으로 눈물 흘릴 이유가 없다. 그리고 이 세상 모든 여자는 누군가에겐 '마음속 그녀'다.

추억이 없는 무색무취의 남자는 오히려 지루하다. 약간의 상처와 실연의 흔적을 갖고 있는 남자가 더 매력 있다. 숨이 턱 막히는 남자는 오히려 두 눈 부릅뜬 채 과거를 지우려 안간힘을 쓰는 쪽이다. 어찌나 맹렬하게 안간힘을 쓰는지 눈알에 핏기가 오를 정도다. 과거의 기억에 대해 입을 꾹 다물고는 절대 돌아보지 않는 남자는 무섭다.

집안의 기제사가 있던 날, 난 서투른 칼질에 손을 베었다. 둠벙둠벙 새빨간 피가 떨어지는 손가락에 지혈을 한 뒤 연고를 발라주던 동네 약사 아저씨는 반창고는 며칠 뒤 자연스레 떨어지게 놔둬라, 통증이 어느 정도 가라앉으면 아픈 부위를 가리지 말고 공기 중에 노출시켜야 건강한 새 살이 돋는다고 일러주었다. 그래. 상처가 깊을수록 아물어가는 속도는 더디다. 마찬가지다. 아픔이 가라앉을 때까지 시간 속에 기억을 방치하는 것이 현명한 방법이다. 도망치듯 고개를 세차게 저으며 뒤돌아보지 않겠다고 주문을 외우면 오히려 기억에 갇혀버린다.

　남자들은 말하지 않으면 모를 것이라고 생각하지만 여자들은 다 안다. 혼자 감내하면 될 아픈 시간을 굳이 털어놔가며 사랑하는 그녀에게 알릴 필요는 없다고, 센 척하지만 온몸에 힘을 주며 가까스로 버티고 있는 당신 모습 때문에 그녀는 더 아프다는 것을 알아주었으면.

그럼에도 용서할 수 없는 그의 과거

사기 행각 : 혼인빙자 간음처럼 한 여자에게 씻을 수 없는 상처를 준 경험이 있는 남자
비열한 헤어짐 : 부모님을 핑계 삼아 여자를 버린 남자
습관적인 양다리 : 한 번 양다리를 걸쳐본 남자는 그 스릴과 묘미를 못 잊는다지.

절대 지워버려야 하는 당신의 과거

옛 애인의 흔적 : 당신이 이전에 만났던 모든 남자와 그와 관련된 모든 것
옛날 사진 : 도저히 귀엽다고만 봐줄 수 없을 정도로 망가진 당신의 소싯적 사진

186

남자의 질투를 함부로 유발하지 말라

그는 자칭 타칭 '질투의 화신'이었다. 틈만 나면 "다른 남자를 쳐다보지 말라"는 주문을 넣었고, 낙천적인 여자친구가 어디 가서 헤프게 웃지나 않을까 노심초사하며 끊임없이 관리하고 감독했다. 나는 "화장 안 한 얼굴이 가장 예뻐" "미니스커트는 나 만날 때만 입어"라고 말하는 그와 걸핏하면 싸웠다. 처음엔 성가셨다. 나중엔 간섭과, 짜증과, 버럭질을 못 견뎌서 내 쪽에서 맞췄다. 다 나를 좋

187

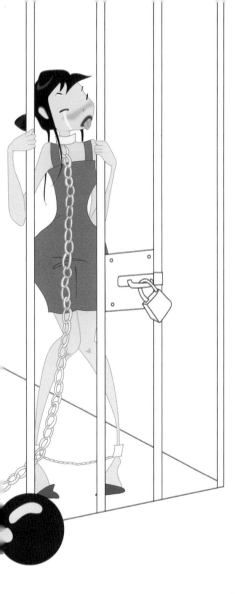

아해서 이러는 거라고 최면을
걸면서.

하지만 점차 사사건건 간섭
하고 사소한 일에 화를 내는 질
투쟁이를 견뎌낼 자신이 없어
졌고 관계는 자연스럽게 소원
해졌다. 그 뒤로 어떤 이별 절
차를 밟았는지는 정확히 기억
나지 않는다. 그도 그럴 것이
십수 년 전 대학 때 얘기니까.

과거 속 그 남자뿐 아니다.
남자들은 대부분 질투의 화신
이다. 여자들처럼 눈을 가늘게
뜨며 드러내지 않을 뿐이다.
그래서 그들의 질투는 여자들
보다 더 강하고 오래 간다. 혹
시 다른 남자를 만나지 않을
까, 나 말고 다른 곳에서 즐겁
게 웃지 않을까, 옛 남자를 추

억하지는 않을까 등등 정도의 차이가 있을 뿐 남자들의 질투는 어느 정도 유형을 갖고 있다. 그녀의 과거를 참을 수 없고, 나와 함께 있지 않은 그녀의 안락함과 귀여운 웃음은 생각만 해도 화가 치솟는다. 자신과 함께 있을 때 가장 행복하고, 즐겁고, 늘 자신만 생각해 주길 바란다. 그리고 이러한 바람을 여자친구에게 전혀 드러내지 않는다. 왜? 창피하니까! 질투하는 게 취미인 남자가 있을까? 질투하는 그들도 괴롭다. 이왕이면 원만하고 평화롭게 연애하고 싶지, 누군들 속 썩이는 애인 때문에 매일 핏대 세우고 안테나를 올려가며 호시탐탐 확인받고 싶겠냐고.

남자의 질투가 여자와 다른 점은 지속성과 강도에 있다. 여자의 질투는 수습이 가능하지만 남자의 질투는 원인을 뿌리 뽑지 않는 이상 절대 멈추지 않는 회전목마와 같다는 것.

애인에게 어릴 적 소꿉친구인 이성 친구가 있다 치자. 아무래도 신경이 거슬린다. 이럴 때 여자는 어떻게든 둘 사이를 갈라놓거나 아예 그 이성 친구와 몹시 친해져버리는 등 갖은 방법을 동원해 이성 친구에게 자신의 존재를 확실히 알린다. 반면 남자는 한두 번 얘기하고 더 이상 언급하지 않는다. 대신 다투거나 사이가 틀어질 때마다 꼬투리를 잡아 걸고넘어진다. "둘이 사귀었니?" "어디까지 갔니?" "잘해 봐" 뭐 이런 식이다. 아무리 설명해도 들어주지 않는다. 남자친구가 질투쟁이라면 애당초 흠 잡힐 일을 만들지 않는 것이 건강에 이롭다. 이런 남자를 도발해 봐야 여자 입장에선 백전백패다.

질투하는 남자의 마지막 모습은 두 가지다. 집요한 전화와 치근거림, 스토킹 등 집착의 끝을 보여주며 진을 뺀 끝에 누가 먼저랄 것 없이 이별을 선택할 경우, 그는 스스로 남자를 배려할 줄 모르는 여자를 만나 괴로워하는 순진한 남자라고 생각한다. 또 하나, 만날 땐 온갖 짜증과 땡깡으로 피곤하게 굴다가 결국 자신의 집착 때문에 여자친구에게 차이는 경우. "풋, 내 뜨거운 사랑을 쏟아붓기엔 너란 여잔 너무 형편없었어"라며 적반하장으로 센 척한다. 그런 질투쟁이 남자에게 그녀는 헤프고 남자를 배려할 줄 모르는 가벼운 여자이고, 자기 자신은 순정을 바쳐 한 여자를 사랑한 비운의 남자다. 남자들의 안타까운 착각의 끝, 비장하기까지 한 자기합리화다.

초특급 질투쟁이 남자친구를 두어 명 거치면서 고개를 절레절레 젓는 내 앞에서 친구 G양은 "질투는 바라지도 않고 가끔 싸워보기라도 했으면 좋겠어!"라고 절규하곤 했다. G양이 사귀는 연하남은 내 후배이기도 했다. 양순하고 과묵한 남자친구를 가진 것도 모자라 복에 겨운 건가? 그런데 들어보니 이게 또 그렇지만은 않더란 말이지!

G양의 남자친구는 '완소 훈남'이었다. 그와 팔짱을 끼고 모임에 나타났을 때, 두 명은 시샘하느라 바빴고, 한 명은 이 관계가 과연 얼마나 진지한지 탐색하느라 바빴으며 나는 드디어 G양이 광명을 찾은 것을 애써 부러움을 숨기며 축하했다. G양의 남친은 과묵하면서도 센스가 있는, 이를테면 언제 입어도 질리지 않는 스웨터 같은 남자였다.

그런데 우리 중 아무도 그녀의 속사정을 몰랐다. 그는 웬만해선 그녀가 하자는 대로 따랐으며 뭔가를 요구하는 법도 없었다. 처음엔 착하고 매너가 좋다고 생각한 그녀는 그의 과묵함이 썩 마음에 들었다. 나이가 어린데도 남자답고 의젓하게만 보였다. 하지만 시간이 지나면서 G양은 그가 그녀와 함께한 모든 것에 아무런 의미도 두지 않는다는 걸 알게 됐다. 나에게 헌신하는 남자친구라고 믿었던 남자가 알고 보니 나에게 집중하고 있지 않다는 것을 알게 됐을 때 여자가 받는 충격은 상당하다.

그녀가 한번 튕겨보느라 "노!"라고 하면 그는 정말 싫다는 뜻으로 받아들였다. 그 무심함이 못내 서운해 삐친 마음을 표현하느라 "오늘은 그냥 집에 갈래"라고 말하면 두 번 물어보기는커녕 돌아서는 그녀를 붙잡지도 않았다. 한마디로 그는 무심한 남자였던 것이다.

둘을 엮어준 죄로 난 그를 불러내 무심한 거냐, 둔감한 거냐, 문제가 뭐냐고 물어봤다. 대답은 간단했다. "아무런 문제 없다"는 것. 되레 그 어느 때보다 편안하고 안정적인 관계에 돌입했다고 말했다. 그는 애초에 무심남의 세포를 갖고 태어난 인종이었을 뿐 G양에 대한 연정이 없어서도 아니었고, G양을 하찮게 여긴 것은 더더욱 아니었다.

두 사람의 이상향은 너무도 달랐다. G양은 속 터지는 일을 참아가며 '완소 훈남'의 여자친구로 남아 있느냐, 연애의 짜릿함이라곤 없는 이 관계를 청산하느냐 하는 갈림길에서 진지하게 고민하고 있다.

무심한 남자의 가장 큰 결격 사유는 무색무취의 라이프 스타일이다. 여자는 한 남자와 사랑에 빠지면 그 남자와 함께하는 모든 것에 의미를 붙인다. 함께 영화를 보고, 소풍을 가고, 맛집을 찾아다니고, 헬스클럽에 등록한다. 그런데 나 혼자만 좋아하고 그 남자는 표정 없는 얼굴로 묵묵히 따라다니고 있다면 어떤 여자가 그 연애를 즐겁다고 하겠나. 그들의 무심함은 변화무쌍하고 드라마틱한 감정을 연애의 척도라 여기는 대다수 여자들의 설렘과 기대를 한 큐에 마비시킨다.

남자들, 여자친구는 사랑스러운데 그녀가 바라는 게 너무 많아 귀찮고 성가시지? 그렇다고 그녀를 안 보고 살 순 없을 것 같겠지? 그러니 할 수 없잖아. 머리를 써서 싫은 것도 억지로 좀 맞춰주고 웃어주고 그래. 여자도 당신이 하는 게 무조건 좋아서 웃고 있는 건 아니거든?

하여간 G양의 사연을 듣다 보니 또 마음이 무거워졌다. 집요한 질투쟁이, 열정 없는 무심남…… 딱 둘을 섞어놓을 순 없는 건가?

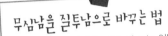

초특급 질투남 알아보는 법

끈질기다 : 평소엔 무심한 척하면서도 날을 잡아 하나부터 열까지 꼬치꼬치 캐묻는다.

치밀하다 : 회사, 과 동기, 동아리 선후배 등 당신 주변의 남자들 이름을 모두 알고 있거나 알려고 한다.

집중력 강하다 : 길 가는 미녀, 탤런트 등 어디에도 일절 눈 돌리지 않고 당신에게만 집중한다.

무심남을 질투남으로 바꾸는 법

그보다 더 무심해져라 : 어느새 그는 안달나게 돼 있다.

질투심을 끌어내라 : 단, 무심남이 한번 질투를 하기 시작하면 몹시 피곤해지니 조심할 것.

스타일을 바꿔라 : 스커트를 입고 하이힐을 신어라. 평소 하지 않던 액세서리와 마스카라도 좋다.

통화 횟수로 그의 사랑을 재지 말라

시도 때도 없이 전화하는 남자 **vs** 정해진 시간에만 전화하는 남자

하루에도 수차례 전화한다고 해서 전화하는 횟수만큼 그 남자가 여자친구를 사랑하는 건 당연 아니다. 사랑하는 것도 맞고 보고 싶은 것도 맞지만 그렇다고 해서 몸과 마음이 애달아 여자친구의 단축번호를 누르는 건 아니라는 말씀. 그의 잦은 전화는 남자들끼리 흔히 얘기하는 일종의 '길들이기'일 수도 있고, 때론 딱 습관 그 이상도 이하도 아닐 수 있다.

그럼에도 가장 두려운 것은 횟수가 차츰 줄어들 때다. 여전히 당신을 사랑하는 것은 맞다. 그런데 갑자기 일이 바빠졌고, 당신만 보이던 남자친구의 눈에 동료와 친구들이 보이기 시작하는 거다. 당신만 생각해도 하루가 금세 지나갔는데 이젠 당신만 생각하자니 사회생활이 엉망이 되어간다. 전문가들이 얘기하는 '버닝 러브 타임'인 3개월이 지나 이성이 차츰 감정을 누르기 시작하는 것이다. 이때 스스로 도태되는 걸 가만히 보고 있는 남자는 단 한 명도 없다.

그렇다면 이제 수화기를 드는 것은 여자들의 몫이다. 달라진 게 있다면 남자가 당신에게 전화할 때처럼 당당할 수만은 없다는 것. 왜냐고? 그는 전과 달리 바쁘고, 뭔가 굉장히 중요한 일을 하는 것처럼 보이며 방해하면 안 될 것 같은 조심스러운 생각이 당신의 뇌를 쪼아대기 시작하니까. 당신이 거는 전화는 주로 "자기야, 나야. 바빠?"로 시작한다. 그의 대답은 세 번에 한 번 꼴로 이렇다. "어, 미안"이거나 "지금 좀 곤란한데, 급한 일 아니면 바로 전화할게"이거나. 이럴 때 "끊지 마! 비상사태라구. 왜 나한테 전화 안 해?"라고 말할 수는…… 차마 없다!

그렇다고 우울해지기엔 아직 이르다. 이보다 더 위험한 상황은 "아냐, 괜찮아. 밥은 먹었니?"라고 기다렸다는 듯 안부를 물어오는 경우다. 아무 일 없다는 듯 태연하게 전화를 받는 그에게 대고 당신은 "이렇게 한가한데 나한테 전화 한 통 없었단 말야?"라고 태평한 불만을 늘어놓을 테고 그는 이런 당신을 처음엔 달래다 전에 없이 슬슬 짜증을 내기 시작할 것이다. 또 하나, 서둘러 전화를 끊고 싶을 때 남자들은 주로 대뜸 "밥 먹었니?" "친구는 잘 만났니?" "수업은 끝났니?" 등 당면한 용건을 물어온다는 사실.

빈번한 '전화질'에 이렇게 사랑의 화학 작용과 밀고 당기기의 함정이 도사리고 있음을 안다면 그의 전화 횟수가 줄어간다고 애달아하며 오해할 일도, 사랑의 온도가 식었네 어쨌네 하며 보챌 일도 없을 것이다. 좀 더 냉정하게 말하자면 남자의 전화 횟수가 줄어간다는 것은 그의 눈에 씌어 있던 콩깍지가 벗겨지고 있다는 증거다. 자, 이제 정신 차리고 2라운드에 돌입할 때다. 투정 부리고 보채느니 아량 있는 여자인 척 여우짓 해가며 내 남자로 공고히 하든지, 아니면 '네가 나한테 감히?' 하는 마음으로 도도하게 차버릴지 고민할 때라는 뜻이다.

전화 통화로 치자면 나는 아주 '황'인 매너를 갖고 있다. 성격상 나는 통화를 오래 하지 못한다. 직업에서 비롯된 특성 탓에 하루에도 수십 통이 넘는 전화를 받다 보니 저녁 무렵 입에서는 단내가 나곤 한다. 대부분 용건만 말하고 끊는 편이고, 내 복잡다단한 신경세포를 쉬게 해줄 위트 있는 대화가 가능할 때나 5분을 넘기는 통화가 가능하다. 때문에 빈번한 전화질에는 익숙하지도 않으며, 별로 달갑지도 않다. 그러다 복병을 만났다.

그는 징그러울 만큼 전화에 인색했다. 명색이 '연인'인데도 필요한 순간에만 전화를 했고, 어디서 뭘 하는지, 지금 별일은 없는지 등만 확인되면 "그래. 그럼 이따 퇴근할 때 전화할게"라는 말만 남기고 끊었다. 그리고 정확하게 퇴근할 때 전화를 한다. 그러다 보니 퇴근 시간을 한참 넘기고도 전화가 없으면 내 쪽에서 안달이 났다. 먼저 하면 되지 않느냐고? 물론 그렇다. 하지만 명색이 연애다. 안달복달하며 전화를 했다가 '괜히 했다'는, 뭔가 손해 본 기분을 느꼈던 기억이 새록새록하다.

제아무리 전화에 인색한 여자라 해도 남자친구와의 전화마저 아무런 동요 없이 사무적으로 받는 사람은 없다. 특히 연애할 때 전화로 이뤄지는 특유의 애정지수라는 게 있지 않은가. 그를 기다리게 하는 재미, 그의 전화를 기다리는 느낌 등은 만나서 손잡고 뽀뽀하는 것보다 때론 더 짜릿하다. 귀가 예민한 여자들에게 전화기를 통해 전해지는 남자의 목소리는 그의 잘생긴 얼굴과 매끈한 몸매, 부드러운 신체 접촉보다 단연코 중독성이 강하다.

남자친구가 당신에게 전화를 자주 안 한다면 그것이 그의 전화 매너인지, 당신에게만 그런 건지 먼저 파악하는 게 순서다. 전화 자체를 싫어하는 사람이라면 간단하다. 당신까지 그의 전화에 대한 거부감을 더해줄 필요가 있으랴. '회사에서 일 열심히 하고 있겠지'라고 마음 가볍게 먹고 하루에 대여섯 번씩 전화해서 "어디야? 뭐 해? 밥 먹었어?"라고 묻는 걸 두 번으로 줄여보는 것도 나쁘지 않다.

통화하는 횟수가 점점 줄어든다고 그 남자가 당신에게 마음이 식었다고 단정하면 곤란하다. 연애는 100미터 단거리 달리기가 아니다. 그의 목소리에 당신이 싫증날 때도 있고, 당신의 잦은 확인 전화를 그가 귀찮아할 때도 있을 것이다. 두 사람이 동시에 서로에게 싫증을 내는 경우는 딱 한 번 이별할 때나 일치할 뿐, 한쪽에서 뜨거우면 한쪽은 밍밍하고, 한쪽이 식으면 다른 한쪽이 달아오르게 마련이다. 연애란 그런 것이다.

전화를 자주 하지 않는 남자들, 오는 전화나 겨우 받을 뿐 웬만해선 먼저 전화하지 않는 남자들은 생겨먹길 그렇게 무심하게 생겨먹었다. 탓할 일이 아니다. 무심할 뿐 당신을 사랑하지 않는 건 아니니까. 그런 그들도 처음엔 궁금하고 보고 싶어서 당신의 전화번호를 시도 때도 없이 눌렀을 것이다. 전화로 누군가와 정을 쌓고 그 사람을 알아가는 건 즐거운 일이지만 신비감이 걷히고 익숙해지면 그들은 이내 전화 자체에 시들해진다. 거듭 말하지만 이러한 과정은 남자들이 연인 관계가 안정 궤도에 진입했다고 믿는다는 뜻이지, 사랑이 식은 것이 아니다. 그런데 우리 여자들이 그걸 견디지 못하는 거다. 그러다 보니 감정에 균열이 생기고, 남자는 전화가 더욱 허망하게 느껴지고 여자는 전화에 더 집착하는 악순환을 낳는 것이다.

좋은 사람일수록 전화를 참다 보면 빨리 만나고 싶어진다. 향기도 그립고, 웃음도 눈에 선하다. 그래서 무심한, 당신이 사랑하는 그 남자는 당신과 만날 순간을 초콜릿 상자를 여는 아이의 마음으로 기다리는 거다. 그러니 당신, 더는 전화기만 바라보며 손톱 물어뜯지 말지어다.

Date Tip

그의 전화 횟수가 갑자기 줄었다, 왜?

당신의 전화 매너에 상처받았다 : 심드렁하게 받지 말고 적당히 맞장구도 쳐주고 그러자고!

경쟁 상대 출현 : 당신보다 더 강력하게 집중할 대상을 찾았다. 일이나 게임이나 술이나!

사랑이 식었지, 뭐 : 두말 할 필요 있나. 어서 대책을 세우자고!

그와의 통화 시간을 늘려보자, 어떻게?

목소리를 예쁘게 내보자 : 남자는 텁텁하고 무미건조한 목소리를 듣고 싶지 않을 것이다.

그의 말에 집중하자 : 건성으로 받는다는 느낌이 드는 순간 그는 끊으려 할 것이다.

"또 연락해"라고 말하지 말자 : 가뜩이나 전화 노이로제가 있는 남자라면 더더욱.

그가
흐트러지는
지점을 노려라

술기운에 흔들리는 남자 **VS** 언제나 반듯한 남자

남자는 나이가 들수록 '술김에' 뭔가를 하는 일이 줄어든다. 이 말은 체면과 귀찮음 때문에 안 하려 드는 것뿐이지, 나이가 들어도 여전히 '술김에' 일을 벌이거나 수습한다는 뜻도 된다. 이 가운데 남자들이 가장 뻔뻔하게 저지르는 일이 술 마시고 전화하는 것이다.

평소엔 전화에 인색하다가 술만 마시면 전화해서 사랑한다는 둥, 나와달라는 둥 떠드는 남자들, 백이면 백 다음 날이면 까마득하게 잊

는다. 이분들, 자존심은 있어서 어제 했던 말 기억하느냐고 물으면 뭔지도 모른 채 "그러엄! 다 기억하고말고!"라고 응수하기도 한다.

어쨌든 새벽 서너 시에 전화해서 보고 싶다고 보채는 건 남자친구가 아니라 남자친구 증조부라 할지라도 명백히 민폐다. 대개 평상시엔 이런저런 이유로 드러내지 못했던 속마음을 술김에 소담하게 털어놓는 것처럼 촉촉한 목소리로, 나직하게 얘기한다. 맨 정신인 척하는 것보다 적당히 혀가 꼬부라져 있어야 설득력이 있다고 믿는 담대함을 곁들여 그들은 "술 먹고 하는 얘긴데 말야. 나 너 진짜 사랑한다!"고 말한다. 사랑한다는 고백이 엄청난 비밀이라도 된다는 듯 말이다.

대부분 남자들은 술을 마시면 용기백배해지거나 의기소침해지거나 둘 중 하나다. 그들은 술김에 여자친구에게 전화를 걸어 고백을 하고, 술김에 여자친구가 평소 갖고 싶어하던 목걸이를 사고, 술김에 여자친구 집 앞에서 언제 올지도 모를 그녀를 기다리기도 한다. 주로 맨 정신엔 안 하던 일들을 술기운을 빌려 조금은 과장되게 한다.

그들은 정글 같은 세상에서 웃는 얼굴 뒤에 조급함을 감춘 채 경쟁해야 하는 또래 놈들 말고 부드럽고 따뜻한 여자친구에게 위로와 용기를 얻고 싶은 거다. 그래서 아이처럼 막무가내로 보채는 거다. 술이 깨고 나면 머쓱해질 것을 알면서도. 여기까지는 일반론.

이해가 됐다면 술만 마시면 로맨틱한 남자로 급변신해 온갖 아양을 떨어대는 남자의 주사를 받아주도록. 남자친구가 그런 모습을 보인다면 참지 말고 환하게 웃어줘라. 외면하지 말고 손을 잡아줘라. 나도 네가 보고 싶었다고, 와줘서 고맙다고 말해라. 술은 분명 연애에 훌륭한 촉진제가 될 수 있다. 당신도 때로 술기운을 빌려 남자친구에게 먼저 키스를 해봤을 것이고 평소에 꾹 참아오던 투정과 눈물을 보이기도 하지 않았던가. 그러한 의외의 행동들이 당신과 남자친구의 느슨해진 사랑을 바짝 조여줬다는 걸 당신도 알 것이다. 그러니 남자가 술김에 당신에게 하는 행동에 예민하게 반응하지 말자구.

하지만 명심해야 할 한 가지. 위로와 용기를 주는 것도 하루 이틀이지, 낮엔 초원의 왕 사자처럼 갈기를 휘날리며 온갖 잘난 척, 아는 척을 다 하다가 술만 들어갔다 하면 원숭이처럼 벌건 얼굴로 헤헤거리는 남자는 당신의 인생에 결코 좋은 파트너는 아니란 말씀. 사자는 털이 빠져도 사자지만 원숭이는 사자의 탈을 써도 원숭이다. 사자와 원숭이의 이미지를 동시에 가졌다는 건 둘 중 아무것도 아니라는 뜻. 보조를 맞출 수 없을 정도로 술기운에 따라 급변하는 남자를 어떻게 믿고 사랑할 수 있으랴.

그럼 술을 마셔도 사자, 술을 안 마셔도 사자, 다시 말해 내 앞에서 언제나 한 치의 흐트러짐 없이 반듯하고 멋진 모습만 보여주는 남자는 어떨까? 신사답고 똑 떨어지는 모습에 반했다가도 점점 정나미가 떨어지지 않을까?

O양이 만난 그 남자는 CF에서
막 튀어나온 것처럼 외모부터 매너
까지 흠잡을 데 없었다. 그녀가 새
로운 남자친구를 소개시켜 주겠다
고 해서 만난 곳은 어느 이탈리안
레스토랑. 그는 그녀의 의자를 빼
주고 그녀의 코트를 웨이터에게 맡
기는 것부터 시작해 그곳에 있던
두 시간 남짓 동안 그녀는 물론이
고 나를 비롯한 친구들에게도 열과
성의를 다했다. 식사를 마치고 그
의 차에 올라타는 그녀의 얼굴에는
뿌듯한 만족감이 번져올랐다.

　　하지만 얼마 뒤에 만난 그녀는 연애가
아니라 잘 만들어진 한 편의 캠페인 드라마를 찍
는 것 같다며 울상을 지었다. 언제나 깔끔한 옷차림에
숙달된 매너로 그녀를 에스코트했지만 두 사람의 연애에 역동적
인 스릴은 찾아볼 수 없었다는 것. "그 남자는 단 한순간도 내 앞에
서 흐트러진 모습을 보인 적이 없어. 처음엔 그의 깔끔한 성격이 좋

았는데 이젠 점점 답답해져. 그 남자의 완벽주의를 대하고 있자면 나는 정숙하지 못한 데다 대충 하루하루를 살아가는 별 볼일 없는 여자처럼 느껴지거든."

모든 사물이 제자리를 차지하고 있는, 사람이 사는 흔적이라곤 하나도 없이 완벽하게 구성된 모델하우스 같은 느낌. 데이트에 관한 매너뿐 아니라 감정에서도 그러하다는 게 문제였다. 나와 비슷한 생각을 하고 취향이 닮아 있다는 동료의식이라곤 전혀 느낄 수 없는 연애가 과연 성공적일 수 있을까? 그는 감정을 드러내는 데도 기승전결을 밟아나가는 스타일이었고 그녀가 술을 마시고 전화해 투정이라도 부릴라치면 "왜 흐트러진 모습을 보이는 거냐? 여자답지 못하다"면서 그녀를 나무랐다.

언뜻 인간미라곤 하나도 없어 보이는 이런 남자에게도 무참히 무너질 수밖에 없는 순간이 온다. 매너와 생활 습관은 몸에 밴 것이라 변하기 어렵다고 해도 격렬한 감정의 소용돌이를 겪고 난 순간에는 그를 둘러싸고 있던 '반듯함'과 '완벽주의'가 둑 무너지듯 와르르 무너지고 만다. 이런 유형의 남자들이 가장 무서워하는 순간이기도 하다. 여자친구에게 완벽한 모습만을 보여주고 싶은 게 큰 잘못은 아니다. 그들에게도 허점이 있게 마련이고, 사람이기에 있을 수밖에 없는 사소한 실수들도 종종 생겨날 것이다.

그들은 사실 한번 무너지면 겉잡을 수 없이 수습이 안 될까 봐 스스로를 통제하고 있는 거다. 이런 남자는 설령 술을 마시고 곤드레만드레 취한다고 해도 비몽사몽 간에 스스로를 통제한다. 무서운 자의식이다. 실수를 하면 그동안 애써 버텨온 시간들이 아깝겠지. 실수를 아예 하지 않는 것으로 스스로를 방어할 줄만 알았지, 실수를 했을 때 그것을 수습하는 순발력과 유연함이 없는 까닭에 갈수록 반듯함의 껍데기는 두꺼워질 수밖에 없다.

이런 남자들이 연애를 할 때도 변함없이 반듯한 까닭은 상처받을지도 모른다는 두려움 때문인 경우가 많다. 좋아하는 여자 앞이라면 흐트러짐에 대한 공포는 더 커진다. 이런 남자가 좋아하는 여자 앞에서 실수를 하고, 그녀에게 가벼운 비난을 받았다고 치자. 아마 엄청난 자괴감에 빠져 얼굴이 하얗게 질려버릴걸?

남자가 반듯함을 방패 삼아 당신 앞에서 실수하지 않으려고 안간힘을 쓰고 있다는 걸 눈치 챘다면 당신의 애교와 부드러움을 창으로 삼아 그를 함락시키면 된다. 여자는 남자의 모든 것을 바꿀 수 있는 매혹적인 마력을 가진 존재다. 사랑하는 여자를 위해 자기도 모르게 변하는 남자, 여럿 봤다. 평소엔 "후후후"라고 짧게 웃고 끝나던 그의 웃음이 배꼽을 잡고 웃느라 사정없이 침이 튀는 파안대소로 바뀐다면 그게 얼마나 반갑고 사랑스럽겠는가.

Date Tip

술 마시고 너무 흐트러지는 그 남자

했던 말 또 하기 : 대개 "미안하다"나 "사랑한다"인걸.

지나친 스킨십 : 뿌리칠 만큼 싫진 않지만 짜증은 난다.

투정, 투정, 투정 : 평소엔 안 그러다가 술만 마시면 이런다. 진짜 왜 이러니?

반듯하던 그 남자, 이럴 때 흔들린다?

당신에 대한 지극한 사랑을 깨닫는 순간 : 당신이 바람이라도 피울까 봐, 곁을 떠나버릴까 봐 겁에 질릴 때 킹콩처럼 정신을 못 차린다.

당신이 통제가 안 된다고 느끼는 순간 : 당신의 까다로움과 예민함이 그의 인내심을 자극하거나 당신의 변덕이 그의 예상을 엎어놓을 때.

굳게 믿었던 무언가가 반전되는 순간 : 그의 주변에 무슨 일이 있어났을 수 있다. 늘 그의 주변에 관심을 기울이자. 그러는 데는 다 그럴 만한 까닭이 있으니까.

마음을 고백할 타이밍을 알려줘라

고백하는 남자 VS 뒷북 치는 남자

남자들은 진심을 말한다. 사기 치려고 작정한 양아치만 빼고 말이다. 그리고 여자들은 상대방 남자가 하는 말을 듣고 실없이 던지는 소린지 마음을 담은 고백인지 잘 알아차린다. 아무리 그 남자가 농담을 자주 하고 남다른 유머 감각을 지닌 사람이라고 해도 여자는 기가 막히게 잡아낸다.

그러다 보니 여자들은 농담처럼 툭 말을 던져놓고 헷갈리게 한다

204

음, 정작 수습은 못 하는 남자를 가장 싫어한다. 그런 남자들 중에는 수습한답시고 "어? 그 말을 진짜 믿은 거야? 미쳤냐? 내가 널 좋아하게? 으하하하! 너 보기보다 순진하구나!" 따위의 말을 늘어놓으며 벌게진 얼굴로 과장되게 웃어젖히는, 그래서 더욱 처절한 결과만 낳는 바보들이 많다.

하지만 어쩌겠는가. 그게 남자들의 또다른 모습인 것을. 그 남자가 농담처럼 쏟아내는 이 말들은 행여 거절당할 것을 염두에 두고 나름대로 치는 방어막이라는 말씀. 이쯤 알았으면 남자들이 하는 말들은 앞으로 좀 믿어주자. 앞서도 말했지만 자신의 속마음을 두고 괜히 농담하는 남자들은 별로 없으니까.

내가 알았던 그는 정말이지 고백에는 천재였다. 가장 알맞은 순간을 어찌나 잘 아는지, 말을 꺼내는 타이밍도 기가 막혔다. 사랑을 고백하는 말이든, 자신의 잘못을 인정하고 후회하는 말이든, 또는 한 걸음 더 가까워지기 위해 풀어놓는 지난날의 소소한 추억이든 그게 무슨 말이든 간에, 상황과 내용에 맞게 포장하는 데 최고였다. 따라서 나는 그가 고백할 때마다 한 남자를 투명하게 들여다보고 있다는 사명감과 행복감에 젖었다. 하지만 그것은 그의 고백 본능에 다름아니었다. 그는 자신의 고백대로 스스로를 포장하며 애정결핍을 달래고 있던 것이다.

어느 날, 한창 일하느라 바쁠 그 시간에 그에게서 전화가 걸려왔다. 그 사람은 다짜고짜 "제발 날 떠나지 마!"라고 소리치더니 흐느끼기 시작했다. 연애 초반이라면 감동받다 못해 이 감정을 잊을세라 일기라도 썼을 것이다. 하지만 당시 난 그의 타고난 '고백 전문가' 기질을 이미 눈치 챈 뒤였다. 난 곧장 그에게 무슨 일이 있었는지 거꾸로 파헤치기 시작했다.

아니나 다를까. 그 사람은 자기 차 안에 두고 내린 나의 다이어리를 훔쳐본 뒤였다. 엄청 바쁜 시간인데도 냅다 전화를 해서 내게 어이없는 고백을 날린 타이밍은 정확히, 그 다이어리 안에 적힌, 그와 관련된 나의 심드렁한 글귀 몇 줄과 실망 섞인 푸념을 몰래 훔쳐본 뒤였다. 좋아하는 여자에게 자신의 존재 가치가 점점 희미해지고 있다는 것을 알게 된 남자의 조급함이 그로 하여금 느닷없는 고백 한 방을 날리게 한 것이었다.

사실 그 마음이 이해 안 되는 것은 아니다. 어느 남자가 흐릿해지는 자신의 존재 앞에서 다급하지 않겠는가. 하지만 습관처럼 내뿜는 고백은 너무나 재미없고 한편으로 서글프기까지 하다.

그 뒤로도 그 사람은 적절한 고백의 타이밍을 찾는 데 열중했다. 그리고 마치 김 빠진 사이다처럼 진심이 생략된 고백을 끊임없이 뱉어내는 통에 나는 더 이상 그를 믿을 수 없게 되었다. 결국 나는 "당신의 놀라운 달변 앞에서는 누구나 무릎을 꿇을 거예요. 하지만 당신의 양면을 알게 된 여자의 마음은 끝내 얻지 못하겠지요"라는 말을 마지막으로 남기고 그에게서 등을 돌렸다.

말(言)을 위한 말(言)은 언제나 쓸쓸하다. 그래서 그렇지 않은 고백이 투박하더라도 더 오래 기억에 남는 법이다. 내가 기억하는 가장 빛나는 고백은 학창 시절, 영훈이가 건넨 몇 마디였다. "은영아, 나는 이 세상에서 울 엄마 다음으로 네가 가장 좋아!" 생각하면 생각할수록 순수하고 맑다. 하지만 아쉽게도 타이밍이 적절치 않았다. 내 마음엔 이른바 다른 누군가가 들어앉은 뒤였기 때문이다. 그러고 보면 세상은 참 불공평한 것 같다. 적절한 타이밍에 고백하는 남자는 그 마음을 의심받고, 진심이 팍팍 느껴지는 어떤 고백은 깨닫고 받아들이기에 너무 늦은 뒤니까.

그 시절 그 아이는 혼자 무럭무럭 키워 낸 마음을 내친 김에 속시원히 털어놓자는 생각이었을 것이다. 하지만 받아들이는 여자 입장에서는 또 그게 아닌 법이다. 이제 와 하는 얘기지만 영훈아, 혼자 끙끙 앓다가 모든 상황이 정리된 후에야 털어놓을 거면 안 하는 것이 더 나았단다. 넌 이미 내가 다른 남자친구를 마음에 뒀다는 거 알고 있었잖니. 그 고백 듣고 나더러 어쩌란 말이냐.

고백은 언제나 황홀하다. 하지만 때를 놓쳐버린 고백은 더 이상 고백이 아니라 아무짝에도 쓸모가 없는 텅 빈 메아리일 뿐이다. 이 경우가 그렇다. 하루 이틀 미루고 미루다 또는 너무 시기를 고르다 적절한 타이밍을 놓친 고백은 보다시피 둘 사이에 서먹함만 남길 뿐이다.

나는 한때 나름 열정 넘치는 밴드에서 활약하던 베이시스트였다. 뭐 바꿔 말하면 당연히 공부는 뒷전이었단 뜻이지만. 어쨌든 그 덕분에 적잖이 인기 몰이를 할 수 있었다. 여러 남자들이 덤비던 그 시절, 같은 동아리에서 활동하던 친구 하나가 어느 날 뜨악한 고백으로 내 입을 막았다. 그 친구는 잠깐 보자는 말로 나를 벤치로 불러내더니 "미안하다!"며 포문을 열었다. "뭐가 미안한데?"라는 나의 시큰둥한 반문에 "미안한데…… 널 좋아해. 허락 없이 널 좋아해서 미안해. 사귀자는 말은 안 할 테니까 그저 내가 널 멀리서나마 지켜보고 좋아할 수 있도록 허락해 줄래?"으혁! 순간 나는 하늘과 땅이 갈라지면서 그와 나 사이의 거리가 빠르게 멀어지는 느낌을 받았다. 아, 남자들. 도대체 여자더러 어쩌란 말인가. 제발 이런 식의 고백 좀 안 하면 안 될까?

우리 주변에는 뜻밖에도 뒷북치는 남자들이 많다. 대부분은 모두가 짐작한 대로 용기가 부족해서 그런다. 머리로는 지금이 고백해야 하는 때라는 것을 너무도 잘 알고 있다. 그래서 슬쩍 여자의

207

눈치를 살핀다. 애가 바짝바짝 타는 자기 속은 아는지 모르는지, 무심한 그녀의 얼굴을 보면 남자는 왠지 쪼그라든다. 그리고 지금 고백하면 그녀가 곧바로 자신의 진심을 무시할 것만 같은 느낌에 빠져든다. 이럴 경우, 대부분 오늘은 그냥 넘기고 다음 기회를 노리기로 한다. 이럴 때 여자는? 무심해 보였을지 몰라도 알 건 다 아는 것이 여자 아니던가. 남자가 고백을 할 것도 같은데, 그 달싹이는 입술을 들여다보다 아주 복창이 터져 죽을 지경이다. 결국 머뭇거리다 하루를 다 보내는 남자를 지켜보다 전신의 기운을 모두 써버리고 만다.

사랑은 상대적인 화학 반응이다. 남녀가 사랑할 때는 굳이 표현하지 않아도 짐작 가능한 초강력 전해질이 몸 안에서 만들어진다. 이제 짧고 강렬한 멘트로 그 사랑을 만천하에 알릴 때가 되었는데도, 그리고 그 시기가 왔음을 여자가 눈치 채고 있는데도 남자는 통 입을 열지 않는다. 정말이지 미치고 팔짝 뛸 노릇이다.

남자가 뒷북을 치는 또 하나의 이유가 있다. 그렇다! 의욕이 넘치다 못해 너무 넘칠 때도 문제다. 너무나 철저하게 고백의 순간을 준비하거나 고백의 말을 멋지게 하고 싶은 마음이 지나쳤을 때, 오히려 살짝 짜증이 난다는 것을 남자들은 아는가 모르겠다. '과유불급'이라! 뭐든 지나친 것은 모자란 만 못한 것이다. 그러니 이 땅의 남자들이여! 주저 말고 과감하게 고백하길 바란다. 당신이 오늘 내일 미루다 미처 하지 못한 말들은 오늘을 넘기면 고백이 아니라 뒷북이 되고 만다는 사실을 잊지 않길 바란다.

아, 마지막으로 하나 더! 고백은 멋있는 말로 가득 채우는 것보다 조금은 투박할수록, 조금은 짧다 싶을수록 감동이 배가 된다는 것 잊지 말자!

Date Tip

적절한 고백이 좋은 세 가지 이유

첫째 : 오늘 고백하기 위해 어제 긴장감에 잠을 설쳤을 것을 생각하면 당장이라도 안아주고 싶을 만큼 사랑스럽다.

둘째 : 순간 내가 한 남자의 떨리는 고백을 받는 아름다운 여자가 되니까.

셋째 : 먼저 하고 싶었던 '사귀자' 는 그 말을 먼저 해줬으니까.

뒷북이라도 설레는 세 가지 경우

첫째 : 멋쩍게 웃으며 "내가 좀 늦었나?" 하고는 뒤통수를 긁적일 때

둘째 : "다른 남자를 만나고 있어도 괜찮아. 내 맘을 전했으니 마음은 편해졌어"라고 말할 때

셋째 : "난 여기 있을 테니까 언제든지 내게 와"라고 가슴을 쫙 펴며 얘기할 때

PART 5

나쁜 남자,
피하거나
유혹하는 법

자뻑남, 지질남은 절대 곁에 두지 말라 | 남자들의 잠재성을 인정하라 | 바람기는 의처증에서 시작됨을 잊지 말라 | 남자의 무룰에 현명하게 대처하리 | 여자 마음 읽는 법을 가르쳐라 | 사랑과 우정 무엇을 선택할지 묻지 말라 | 여자 말을 안 듣는 남자를 휘어잡아라 | 방어와 공격을 적절히 병행하라 | 때로는 남자에게 매섭게 차여라

자뻑님, 자학님은 절대 곁에 두지말라

자뻑하는 남자 **VS** 자학하는 남자

　내가 아는 가장 끝내주는 왕자님은 필요한 순간마다 자뻑과 자학을 적절히 활용해 가며 스스로의 만족도를 극대화시키는 P군이다. 오랫동안 알고 지내왔으나 그리 친하다고는 할 수 없는 사인데, 그도 그럴 것이 나는 그를 보고 있자면 코믹 만화라도 보듯 그가 지구에 온 목적이 궁금해지곤 했다. 외계 어느 별에서 오지 않고서야 이렇게 자기만의 세계가 독특할 수 있냔 말이다.

자뻑은 '나는 너무 잘나서 남들과는 다르다'는, 황당하지만 당사자에겐 심각한 존재론적 고민에서 시동이 걸린다. 하찮고 시들시들한 군상을 보며 속으로 절대 섞일 수 없다고 생각하는데, 여기서 더 나아가면 건드리기조차 두려운 '왕자님의 반열'에 오른다. "너무나 출중한 내가 어찌 저들과 엮일 수 있으리오. 역시 난 혼자야"로 귀결되는 완벽한 '독야청청'의 자세는 왕자들의 특징이다.

그런데 재미있는 것은 이러한 절차를 모두 밟고 나면 느닷없이 추락하여 자학에 이른다는 것. 말하자면 "도대체 난 뭐야? 난 왜 저들과 같지 못한 거야? 내 고민을 저들이 이해할 수 있을까? 아아아~ 난 아무 짝에도 쓸모없는 인간이야!"로 가는 것이다.

앞서 말한 P군은 타고난 자뻑남으로서 그 본분에 충실했다. 상대방을 기분 나쁘게 할 줄 알았으며 자신의 능력과 자질을 드러내는 데 망설임이 없었고, 여자친구에게는 잠자코 오빠 말만 들으면 된다고 무시하기 일쑤였다. 자신과 비슷한 능력을 가진 상대를 발견하면 화들짝 놀라 한 발 물러서는 동시에 상대의 능력을 온전히 인정하지 않았다. 자신의 능력은 당연한 것이고 상대방의 것은 '장님 문고리 잡은 격'이라고 생각했다.

그럼에도 그의 여자친구였던 Q양은 그런 것쯤 대수롭지 않은 듯 진심으로 그를 사랑했다. 남들 다 아는 일반 상식을 대단한 고급 정보라도 되는 양 뻐겨도, 그다지 봐줄 것 없는 매무새로 식당이나 극장에서 거드름을 피워도, 근사한 컨버터블을 뽑아 그녀를 태우고 괜히 시내만 여러 바퀴씩 돌아도 말이다.

Q양은 이런 그가 귀엽다고 했다. 아는 것도 모르는 척 그의 말에 귀를 기울였고, 그가 식당에서 다소 거만한 행동을 할라치면 옆에서 청순한 미소를 띤 채 화난 식당 주인을 부드럽게 달랬다. Q양은 진정

그의 자뻑 뒤에 숨은 순수함과 외로움을 사랑했던 것이다.

뭐 알고 보면 자뻑남에게 순수한 면이 있는 것은 사실이다. 세상과 타협하거나 융화되지 않는 도도함이 개성처럼 느껴질 수도 있다. 하지만 자뻑남은 도를 넘으면 통제가 안 될 정도로 자학 모드에 빠져드는 경향이 있다. 바닥 끝까지 내려가면서 측근들을 힘들게 하는 것이 이런 남자들이 하는 특유의 못된 짓이다. 여자친구에게 이별을 고하고, 부모 가슴에 못을 박고, 친구들을 서운하게 하고는 그저 한마디 남긴다. "나는 못난 놈이야. 미안하다 이렇게 못나서"라고. 결국 Q양도 그렇게 P군에게 차였다.

이렇게 자뻑에서 자학까지 오가는 남자도 있는 반면, 자학을 위한 자학을 하는 남자들도 있다. 여기서 우리가 짚고 넘어가야 할 것 하나. 바로 남자는 여자보다 훨씬 깊이 자학에 빠진다는 사실! 이유는 단순하다. 동물학의 관점에서 볼 때, 남자는 여자보다 많은 콤플렉스를 갖고 태어났다. 콤플렉스 때문에 남자는 전쟁과 패배를 거듭하고, 친구를 배신하거나 배신당하고, 여자에게 무릎을 꿇거나 등을 돌린다. 콤플렉스와의 대결은 철이 든 뒤부터 끊임없이 남자를 괴롭히고, 그러다 보니 극심한 자기 연민에 빠지는 거다. 차츰 상사의 사소한 잔소리, 여자친구의 냉랭한 태도, 부하직원이나 후배의 성의 없는 말투에도 상처를 받는다. 그러면서 "나 같은 놈이 무슨……"이라는 말을 되뇌며 가까스로 숨을 몰아쉬는 것이다.

세상에는 얼굴 생김만큼이나 다양한 자학남이 있다. 어떤 남자는 자신의 집안이 부자거나 좋은 집안이 아니라서 자학하고 어떤 남자는 부모가 원하는 만큼 교육시켜 주지 않았다고 자학한다. 어느 날은 세상에서 가장 가난하고 무능력한 자신을 왜 사랑하느냐고 여자친구에게 묻기도 하고, 어느 날은 암울한 표정으로 너는 나보다 훨씬 좋은 남자 만나서 행복하게 살아야 한다며 이별을 고하기도 한다.

도대체 이유가 뭘까? 왜 그렇게 스스로의 목을 조르지 못해 안달하는 걸까? 꼭 그렇게 주변 사람들을 힘들게 하면서 자기 존재를 확인해야 속이 시원한 걸까? 자학남들에게 시달렸던 그녀들은 입을 모아 이렇게 외쳤다.

그럴 때마다 자학남들은 말이 없다. 왜? 본인들도 모르거든. 그냥 세상이 싫고, 오늘 낮에 만난 클라이언트의 눈빛이 나를 무시하는 것 같고, 돈이 없어서 하고 싶은 것 맘대로 못하는 현실이 사무치게 싫을 뿐이다. 이렇게까지 자학할 이유는 없는데 딱히 분노와 자기 환멸을 표현할 방법을 몰랐을 뿐이다. 나약한 스스로에게 짜증이 나는데 풀 길은 없고, 극단적으로 자기 학대라도 해야 가슴속 열불을 잠재울 것 같기 때문이다. 또한 그의 자학을 방치하지 않고 토닥거리며 "괜찮아, 당신은 무능력한 사람이 아니야, 당신한테는 이러이러한 장점이 있잖아"라는 그녀의 위안을 들으며 조금이나마 자위하는 것이다.

나는 자학을 즐기는 남자를 보면 더럭 겁이 난다. 감정의 전이가 무서워서다. 서로 사랑하고 있다면 여자 역시 남자의 괴로움을 미리 헤아리지 못할 리가 없다. 마찬가지로 남자도 그저 여자가 어떻게 반응하나 보려고 재미 삼아 자기를 짓밟지는 않을 거라 믿는다. 스스로도 이유를 모른 채 그저 습관적으로 자학하는 남자라면 여자를 사랑하지 않는다는 뜻이 아닐까. 그런 남자 곁에서 덩달아 우울해지는 건 싫다. 차라리 남자가 "나 지금 이만큼 힘들단 말이야"라고 직접 말해 주는 쪽이 더 좋겠다. 이해와 아량으로 보듬는 것도 한두 번이다. 표현하지 않고 여섯 살 난 꼬마처럼 배배 꼬면서 스스로를 학대하면 여자는 절대 그의 신호에 반응하지 않는다. 매몰차다고? 모르는 소리다. 쓸쓸한 얘기지만 자학이 극대화되면 습관이 된다는 것을 지난 경험을 통해 나는 알고 있다. 이런 남자는 여자들에게 호환 마마보다 더 경계의 대상이란 것을 잊지 말자.

Date Tip

자뻑남 길들이기 3단계

아닌 건 아니라고 말한다 : 잘못이 있으면 바로 조목조목 반박한다. 물론 지긋지긋한 인상을 주지 않도록 주의해야 한다는 거, 말 안 해도 알겠지?

그의 평범함을 일깨운다 : 밑도 끝도 없는 자뻑의 싹을 싹둑 잘라내야 한다. 다양한 근거를 들어 서서히 깨닫게 한다. 단, 다른 사람과 비교하면서 일깨워주진 말지어다.

호응해 주지 않는다 : 손뼉도 부딪쳐야 짝짝 소리나는 법! 맞장구치는 사람이 없으면 자뻑 놀이도 시들해지게 마련이다.

자학남 길들이기 3단계

무심한 태도로 일관한다 : 알은체하지 말자. 호들갑도 떨지 말자. 그냥 내버려두자.

습관이 되어간다는 것을 일깨운다 : 잊을 만하면 벌이는 자학 소동이 얼마나 쓸데없는 일인지 짚어주자.

그냥 헤어진다 : 남자의 자학 증세는 꽤 오래 간다. 견딜 자신이 없다면 일찌감치 헤어지는 게 서로에게 상책.

남자들의 정치성을 인정하라

내 편 드는 남자 **VS** 남 편 드는 남자

'내 여자'라는 말은 듣는 여자들에게도 결코 가볍지 않은 말이지만, 특히나 직접 하는 남자들 스스로에겐 어마어마하게 강력한 주술을 걸게 된다. 회사에서 상사에게 심한 모욕을 듣고 분통을 터뜨리는 '내 여자'를 위해 금방이라도 뛰쳐나가 분을 갚아주겠다는 남자, '내 여자'가 동창회에 나갔다가 이래저래 기가 죽어 오면 동창회에 따라 나와 모두가 부러워할 만큼 헌신하는 모습을 보이는

남자. 이런 남자를 두고 우리는 '나밖에 모르는 든든한 내 남친!'이라고 부른다. 물론 이런 모습은 두고두고 칭찬할 만하다. 그들은 상냥하고, 부드럽고, 믿음직하고, 때론 섹시하다. 단, 당신이 옆에 있을 때까지만!

후배 O양은 회사 선배에게 툭하면 '갈굼'을 당했다. 그녀가 다니던 대기업은 유난히 위아래가 엄격하고 텃세가 심했다. 다른 직장을 다니다 공채로 입사한 탓에 다른 경력 사원과 사회 경험이 비슷한 그녀였지만 그곳에서는 어쩔 수 없는 후배의 입장이었다. 이런 그녀를 표적으로 삼은 사람은 나이는 동갑이지만 버젓이 대리 직함을 달고 있는 남자였다. 사사건건 트집을 잡아 그녀를 괴롭혔으며 때로는 상사가 있는 앞에서 은근한 인신공격도 서슴지 않았다. 속으론 '뭐 저런 인간이 다 있어?' 싫었지만 O양은 끝까지 꾹 참았다. 대신 이 모든 일들을 동종업계에서 일하는 남자친구에게 털어놓았다.

함께 프로젝트를 진행한 탓에 여자의 얄미운 남자 선배를 잘 알고 있는 그는 그녀의 얘기를 들을 때마다 부르르 떨며 당장이라도 그의 코뼈를 부러트릴 태세였다. 그가 게거품을 물며 흥분할 때마다 오히려 그녀가 손을 홰홰 저으며 말려야 할 정도였다. 그녀는 그 모습을 보는 것만으로도 위안이 됐고, 그 덕분에 회사 생활도 그럭저럭 견딜 수 있었다.

그러다 남친과 헤어지게 된 O양. 얼마 지나지 않아 한 술집에 들렀다 사이좋게 술을 마시고 있는 두 남자를 목격하게 됐다. 바로 옛 남친과 자신을 갈구는 재미로 살던 남자 선배였다. 사귀는 동안 선배의 만행을 들으며 길길이 날뛰고 흥분해 줬던 그 남자, 그랬던 그가 자기와 헤어지자마자 저토록 홀가분하게 그 악랄한 선배와 술잔을 기울이는 사이가 됐다는 것에 그녀는 엄청난 배신감을 느꼈다. 그녀는 "남친이 그 선배한테 더 적극적으로 접근해서 자기 일에 도움을 받고 있다더라. 정말 허탈해서 말도 안 나올 지경이야"라고 중얼거렸다. 그러게 O양아, 내가 뭐랬니. 헤어지고 나서 의리 없는 놈이라고 욕해 봐야 그 남자 잘못 없다. 너 만나는 순간엔 선배 만나 알랑방귀 뀌고 싶은 걸 꾹 참아가며 너한테 올인 했잖니. 남자들, 정치적인 면에서는 우리 여자들보다 한 수 위라고 했잖니. 여자 편 들어주는 남자는 든든하지만 그런 남자일수록 보상 심리가 강하다는 것을 잊어서는 안 된단다. O양아.

　연애란 것이 분명 대놓고 누가 누구를 소유한다는 뜻은 아

니지만 따지고 보면 서로가 서로에게 기꺼이 속하는 행위다. 남자는 누군가 내 것을 위협하거나 내 것이 위험에 빠졌을 경우 그것을 지키기 위해 성난 이빨을 드러낸다. 여자친구 편에서 다감하게 어깨를 감싸며 "내가 있잖아. 걱정하지 마!"라고 안심시키는 남자의 심리에는 모든 수컷의 '내 것 지키기' 본능이 자리한다는 것.

O양 남친과 달리 '내 여자'가 곤경에 처했거나 부당한 대우를 받았어도 "네가 잘했어야지!"라거나 "네가 그렇게 행동하니까 저쪽에서 널 몰아붙이는 거 아냐?"라고 타박부터 하고 보는 남자들도 있다. 여자들이 보기에 이런 남자들은 때때로 도저히 이해가 안 간다. 남자와 나눈 대화가 전혀 무의미해질 때란 바로 이런 경우다. 여자가 "먼저 날 좀 챙기고 보란 말이야!"라고 하면, 남자는 "일단 잘잘못을 따져보잔 말이야!"라고 맞받아친다.

언젠가 남자친구와 옷을 사러 간 적이 있다. 마음에 드는 옷을 들고 피팅룸에서 옷을 갈아입고 있는데 느닷없이 문이 확 열렸다. 안에 걸쇠가 없는 대신 옷을 입어보는 동안은 밖에서 점원이 친절하게 대기하고 있는 곳이었는데 말이다.

어쨌든 문이 열리는 순간 나는 무방비 상태였다. 화들짝 놀란 내 눈에 들어온 건 웬 손님의 놀란 얼굴과 뒤에서 힐끔거리는 다른 손님들이었다. 3~4초의 짧은 순간이었지만 내겐 영겁처럼 느껴졌다. 얼른 행색을 추스르고 밖으로 나오자 문을 열어본 손님이 날 쳐다보며 사과는커녕 "안엔 열쇠가 없나 부네?" 하곤 쓱 지나치는 게 아닌가. 게다가 내 쇼핑을 도왔던 점원은 사라지고 없었다. 사태의 심각성을 알아챈 남자친구는 단숨에 내 옆으로 다가와 무슨 일이냐고 묻고는 나를 진정시켰다. 낯모르는 사람들에게 배꼽과 팬티를 여지없이 내보였는데 그의 말이 귀에 들어올 리가 있나! 그런데도 그 남자는 뒤늦게 나타난 매니저에게 화내는 나를 막아서며 "사과 했으니 됐습니다. 오늘은 쇼핑하기가 좀 그렇네요!"라는 말을 던지고는 내 손목을 잡아끌었다. 그냥 따라나가기도 그랬지만 버틸 수도 없는 노릇이었다.

그 뒤로 가끔씩 "내가 그렇게 화가 났는데 어쩜 아무렇지 않게 나를 데리고 나올 수 있어? 내가 얼마나 무안했는지 알아?"라고 추궁하면 그 남자, "덩달아 화냈으면 사람들이 우리 두 사람을 뭐라고 했겠니? 그럴 땐 못 이기는 척 남자한테 맡기면 되는 거야!"라고 대답하곤 했다.

언뜻 듣기엔 멋진 코멘트지만 입장 바꿔 생각해 보면 '대장부의 깊은 속뜻은 이러하니 아녀자는 잠자코 그런 줄 알라!'는 거 아니냐고! 이게 바로 남자들의 '나와바리 본성'이란 거다. 내 것을 지키려는 욕구가 강한 남자에게 애인은 남이 아니라 그 남자 자신이다. 어떤 남자는 함께 화를 내며 그 자리에서 분을 풀기도 하고, 어떤 남자는 냉정하게 수습하고 돌아선다. 두 경우 모두 내 여자에 대한 모욕을 어떻게든 책임지고 갚겠다는 사인이다.

남자친구는 나중에 다시 그 매장을 찾아가 매니저를 불러 매장 관리에 대해 주의를 시키고, 내가 입다 일을 당했던 치마를 사오는 것으로 사건을 '종결'했다. 나는 왜 멋진 척은 혼자 하냐고 쏘아붙였지만 한동안 그 치마는 잘 입고 다녔다. 이해할 수 없는 남녀의 언어, 아무 짝에도 쓸모없어 보이는 남자들의 정치. 도대체 언제까지 잠자코 참아줘야 하는 걸까?

Date Tip

이럴 때 그는 당신 반대편에 선 남자

회사 일을 불평해도 심드렁할 때 : "잘 좀 하지 그랬어? 넌 그게 문제야"라고 말하는 남자. 순간 살의를 느낄지도.

나보다 내 친구를 칭찬할 때 : "삼순 씨는 보기보다 애교가 많더라?"는 바꿔 말하면 당신은 뻣뻣하고 재미없다는 얘기겠지? 이런 죽일 놈 같으니.

그의 승진 소식을 맨 나중에 알게 됐을 때 : 기쁜 일은 중요한 사람들하고만 나누고 싶어진다. 당신한텐 말도 없이 다른 사람들과 먼저 기쁨을 나눠 버렸다면 이미 당신은 그에게 별것 아닌 존재.

이럴 때 그는 당신 편에 선 남자

회사 일로 불평했더니 잘잘못을 따질 때 : 전후 상황을 듣고 먼저 당신이 고칠 점을 짚어주고 난 다음, 상대방에게 가차 없는 비난을 날리며 앞으로의 대책을 함께 고민해 주는 남자.

친구들 앞에서 내 칭찬을 할 때 : 함께 있을 때보다 내 친구들이랑 같이 있는 자리에서 더욱 살뜰히 나를 챙기는 남자. 당신의 자존심을 곧 자신의 자존심으로 여기는 남자다.

무슨 일이 생길 때마다 당신에게 가장 먼저 전화할 때 : 이런 남자라면 그저 암말 말고 믿고 따라가도 좋다.

바람기는 의처증에서 시작됨을 잊지말라

바람기 다분한 남자 **VS** 의처증이 의심되는 남자

여자는 섬세하고 남자는 털털하다는 일반화가 아무 소용없는 것이 연애다. 더욱이 은밀한 바람기라면 남자는 고도의 집중력과 꼼꼼함을 드러낸다.

연애를 하면서도 남자는 연애(또는 여자)를 공식과 비공식으로 나누고, 마음속 집과 욕망의 집을 동시에 드나든다. 친구 F군은 유부남이다. 동시에 싱글남이기도 하다. 지금 그의 부인이 외국에 공

223

부하러 가 있기 때문이다. F군은 스스로를 '한 여자를 사랑하는 뜨거운 남자이자 다수의 외로운 영혼을 보듬을 수 있는 가슴 넉넉한 남자'라고 분류했다. 나는 그 곁에서 주저 없이 그를 '바람둥이'라고 분류했다. F군은 내가 넣어둔 자신의 카테고리가 마음에 들지 않았는지 여러 차례 바꿔달라고 졸라댔지만 사실 누가 봐도 그는 바람둥이였다. 제아무리 친구라 해도 옆에서 보기에 도가 지나칠 정도로 뭇 여성에게 쓸데없이 가슴이 넉넉한 놈이었다.

바람둥이는 자신의 행동이 누군가에게 몸보다 마음으로 죄를 짓는 일이라는 것을 이미 알고 있다. 그리고 그들은 알면 아는 만큼 그 경험과 실력을 바탕 삼아 앞으로 쭉쭉 나아간다. 돼먹지 못한 '꼬리 흔들기' 천성은 절대 고쳐지지 않는다.

남자들은 어느 분야에 다양한 경험을 쌓게 되면 그때부터 더욱 자신 있게 자신의 업적을 분류하기 시작한다. '바람'에도 예외란 없다. 거래처 아가씨는 가끔 술잔을 기울이며 일에서 오는 피곤을 함께 털어내는 사이고, 우연히 다시 만난 동아리 후배는 대학 시절의 향수와 동시대를 살아가는 어른으로서 공감대를 나누는 사이다. 나이트클럽에서 만난 여자는 '하룻밤'으로 끝내기 아까워서 가끔 만나는, 이른바 '오빠 동생' 사이다. 이렇듯 사내에서, 오가다 우연히, 누군가의 소개로 만나는 모든 여자들에게 바람둥이는 나름의 의미를 부여한다. 이런 분류 작업을 마쳐야 단순한 바람은 아니었노라고 스스로를 합리화하기에 편하고, 섹스나 외로움을 사랑이라고 혼돈하며 필요 이상의 가치를 부여하는 어리석음을 피할 수 있다.

남자들이 바람을 피우는 경우는 딱 세 가지다. 첫째는 경제적 여유가 있을 때, 둘째는 그런 건 없지만 대신 용의주도한 치밀함이 받쳐줄 때, 셋째는 돈도 없고 지능도 딸리지만 이 모든 것을 앞서는 막무가내 뻔뻔함이 있을 때다.

이렇게 사방팔방 업적을 쌓아가던 바람둥이들은 여자친구 또는 아내가 자신을 사랑하는 것보다, 자신이 더 많이 그녀를 사랑하게 되었을 때 비로소 정신을 차린다. 쉽게 말해 '임자 만났을 때'다. 임자를 만난 바람둥이들은 불안해서 어쩔 줄을 모른다. 학교나 회사, 어디든 그녀 주변에 있는 모든 남자가 의심스럽다. 왜냐하면 자기가 그랬으니까. 자신의 경험에서 비롯된 망상이 하루 종일 따라다닌다. 사랑에 빠진 바람둥이들은 이런 망상을 하루에도 수십 번씩 해댄다. 스스로도 얼마나 피곤하겠느냐만 그 진저리나는 정신적 고통을 감수하면서까지 여자친구에게 끊임없이 묻고 대답을 강요한다. 언제 어디서 누구와 무엇을 어떻게 왜 했는지를 빠짐없이 들어야 안심된다는 듯 말이다. 어느새 그들은 의처증 환자가 되어가는 것이다.

오래 전 남자친구는 나중에 스스로도 인정했듯이 의처증 기질이 다분했다. 그는 자나깨나 의심부터 하고 보는 인간이었다. 그럼에도 우리는 경쾌하고 발랄한 만남을 이어갔지만 나는 종종 그의 밑도 끝도 없는 '의심질' 때문에 불같이 폭발하곤 했었다.

어느 날, 난 그와 길을 걷고 있었다. 인형을 파는 노점상을 지나는데, 그가 리어카로 다가가더니 인형 하나를 고르는 것이다. 당연히 날 주려나 보다 했던 나는 인형에 취미 없으니 그만 가자고 채근했다. 그런데도 자꾸만 골라보라는 거다. 하는 수 없이 책상에 올려두면 좋겠다 싶은 작은 인형 하나를 고르고 고맙다는 인사까지 붙여주었다. 그러자 그가 하는 말이란! "이거 네 거 아냐."

순간 난 내 귀를 의심했다. 최근 남자친구와 헤어진 같은 과 여자 후배에게 줄 위로 선물이라는 그의 변명이 이어졌다. 나는 "데이트하다 말고 갑자기 별 상관도 없는 후배를 위해 인형을 산다는 게 말이 돼?"라고 불을 뿜었다. 남자친구는 그저 "그녀가 안돼 보여서 말야. 잘해주고 싶어"라고 대꾸했다. 그러더니 "왜 나를 못 믿냐?"며 화를 냈다. 참나. 그토록 나를 못 믿고 의심하며 사사건건 피곤하게 굴던 게 누군데. 그 뒤로 남자친구와 그 후배가 나 몰래 조금씩 가까워지고 있다는 것을 눈치 채는 데는 그리 오래 걸리지 않았다.

사람은 누구나 아는 만큼 보이고, 보이는 만큼 믿게 돼 있다. 바람피우는 남자는 의심이 많고, 의심이 많은 남자는 뒤가 구리다. 여기에 빗대면 좋은 격언이 '뭐 눈엔 뭐만 보인다'일 것이다. 과거에 종종 바람을 피워봤거나 지금도 호시탐탐 양다리를 걸치는 남자는 당연히 자기 여자친구 주변에 있는 불안 징후를 캐내느라 언제나 사색이 된다. 바람피우는 남자 눈에는 자기 여자 주변의 모든 남자가 음흉하고 불온한 남자들로 보이게 마련이다. 그리고 그 남자들이 각종 덫과 달콤한 말로 내 여자를 금세라도 꼬여낼 거라 생각한다. 왜겠어. 당연히 본인도 그런 식으로 여자의 허리를 감아왔거든. 의심 많은 남자에게 "난 당신밖에 없어, 왜 나를 못 믿는 거야?"라고 말해 봐야 백이면 백, 이렇게 대답한다. "널 못 믿는 게 아니라 남자들을 못 믿는 거야." 그 옛날 남자친구도 내게 그랬다.

남자들은 자기가 바람을 피울 땐 "사랑에는 유통기한이 있어서 일정 기간이 지나면 누구나 한눈 팔게 돼 있는 거야!"라고 합리화하면서도, 자기 여자친구가 혹시 바람이라도 피울까 애태우며 "죽도록 나만 봐!"라고 말한다.

여자가 바본가? 당신 눈은 사방으로 돌아가는데 그녀가 미쳤다고 당신만 보겠냐고요. 그러게 "있을 때 잘하라"는 말, 참 무서운 말이다. 나중에 발등 찍으며 "생각해 보니 그녀를 정말 사랑했어!"
라고 울어봐야 버스 떠난 뒤다. 여자친구에 대한 스스로의 사랑도
못 믿으면서 그녀에게 자신을 뺀 남자들은 죄다 믿지 말라고 얘기
하는 건 도대체 무슨 경우람? 뻔뻔한 이중인격들 같으니!

Date Tip

그 남자의 바람둥이 기질

한번 지나친 여자도 쉽게 기억한다 : 남자는 집
중하지 않고는 한 번 보고 많은 것을 알아내지
못한다. 그런데도 가벼운 인사를 나눴거나 우
연히 합석한 여자에 대해 시시콜콜한 것까지
기억하고 있다면 그는 바람둥이!

정도를 넘게 무뚝뚝하다 : 이상스러우리만치
당신 친구를 경계하거나 지나치게 깍듯하다면
의심해 볼 것. 워낙 여자들에게 관심이 많아 스
스로 거리를 두려는 몸부림일 때가 많다.

친밀한 호칭을 슬쩍 섞는다 : 만나는 여자에게
모두 의미 부여를 하며 사정거리 안에 그녀를
두려는 속셈. 바람둥이!

그 남자의 의처증 기질

자신의 모든 것을 공개한다 : 그러니 너도 낱낱
이 공개하고 투항하라는 뜻. 남자가 다 깐다고
무작정 감동하지 말 것.

감정의 기복이 크다 : 당신을 끔찍히 아끼다가
도 일단 의심이 일면 무섭게 화를 내며 몰아붙
일 가능성이 짙다. 그러다가 싹싹 비는 것도 이
런 남자의 특성. 오, 노!

"너도 나밖에 없지?"라고 묻는다 : 이런! 이미
의심이 시작되고 있다는 뜻. 내빼거나 따끔하
게 못을 박을 필요가 있다.

남자의 우울에 현명하게 대처하라

홀로 우울해하는 남자 **vs** 달래달라고 떼쓰는 남자

여자는 죽어도 남자의 우울을 이해할 수 없다. 남자가 여자의 짜증과 눈물을 이해할 수 없는 것과 마찬가지다. 대개 '우울하다'는 말은 마음이 가라앉고 울컥 눈물이 나올 것처럼 공허한 정신상태를 가리킨다. 하지만 남자들은 그렇게 차분하게 정의하지 않는다. 그들의 우울은 스스로를 비롯해 누군가에게 화를 내는 것으로 드러난다. 이러니 극단적이고 파괴적인 그들의 우울을 어떻게 여자들이

이해할 수 있겠나.

남자들이 우울을 표현하는 방식은 크게 두 가지다. 입 닫고 문 걸어 잠그고 머리카락 쥐어뜯어가며 며칠씩 괴로워하다가 폐인 직전에 발견되는 자폐 스타일과 보이는 모든 사람들에게 "괴로워서 죽을 것 같아요!"라며 옷자락을 붙잡고 징징대며 떠벌이는 확성기 스타일.

남자의 우울은 여자보다 깊다. 그들은 한번 우울에 빠지면 스스로를 벼랑 끝까지 몰고 가 이른바 '바닥을 쳐야' 직성이 풀린다. 그렇다면 그 우울의 원인만 말끔히 사라지면 다시 원래 모습으로 돌아오는 걸까? 그 답은 '아니올시다!'다. 우리 여자들이 우울할 때 백화점에 갔다가 평소 찾고 또 찾던 물건을 발견하면 기분이 화악 풀리는 것과는 차원이 다르다. 남자의 우울에는 '해소'라는 게 없다.

날씨와 옷차림, 업무가 아닌 삶 자체가 우울의 원인을 제공하기에 스스로를 '우울의 동굴'로 내몬다. 그들은 내가 왜 이렇게 살고 있나, 앞으로 나는 어떻게 살아야 하나, 서른한 살에 아직 대리인 내 모습이 형편없어 보이지 않을까 등등의 생각을 집에 가는 전철 안에서 문득 떠올리고는 급격히 우울해지기 시작하는 것이다.

당신의 남자가 갈기를 늘어뜨린 사자처럼 축 처져 있다면 가급적 질문을 아껴주길 바란다. 왜 그렇게 우울해 보이냐고 물어봐야 그에게 들을 수 있는 대답은 "아무렇지 않은데, 왜?"나 "별일 아냐. 신경 쓰지 마!" 정도일 뿐, 절대 상냥하고 친절하게 상황을 설명해주지 않으니까. 괜히 "바람피우는 것 아냐?"라는 어처구니없는 오해 따위를 흩뿌리지 말고 그저 평소처럼 웃어주거나, 말없이 보듬어주는 게 상책이다.

이렇게 혼자 끙끙 앓아가며 우울해하는 남자가 있는가 하면, 우울을 견디지 못하고 모두가 다 알도록 꽉꽉 티를 내며 안아달라고 징징대는 남자가 있다. 좋게 말하면 솔직한 것이고, 다르게 얘기하면 엄살 대마왕인 셈이다.

잘나가는 방송작가였던 P씨는 일을 접고 유학을 다녀온 뒤 깊은 절망에 빠져 있었다. 그는 인정하기 싫었겠지만 모든 사람들이 칭찬하던 실력은 이미 무뎌졌고, 그의 빈자리는 참신한 후배들이 속속 채웠으며, 누구도 더는 그를 찾지 않았다. 그는 극심한 무력감에 빠졌다. 피폐할 대로 피폐해진 남자의 공허한 눈빛과 뒷모습은 내가 세상에서 가장 안 보고 살았으면 싶은 몇 가지 중 하나였다. 그런데 그는 꼭 그런 몰골로 내게 나타나 울고 자조하고 자해했다. 좋아하던 동료였고 한때 그의 재능을 부러워했던 나로서는 괴로웠지만 정말 최선을 다해 그를 달래고 위로했다. "누구나 그런 시절이 있잖아. 걱정 말고 힘내자구!" 따위의 말로 그의 괴로움을 일반화시키며 힘을 북돋우려 노력했다.

하지만 어느 날 나는 마침내 폭발하고 말았다. "이렇게 허깨비 같은 모습을 보일 정도로 자존심까지 증발해 버린 거냐. 실력은 선배 스스로가 내세우는 게 아니라 남들이 알아봐주는 거다"라며 화를 버럭버럭 냈다. 그 뒤로 그는 감쪽같이 내 앞에서 사라졌고 한동안 나타나지 않았다. 내가 너무 모질었는지도 모른다. 하지만 나는 믿었다. 내 쓴소리 속에 숨은 깊은 애정을 그가 알아줄 거라고, 그

는 어찌 됐냐고? 당연히 멋지게 재기에 성공해 예전의 모습을 되찾았다. 스스로 극복할 수 있는데도 엄살만 부리는 것처럼 치졸해 뵈는 것도 없다. 귀여운 투정도 한두 번이니까.

그런데 남자의 우울 중에서 가장 무서운 건 조울증이다. 일로 알게 된 한 남자는 툭하면 외롭다 우울하다를 입에 달고 살았다. 기분 좋은 친구로 지내기 딱 좋은 남자였지만 그의 조울증은 슬슬 나를 짜증나게 했다. 그의 태도에 일관된 점이 있다면 상대방의 기분은 아랑곳하지 않는다는 것. 흔히 우리가 조울증이라고 말하는 증세는 우울증보다 더 심각한 상태다. 우울할 땐 금방이라도 세상을 하직할 것처럼 난리치다가도 다시 좋아지면 상대방 상태 따위는 아랑곳없이 혼자만의 기분에 취해버리는 남자는 한심하다.

당신의 연인이 조울증 증세를 보인다면 부디 당신만이라도 건강한 정신을 유지하기 위해 애써

라. 당신까지 덩달아 하루에도 열두 번씩 기분이 바뀌는 등 조울증에 사로잡히지 않도록. 이런 남자와 일을 하고 있다면 적당한 선을 긋고 우정 따위도 만들지 마라. 그러기엔 그는 너무 스스로에게만 집중하고 있어서 당신의 따뜻한 마음 같은 것은 죽었다 깨나도 몰라줄 테니.

Date Tip

혼자 우울해하는 그 남자 달래기

전화보다는 문자 메시지를 : 우울한 그는 말을 길게 하거나 뭔가를 설명할 기운조차 없다. 통화가 부담스러울 그에게 사랑스러운 문자 메시지를!

무작정 보고 싶으니 만나자고 하기 : 먼저 손 내미는 게 성가셔서 홀로 있을 뿐이다. 무척 외로울 거다. "보고 싶어 죽을 것 같아!"라고 애교 좀 부려줘라.

잔소리하지 않기 : 둘 중 하나다. 술독에 빠져 있거나 누구도 안 만나고 홀로 지내거나. 모두 건강하지 않은 '꼬라지'지만 일단 묵묵히 참아라.

달래달라고 떼쓰는 그 남자 달래기

냉정하라 : 덮어놓고 "내 괴로움을 알아줘"라고 말하는 남자는 습관성일 경우가 많다. 번번이 받아줬다간 이럴 때만 당신을 찾게 될지도.

평상심 유지하기 : 당신마저 그의 기분에 따라 들썩이면 둘은 오래 못 간다. 남녀관계엔 균형이 중요하다. 저쪽의 불안정한 상태가 관계를 송두리째 흔들지 않도록 당신의 균형 감각을 유지할 것.

한번쯤 과감하게 보듬어주기 : 아이를 어르는 엄마처럼 아무것도 묻지 말고 위로해 줄 것. 이런 감동을 남자들은 죽어도 잊지 못한다.

여자 마음 읽는 법을 가르쳐라

눈치만 보는 남자 **VS** 제멋대로인 남자

연애할 때 남자는 보디가드, 머슴, 천사, 카운슬러 등등 다양하게 변신한다. 사실 남자가 꼭 이 모든 것을 다 해내야 할 필요는 없다. 그런데 소심하고 겁 많은 우리의 남자들은 이 모든 것을 다 해내야 한다고 생각하는가 하면, 자기 멋대로 다가와 자기만의 방식으로 진행한 뒤 혼자 결론을 내리고 사라지기도 한다. 앞의 경우는 둘 사이의 애틋한 소통이 사라져버린다는, 뒤의 경우는 여자가 그의 '나홀로 프러포즈'를 눈치 챌 리 없으니 그저 피곤하다는 각각의 차이가 있지만, 둘의 공통점을 꼽자면, 소심한 남자의 일방적인 러브 방정식이라는 것.

남자 1이 내게 말했다. "내가 널 좋아하는 것 같아." "어, 그래? 그렇구나……"라고 대답하면서 나는 내심 이 남자는 몇 번 만나지도 않았는데 내가 왜 좋은 걸까 싶어 의아하기만 했다. 그럭저럭 만나는 친구 같은 관계였고, 둘 사이에 불꽃이 일어날 조짐 따위도 없었으니까. 내가 심드렁하게 대답하자 그는 약간 의아하단 표정을 살짝 짓더니 '날 좋아하는 것 같은' 증거를 몇 가지 대기 시작했다. 내가 좋아하는 것에 자기도 관심을 갖기 시작했고, 내가 서울에 없는 몇 달 동안 내가 보고 싶었다고, 날 아는 누군가를 만나면 괜히 반가웠다고 말이다. 나는 여전히 의아했다. 첫째, 이도 저도 아니게 슬쩍 걸쳐두는 듯한 'OO하는 것 같다'라는 말투 자체에 거부감이 들었다. 둘째, 그래서 그 말을 듣고 '잘해보자'는 건지 '너는 좋은 사람'이라는 건지 가늠할 수 없었다. 마지막으로 셋째, 그가 댄 증거들은 좋은 친구가 될 것 같은 사이에서도 충분히 갖게 되는 관심의 하나였다. '전에도 그가 내게 다가오려고 시도한 적이 있었나?' 기억을 더듬었지만 캄캄했다. 역시 아니다 싶었다. 나는 그의 '스리슬쩍 간 보는' 태도가 거슬렸기에 우리 둘 사이는 그 이후로도 특별히 진전되지 않았다.

생각해 보면 그는 언제나 조심스러웠다. 그가 보내오는 문자 메시지의 행간에는 늘 '당신의 처분대로 하겠어요!'라는 속뜻이 숨어 있었다. 나는 그런 그가 답답했다. '먼저 좀 확 질러주든가!'라고 말하고 싶은 걸 꾹 참았다. 그러던 어느 날 교외로 저녁을 먹으러 갔다. 때마침 장마철이라 밖엔 장대비가 내리고 있었고 행선지까지

가는 도로는 줄기차게 막혔다. 도로가 슬슬 뚫리기 시작할 무렵에 나는 배가 고파 돌아가실 지경이었다. 바로 그때, 그는 날 뚫어져라 바라보며 "저기, 손을 잡아도 되겠어?"라고 물었다.

내 머릿속은 배고픔과 난감함이 쌍곡선을 그리며 급격한 현기증을 만들어냈다. 이른 점심만 대충 먹고 나와 화장실 한 번 들른 뒤 오도 가도 못 하게 고속도로를 달려와 현재 스코어 아홉 시가 다 된 이 판국에 손을 잡아도 되느냐고 묻다니. 이건 좀 아니다 싶었다. "우훗, 습기도 차고 땀도 차서 축축한데 이참에 손이나 잡자, 우리!"라고 말하기도, "지금은 좀 아닌 것 같은데? 일단 밥부터 먹은 다음 손을 잡도록 하자"라고 제안할 수도 없는 상황 아닌가.

이렇게 눈치 코치 없이 예의 바르기만 하다면 좀 문제란 생각이 들었다. 내 쪽에서 묵묵부답이자 그도 말이 없었다. 그날 이후로도 몇 번의 조심스러운 문자 메시지와 데이트를 거쳤지만 우리는 끝내 손끝 하나 스치지 않고 각자 제 갈 길을 갔다.

남자 2의 특기는 자판기 같은 사고방식이었다. 머리 아프다고 얘기하면 재빨리 두통약을 구해 내 앞에 대령했다. 차 안에 마시다 만 녹차가 있었지만 약은 꼭 물과 먹어야 한다며 굳이 새 생수를 사오는 것도 잊지 않았다. 고마운 일이었지만 나는 약간 서운했다. 약국 앞에 부랴부랴 차를 세우기 전에 왜 머리가 아프냐고, 무슨 골치 아픈 일이 있느냐고 물어보길 바랐기 때문에.

그 뒤로도 그는 아픈 나에게 가장 빠른 처방을 내려주는 약사였다. 비가 와서 신발이 젖겠다고 얘기하면 콜택시를 불러주었다. 나는 "데리러 갈까?"라고 물어주길 바랐지만 이것 역시 말하지 않았다. 번거로운 일이 생기면 그는 감정 없이 일을 수행하는 보디가드 같았다. 친구들과 술을 마시고 그가 보고 싶어 전화하면 "술 마시면 숙면을 취할 수 없으니 어서 씻고 자"라고 말했다. 나는 그와 나른하고 긴 통화를 하고 싶었지만 그는 "물을 너무 많이 마시지 말고 따뜻한 물에 샤워부터 해"라고 조언하며 아버지처럼 굴었다. 그는 약사였고 보디가드였고 아버지였다.

그는 자기 식대로 상황을 해석하는 나쁜 버릇과 함께 여자가 처한 답답한 상황을 빨리 해결해 줘야 한다는 강박증을 갖고 있었다. 그의 사고방식은 문제가 있으면 답도 있게 마련이며 돈을 넣으면 그에 상응하는 뭔가가 나오는 자판기처럼 간편하고 급했다. 애초에 급하게 서두르며 나를 챙기는 모습을 보이지 않았다면 기대도 하지 않았을 텐데, 그는 내가 어떤 욕구라든가 필요를 내비치면 곧장 답을 찾으려 안간힘을 썼다. 내 속마음은 들여다보지도 않은 채 나와 상관없이 저 혼자서 가장 빠르지만 결코 정답이 아닌 답을 찾는 것이 문제였다.

남자는 복잡한 절차를 싫어한다. 그것이 정답이 아닐지라도 일단 즉각적인 반응이 나와야 한다고 믿는다. 자기 멋대로 생각하고 해석하고 판단해 가만히 있는 여자를 난감하게 하는 남자도, 정면으로 소통하지 않고 혼자만의 생각에 빠져 사는 남자도 알고 보면 모두 복잡한 절차를 생략하고 싶은 것이다. 하물며 가장 사랑스럽고 달콤하면서 수수께끼처럼 복잡한 존재인 여자 앞에서라면 더욱 엄두가 안 나겠지. 하지만 그러다 혼자 작아져서는 멀어지는 모습을 바라보는 여자의 가슴도 참으로 답답하다는 거!

여자 앞에서 잘 보이고 싶어하는 남자들의 착각 가운데 하나는 '여자가 뭔가를 원할 땐 어려움 없이 충족시켜 줘야 한다'는 것이다. 여자 앞에서 주저하는 모습, 그녀의 말을 이해 못 하고 있는 얼굴 따위를 들키는 것은 남자답지 못하다고 생각하는 모양이다.

아서라. 그렇게 오버하다간 여자 마음 못 얻는다. 여자가 진짜 원하는 게 뭔지 알아봐주는 게 멋진 남자다. 하지만 이런 남자는 많지 않을뿐더러, 모든 남자들이 여자의 속마음을 척척 읽어버린다면 그것도 재미없는 일. 그러니 여자가 바라는 것을 제대로 알지도 못하면서 앞서가지만 말고 함께 빈 틈을 메워가자는 거다. 그렇게 소통하며 관계를 알차게 꾸며가자는 거다. 어렵지 않다. 그녀가 무슨 말을 하는지 모르겠다면 물어봐라. 여자도 마찬가지. 그가 번번이 헛다리짚으며 헤매면 짜증내지 말고 친절한 설명을 덧붙이길. 남자가 전지전능한 제우스는 아니잖니? 변덕 심하고 아리송한 당신 마음을 어떻게 척 알아내겠어?

Date Tip

소심한 그 남자의 프러포즈

차일까 봐 겁부터 낸다 : 소심남다운 걱정. 남자는 차일 경우를 대비해 다양한 표정과 대사를 미리 준비하는 법.

타이밍에 약하다 : 경험이 부족하고 생각 많은 남자들의 특성. 적절한 타이밍은 연애를 더욱 윤기 나게 한다는 걸 제발 알아야 할 텐데!

제멋대로인 그 남자의 프러포즈

거절당할 리가 없다 : 자신의 계획과 예상에 한 치의 어긋남도 없이 여자가 흔쾌히 승낙할 거라 생각한다.

무서울 정도로 과감하다 : 그의 마음이 진심인 것은 안다. 하지만 다른 사람의 눈은 전혀 의식하지 않은 프러포즈는 여자를 당황하게 한다.

사랑과 우정

무엇을 선택할지 묻지 말라

우정을 선택하는 남자 **VS** 사랑을 선택하는 남자

당신의 남자가 친구라면 사족을 못 쓰는 쪽이든, 당신을 만난 뒤 친구들을 멀리 하는 쪽이든 양쪽 모두 당신에겐 치명적이다. 남자에게나 여자에게나 친구란 험한 세상 다리가 돼주는 든든한 버팀목이다. 그런데 남자에겐 조금 다른 뉘앙스로 해석된다. 여자에게 친구란 말 그대로 '오래 되고 좋은 벗'이지만 남자에겐 경쟁자, 동반자, 조언자, 감시자를 한데 아우른다. 한 조사 결과에 따르면, 남자

보다 여자가 더 깊은 우정을 나눈다지. 바로 이런 이유에서다. 여자는 친구와 오로지 우정만을 나누지만 남자는 친구를 통해 세상을 보고, 자신의 주변을 정리하고, 현재 자신의 위치를 파악한다.

따라서 연애할 때 친구 관계를 보면 남자의 또다른 이면을 엿볼 수 있다. 여자친구를 만날 때마다 늘 자신의 고등학교 동창에게 선을 보이는 것으로 데이트를 시작하는 G군. 새 여자친구를 데리고 나간 자리에서 친구들의 반응이 시원찮으면 아무리 호감을 가졌던 여자였어도 바로 포기한다. "친구들이 내 여자친구를 좋아해야 나도 편하게 그녀와 사귈 수가 있어요. 나한테 친구들은 연애뿐 아니라 모든 면에서 충실한 조언자이자 바로미터죠." 정말 죽도록 좋아하는 여자가 생겼는데 친구들이 반대를 한다면? "당연히 힘들죠. 친구들의 냉담한 반응 때문에 계속 마음 한구석에 괴로움을 갖고 지내야 하니까요."

친구라면 사족을 못 쓰는 남자들이 있다. 대부분 학교 다닐 때부터 사회에 나온 뒤까지 또래들과 곧잘 어울리며 그들에게 '괜찮은 녀석'이라는 평가를 받는다. 친구들과의 모임엔 빠지는 법이 없으며, 경조사를 모두 챙긴다. 남자 중학교, 남자 고등학교를 거치며 우정을 다져온 남자들의 경우는 이런 돈독함이 더욱 유별나다. 사회생활을 시작하고 각자 인생의 무게를 느끼면서 몇 번의 필터링을 거치고 남은 친구들은 남자에게 더할 나위 없이 소중하다.

하지만 이렇게 마음을 완전히 드러낼 수 있는 몇몇을 비롯해, 주변에 가볍게 '친구'라 부를 만한 지인들이 너무 많은 경우, 여자들은 괴롭다. 함께 있다가도 친구가 부르면 버선발로 뛰쳐나가고, 약속 장소에 늦게 나타나서는 "두 시간 있다가 가봐야 해. 친구들과 약속이 있거든"이라고 아무렇지 않게 말한다. 말로는 미안하다고

하지만 속으론 전혀 미안해하지 않는다. 이럴 때 여자들, 이렇게 묻곤 하지. "내가 중요해, 친구가 중요해?" 당신은 "네가 더 중요하지. 이번 한번만 봐주라!"라는 대답을 기대하겠지만 남자들은 아무말 못 한다. 당신이 중요하다고 대답하면 거짓말이 되고, 친구가 중요하다고 하면 당신이 상처받을 게 뻔하니까.

친구에 집착하는 당신의 남자에게 아무리 화를 내고 난리를 쳐봐야 허사다. 당신 앞에서 친구들 얘기를 덜 하고, 친구들 만나는 시간을 조금 줄일지는 몰라도 그의 머릿속엔 여전히 친구가 1등이다. 왜냐고? 친구는 풍파를 함께 견뎌갈 동반자이지만 당신은 언제 떠날지 모르는, '매력적이지만 온전히 내 것이 아닌 타인'이기에.

그렇다면 그가 당신만 바라보고 친구 따윈 아랑곳없는 남자가

되어 돌아온다면 당신은 행복할까?

남자들은 이미 초등학교 시절부터 '사랑이냐 우정이냐'의 문제를 생각해 왔다. 또래 여자아이의 머리를 잡아당기고 치마를 들추는 1차적 관심을 보일 때부터 그들은 친구와 놀아야 할 시간에 여자애한테 관심을 쏟고 있는 스스로에게 무척 놀란다. '이선영은 못생겼고 김삼순은 예뻐. 난 김삼순 찜!' 이런 마음이 생긴 것이다. 그때부터 그들은 '사랑이냐 우정이냐'를 두고 누구도 시킨 적 없는 고민을 혼자서 해보는 거다. '너무 좋아하는 여자가 생겼는데 그녀 때문에 친구들과 멀어지게 되면 어떡하지?'라고.

다 자란 뒤에 막상 이 질문을 받게 됐는데 서슴지 않고 '사랑'이라고 대답하는 남자는 누구보다 뜨겁게 친구들과의 우정을 간직한 경우가 많다. 남자들은 사랑은 허망하고 우정은 영원하다고 믿는다. 그런데 그 허망한 사랑에 모든 것을 걸 때는 내 친구들은 내 곁을 떠나지 않을 것이란 완벽한 믿음이 있을 때다. 어쨌든 우정보다 사랑이 소중하다, 단 지금 이 순간만! 그들은 결코 둥지를 버리지 않는다. 남자들에게 사랑하는 동안엔 여자가 둥지요, 사랑이 끝나면 우정이 둥지다.

L양의 남자친구는 사귀는 동안 친구들을 나 몰라라 하며 L양에게만 집중했다. 그의 친구들이 L양을 반대했다는 게 이유였다. L양은 무턱대고 자신을 반대하는 친구들이 얄미워서 남자친구의 결단에 환호했지만 차츰 모든 것을 그녀에게 기대오는 그가 버거워지기 시작했다. 친구들과 함께 보내는 시간, 친구들과 나눴던 공감대, 친구들이기에 가능한 사소한 이야기들까지 그녀에게 쏟아졌다. "처음에 나 때문에 친구들이랑 틀어지려 할 때 내가 나서서 중재를 했어야 했어. 무조건 그의 친구들을 욕하면서 철없이 울며 붙며 했던

게 잘못이더라. 지금은 얼마나 피곤한지 몰라." 남자친구의 우정을 깨버린 대가로 그녀는 외톨이가 된 남자친구를 온종일 챙기며 붙어 있어야 하는 보모 역할을 떠안게 됐다.

사랑 때문에 우정을 버린 남자들의 특성은 지나치게 여자에게 의존적이라는 것. '내가 너 때문에 친구들을 버렸다'는 피해의식은 곧 '네가 금쪽같은 내 친구들을 내게서 떼어놓은 거야'로 바뀌게 되고 잦은 다툼의 원인이 된다. 그뿐이겠어. 묵혀뒀던 그것이 이별의 원인을 제공하고, 헤어지는 순간 '우정을 금가게 한 요사스러운 여자'라는 어처구니없는 불명예까지 쓰게 된다. 여자를 너무 좋아해서 애초에 친구들보다 여자에 환장한 남자는 굳이 논할 가치가 없겠다. 오히려 간단하게 사는지도 모른다. 우정이냐 사랑이냐의 갈림길 없이 '내가 꼴리는 대로' 가면 그뿐이니까. 단, 이런 남자는 양쪽 모두에게 욕을 먹을 수 있다는 사실!

Date Tip

우정에 죽고 사는 그 남자

특징1 : 휴대폰에 당신보다 친구들이 더 앞 번호로 저장돼 있다.

특징2 : 친구들이 부르면 당신 생일 기념 저녁을 먹다가도 박차고 나간다.

특징3 : 무조건 "네가 이해해!"라고 말한다.

사랑밖에 모르는 그 남자

특징1 : 그의 친구들에게 당신은 "나쁜 년"으로 통한다.

특징2 : 점점 친구가 없어지는 그가 한심해진다.

특징3 : 늘 자기랑 함께 있자고 하고, 당신이 친구들 만나는 걸 싫어한다.

여자말을 안 듣는 남자를 휘어잡아라

원래부터 못 듣는 남자 **VS** 작정하고 안 듣는 남자

외양부터 기능, 실속까지 "여자 말 잘 들었죠?!"라는 칭찬은 광고 속 냉장고를 가리킬 때나 쓰는 말이다. 남자들도 마찬가지다. 물론 여자친구의 말이라면 무조건 받아들이고 보는 '기특한' 남자도 많다. 하지만 과연 그들이 진심으로 그녀들의 말을 존중해서 고개를 끄덕이는 것일까?

남자들은 여자들의 끊임없는 주문과 요구가 성가시다. 솔직히 말하자면 '어떻게 좀 안 듣고 살 순 없는 걸까?' 싶다. 태초에 서로 다른 구조의 두 종이 만났을 때도 남자는 듣고 여자는 말했을 것이다. "바닷속에 싱싱한 해초들이 잔뜩 있어. 날씨도 좋은데 우리 바닷가에 나가보지 않을래, 아담?" "그 나뭇가지는 땅을 파기엔 약해 보여. 다른 것을 구해와, 아담." "아담! 내 얘기 듣고 있는 거야? 저 못된 뱀이 글쎄 나더러 참을성 없는 허영덩어리라고 빈정댔다니까!"

지금 충분히 배가 부른 데다 맛도 없는 해초 따위를 위해 낮잠을 포기하면서까지 바닷가에 나가고 싶진 않고, 나뭇가지는 간밤에 내린 비로 모조리 젖어버렸고, 뱀이 이브를 놀리는 것은 하루 이틀 일이 아니다. 적어도 아담이 보기엔 이브의 말은 당장 중요한 것이 아니며 더 나아가 별로 쓸모가 없어 보인다. 무엇보다 이브는 어떤 것이 중요한지, 가치를 정하지 않은 채 무차별적으로 쏟아낸다. 하나하나 차근차근 수긍이 되는 대로 몸을 움직여온 아담에겐 이브의 말이 버거울 수밖에 없다.

이쯤 되면 아담은 여러 차례 자신의 생각을 얘기하고 설득하다 "네 말대로 따라볼 테니 일단 끊임없이 쏟아내는 주문을 줄여줄 수 없겠냐"고 간청할 수밖에 없다. 하지만 이브의 대답은 초지일관 "아담, 날 사랑하지 않는 거야?"다. 할 수 없다. 의미 부여를 좋아하고 사물의 본질과는 상관없이 주관적이면서 감성적인 해석을 내리곤 하는 이브의 화법을 배울 수밖에! 아담은 결국 그래야 평화가 찾아온다는 걸 경험으로 알게 된다. 이브의 말을 듣는 일이 아담에겐 분명 짜증나는 일이지만, 그녀의 말을 모른 척하면 무수한 질문과 앙탈과 투정과 눈물이 뒤따를 것이기에 토를 달지 않는 것이 상책이다.

하지만 여자들이여, 남자 행동에 하나하나 사랑타령을 하지 말 것. 그들은 그냥 하고 싶은 걸 할 뿐이지, 늘 당신을 향한 사랑을 염두하고 살진 않는다. 여자 말에 양순하게 귀를 기울인다고 해서 그가 반드시 여자를 지극히 사랑한다고 보기는 어렵다. 그는 평화가 깨지는 것을 원치 않을 뿐이다.

물론 여자를 위해 존재하는 것 같은 남자들이 분명 있긴 하다. 그들은 말하기 전에 알아서 내 마음처럼 움직여준다. 맛집을 발굴하고, 피곤할까 봐 많이 못 걷게 하고, 여자가 원하는 스타일로 옷맵시마저 바꾼다. 물론 사랑하겠지. 하지만 제 멋대로 행동했다간 까다롭고 예민한 그녀가 "왜 날 무시해? 왜 내 말을 안 들어? 자기한테 내 존재는 뭐야?"라고 물어올까 봐 평화를 위해 미리 대처하는 것이다. 여기서 평화란 둘 사이의 평화도 포함되겠지만 여자가 말하지 않는 순간의 안락하고 조용한 개인의 평화를 의미하기도 한다는 사실. 소음을 좋아하는 남자는 없다. 안타깝게도 여자가 "자기야, 이거 해줄래?" "자기야, 그러지 말고 우리 이렇게 하자. 응?"이라고 낭창낭창한 목소리로 하는 모든 얘기들은 '주문' 이상도 이하도 아니며, 그마저 지나치면 귓가에 맴도는 소음으로만 들린다. 이러한 반응 또한 그가 여자를 사랑하지 않아서가 아니다. 남자나 여자나 시쳇말로 생겨먹길 그렇게 생겨먹었다.

남자가 덮어놓고 맹종하는 여자는 어머니뿐이다. 어머니들은 가끔 아들에게 "여자친구 생기더니 내 말은 콧구멍으로도 안 듣는구만!" 하시더라만 어머니, 서운해 마세요! 당신의 말씀은 그나마 가슴으로 듣지만 여자친구의 얘기는 그저 귀로 듣거든요.

이 세상 모든 아담의 귀는 듣고 싶은 것만 듣기 위해 달려 있다. 세상 모든 여자들이 답답해하는 "내 남자친구는 내 말에 너무 무성의해요!"로 통일되는 하소연에 대한 답은 한 가지다. 바로 "포기하세요"! 남자들은 타인의 의지로 교정되는 것, 내 의사와 상관없이 억지로 해야 하는 모든 것에 '누군가 나를 조정하려 한다'고 생각하고 바로 경계 태세를 갖춘다. 그러니 남자가 여자 말을 잘 들을 리가 있나. 또 하나, 남자가 보기에 여자는 습관적인 잔소리꾼일 뿐이다. 그러니 불명예를 안아가며 감정을 훼손할 필요까진 없지 않나.

우리 여자들은 말싸움은 말로는 해결되지 않는다는 걸 경험을 통해 너무나 잘 알면서도 말로 시작된 전쟁은 꼭 말로 끝내려 한다. 그게 문제라면 문제. 하지만 남자들은 말로 시작된 싸움엔 끝까지 말을 안 듣는 것으로 여자를 무릎 꿇게 만든다. 말은 여자에게 전투의 수단이지만 남자에겐 오히려 빨리 끝낼 수 있는 재미없는 게임을 질질 끌고 가는 지뢰일 뿐.

그런가 하면 '작정하고 귀 막기' 또는 '끝까지 말 안 듣고 버티기'로 일관하는 못된 남자도 있다. 여자를 좀 요리할 줄 안다고 자만하는 남자들에게 흔히 나타나는데 이를테면, 여자들 얘기를 전혀 귀담아듣지 않을 뿐 아니라 여자들이 듣고 싶어하는 얘기도 절대 안 해준다. 달콤한, 사려 깊은, 위로 섞인, 배려 담긴 낭만적인 대답을 듣고자 일부러 여자가 멘트를 날렸다 치자. 그래도 그 남자들은 "네가 무슨 말 듣고 싶어하는지는 알겠는데 나 지금 하기 싫거든? 나중에 내가 하고 싶을 때 할 테니 재촉하지 말고 그때까지 기다려"라고 말한다. 한마디로 정말 싸가지 없다.

여자가 토라져서 "흥, 다음 주까지 연락하지 말아욧!" 하고 내뱉으면 "그때까지 안 보고 어떻게 살아?" 또는 "알았어, 미안미안! 하하하" 정도는 나와줘야 정상이다. 그런데 저렇게 꼭 비틀어 얘기하는 남자들의 행동에는 여자의 내면이 하는 말까지 무시하겠다는 돼먹지 못한 마초 근성이 깔려 있다.

여자란 때로 소모적인 일에 진심으로 매달릴 때가 있다. 일부러 달콤한 한마디 듣기 위해 반어법으로 그 사람의 마음을 떠본다거나 화난 표정을 지으며 분위기를 극적으로 몰아가거나 하는 것. 여자는 자신의 연기를 남자가 사랑스럽게 봐주기를 바라지만 아쉽게도 남자는 그런 여자가 짜증스럽다. 하지만 이 남자는 좀 너무했다. 여자 말을 안 듣는 정도를 넘어, 한 방으로 그녀의 입을 막고, 자존심마저 뭉개버리는 남자. 여자 말 잘 듣는 그 냉장고 냉동실에 넣어 말 안 듣는 귀와 알미운 말 잘도 해대는 입을 꽁꽁 얼릴 수도 없고 어쩐담?

Date Tip

말귀를 못 알아듣는 남자

듣고 싶은 말만 듣는다면 : 그가 앞뒤 잘라먹기 선수인 경우엔 딴 거 없다. 당신의 기억력을 배가시켜 당시 그가 어떤 반응을 보였고 어떤 대화가 오갔는지 상세히 설명할 수밖에.

애초에 딴 생각에 빠져 있다면 : 당신이 한 모든 얘기를 잊어라. 그리고 새로 시작하라. 그게 속 편하다.

나중에 딴소리 한다면 : 당신이 얘기할 때 주의를 기울이지 않는 그의 태도에 대해 차분하면서도 강하게 지적할 것. 단, 싸우려는 태도는 피해야 한다.

알면서도 못 알아듣는 척하는 남자

애태우지 말라 : 그는 당신과 게임을 즐기는 중이다. 먼저 흥분하면 지게 돼 있다.

중간 중간 대답을 강요하지 말라 : 그는 이미 당신이 무슨 얘기를 어떻게 해나갈지 알고 있다. 오히려 그로 하여금 당신과 함께 있는 시간을 더 지루하게 만들 뿐이다.

그의 어깃장에 일희일비하지 말라 : 거의 득도의 수준에 이르러야 이런 태도를 가진 매력적이고 나쁜 남자를 길들일 수 있다. 남자는 자신의 어깃장이 먹히지 않는 여자에게 귀를 쫑긋 세우는 동물이다.

방어와 공격을 적절히 병행하라

기본적으로 남녀가 싸울 때 공격하는 쪽은 언제나 패자, 방어하는 쪽은 언제나 승자다. 왜냐고? 그야 더 공격하는 쪽이 더 많은 허점을 노출하기 때문이지. 화가 머리끝까지 나서 상대를 몰아붙이다 보면 말실수는 예사요, 과도한 공격성을 띠게 되므로 막판엔 꼭 먼저 사과할 일을 만들게 마련이다. 그리고 한쪽이 다그치면 한쪽은 입 꾹 닫고, 그렇게 입 닫은 쪽이 답답해 다그치는 쪽이 '미치고 팔짝 뛰는' 것이 남녀의 사랑 싸움이다.

직장을 그만두고 서른 살에 미국 유학에 나선 한 후배. 방학을 맞아 잠시 귀국해 우리 집에 머물던 그녀는 밤만 되면 금쪽같은 나의 수면 시간을 송두리째 앗아갔다. 미국에 있는 남자친구와 사소한 안부부터 시작해 시시콜콜한 보고에 이어, 사소한 말다툼에 뭘 잘못했는지도 모른 채 사과하는 것으로 수순을 밟아가며 통화는 두 시간 넘게 이어졌다. 통화를 마친 그녀는 달콤한 잠을 빼앗긴 채 닭 눈을 하고 있는 내게 "미안해, 선배. 근데 말야. 그 남자는 꼬투리가 잡힐 때마다 자기 직성이 풀릴 때까지 내 진을 빼가며 다그친단 말이야. 밤마다 피곤해 죽겠어!"라는 말을 남기며 털썩 침대로 쓰러지곤 했다.

말다툼이 시작됐다 하면 하나부터 열까지 조목조목 따져 묻는 남자, 스스로 납득하기 전까지 몇 번이고 다그치는 남자의 가장 심각한 병증은 편집증이다. 일단 그의 머릿속엔 상대방에게 제대로 된 설명을 듣고 어서 불편한 순간을 털어내야겠다는 기특한 생각 따윈 없다. 이미 다툼거리가 생겼다는 것 자체에 화가 난 상태다. 게다가 대부분 상대방의 실수라고 생각한다. 본인이 오해한 거라고는 애당초 생각하지 않는다. 왜냐고? 자신은 꼼꼼하고 신중하기 때문에 실수 따윈 안 한다고 믿기 때문이지.

그가 가진 또 하나의 고질병은 끊임없이 질문하는 수사관 병이다. 이런 남자는 이 밤의 끝을 잡고 상대가 지쳐서 졸거나 말거나, 하도 소리 질러서 자기 목이 쉬어버리거나 말거나 원하는 답이 나올 때까지 묻고 또 묻는다. 지쳐버린 여자가 "아, 알았어. 내가 잘못했어. 그러니까 그만해!"라고 백기를 들면 이제는 또 "그럼 아까는 왜 이렇게 말하지 않았어?" 하고 따져 묻는다. 이쯤 되면 사랑

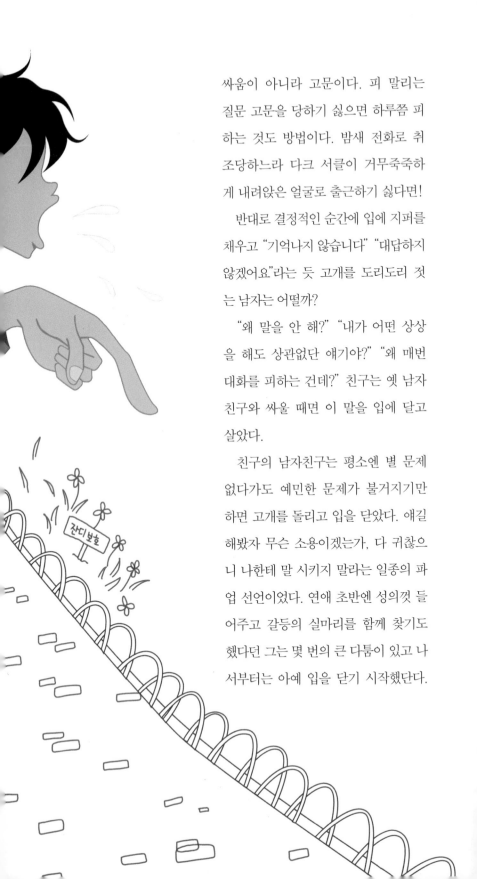

싸움이 아니라 고문이다. 피 말리는 질문 고문을 당하기 싫으면 하루쯤 피하는 것도 방법이다. 밤새 전화로 취조당하느라 다크 서클이 거무죽죽하게 내려앉은 얼굴로 출근하기 싫다면!

반대로 결정적인 순간에 입에 지퍼를 채우고 "기억나지 않습니다" "대답하지 않겠어요"라는 듯 고개를 도리도리 젓는 남자는 어떨까?

"왜 말을 안 해?" "내가 어떤 상상을 해도 상관없단 얘기야?" "왜 매번 대화를 피하는 건데?" 친구는 옛 남자친구와 싸울 때면 이 말을 입에 달고 살았다.

친구의 남자친구는 평소엔 별 문제 없다가도 예민한 문제가 불거지기만 하면 고개를 돌리고 입을 닫았다. 얘길 해봤자 무슨 소용이겠는가, 다 귀찮으니 나한테 말 시키지 말라는 일종의 파업 선언이었다. 연애 초반엔 성의껏 들어주고 갈등의 실마리를 함께 찾기도 했다던 그는 몇 번의 큰 다툼이 있고 나서부터는 아예 입을 닫기 시작했단다.

당연히 사소한 말다툼으로 시작돼 사나흘씩 연락을 끊는 사태가 발생했고 친구는 결별 선언, 엄청난 분노 폭발 등 몇 번의 극약 처방을 사용하기도 했다. 하지만 그는 언제나 침묵으로 일관했다.

침묵하는 남자가 주로 쓰는 메시지는 이런 거다. '나는 지금 굉장히 중요한 말을 참고 있다.' 앞에서 대꾸할 것을 요구하고 뭔가 대답을 내놓으라고 재촉하면 할수록 그의 입은 더욱 굳게 닫히면서 눈빛으로는 저렇게 말한다. 그렇다면 실제로 그들이 하고 싶은 말은 뭘까?

안타깝게도, 없다. 그냥 피하고 싶을 뿐이다. 내 앞에서 불같이 화를 내는 여자친구의 모습을 보는 게 싫고, 이렇게 싸울 거면 차라리 집에 가서 게임이나 했으면 좋겠고, 무엇보다 어떻게 그녀의 입을 막아야 하는지 알 수 없어서 입을 다물고만 있는 거다. 원래 목마른 사람이 우물 파게 돼 있다. 결국 여자 쪽에서 제 풀에 꺾여 혼자 그날의 결론을 맺는다. 여기서 조심해야 할 것은 이날의 결론이 절대 둘의 합의가 아니라 혼자만의 것이라는 것. 당신의 결론에 그가 말없이 고개를 끄덕였다 해도 대화는 당신만 했지, 그는 딴 생각을 하고 있었다는 것. 소리치고 화내며 칼로리만 소모한 셈이다. 침묵하는 남자는 이래서 얄밉다. 취조하는 남자가 머리카락을 쭈뼛 서게 한다면 침묵하는 남자는 머리카락을 쥐어뜯고 싶어지게 만든다.

그런데 문제가 발생할 때마다 입 닫는 남자는 여자가 만든다. 남자는 꼬치꼬치 따져 묻고, 단 한마디도 그냥 넘어가지 않겠다고 팔을 걷어붙이는 배고픈 암탉 같은 여자의 방식에 먼저 겁을 먹는다. 문제를 해결해 가는 방식이 전혀 다르다면 말할 엄두도 내지 못하는 것이다.

남자라는 족속은 전쟁을 좋아하지만 소모적이라 판단되면 일찌감치 전투화를 벗는다. 다툼에서 입을 닫는 행위는 바로 그런 것이다. 당신이 남자친구에게 그것이 더 다툼의 원인이 된다는 것을 알게 해주고 싶다면 일단 목소리를 낮추고, 흥분하는 횟수를 줄인 다음 평화적인 분위기를 만들어라. 이렇게 사랑스러운 덫에 걸려들어야 남자의 닫힌 입이 열린다.

Date Tip

다그치는 남자와 대화하는 방법

말을 끊지 말라 : 한번 말을 끊으면 원점으로 돌아가 아까 했던 말을 반복해야 한다. 시간을 줄이고 체력을 아끼려면 그가 하는 말을 끝까지 다 들어야 한다.

이해한다는 반응을 보여라 : "그랬구나. 미안해. 몰랐어"라고 얘기하면 일단 저쪽에서 한숨 죽는다. 그때 "일단 목소리 좀 낮추고 얘기하자"는 식으로 수습을 위한 공격 전선을 형성해라.

부정적인 단어를 피하라 : 그런데, 하지만, 왜 나한테만 등등 이런 부정적인 단어는 그의 형사 기질을 더 부추길 뿐 문제 해결에 전혀 도움이 되지 않는다.

침묵하는 남자와 대화하는 방법

"말해 봐!" 대신 "듣고 싶어!"라고 말하라 : 침묵하는 남자에게 다그치지 말라. 꼭 듣고 싶다는 간절한 마음을 드러내며 분위기를 한층 부드럽게 할 것.

말의 양을 줄여라 : 그가 말하고 싶어도 당신이 너무 많은 말을 한꺼번에 쏟아놓기 때문에 겁에 질려 입을 닫는 경우가 있다. 과묵한 남자 옆엔 언제나 수다쟁이 여자가 있다.

기다려라 : 답답해 죽을 것 같아도 일단 그가 입을 열 때까지 기다려라. 그가 머릿속을 정리할 시간을 줘라.

때로는 남자에게 매섭게 차여라

차는 남자 VS 차이는 남자

연애의 끝, 즉 이별에 대해 가볍게 얘기하다 L군은 평소와 달리 격앙된 목소리로 "싸늘하게 쐐기를 박아줘야 한다!"고 강변했다. 평소 재치 넘치는 성격으로 우리의 사랑을 독차지하고 있는 만인의 쾌남답지 않게 그의 목소리는 단호했다. 굳이 싸늘하게 말해가며 여자에게 상처를 남길 필요가 있느냐는 누군가의 말에 그는 "모르는 소리!"라고 일축했다.

그에 따르면 남녀가 감정이 식어 헤어지게 될 때는 오해의 여지가 남지 않도록 분명하게 우리가 왜 헤어지는지 가능한 한 이성적으로 얘기해야 한다는 것이다. 굳이 그렇게 해야 하는 이유로 그는 "서로 미련을 남기지 않기 위해서"라고 설명했다.

"마지막까지 좋은 남자의 이미지를 심어주려고 빙빙 돌려 얘기하는 녀석들은 모두 사랑에 비겁한 놈들이라구. 헤어질 땐 솔직하게 지난 시간을 정리하는 것이 모두에게 좋아. 특히 남자 쪽에서 여자에게 염증을 느꼈거나 몇 번의 위기를 넘겼지만 끝내 헤어지는 것이 좋겠다고 판단했을 경우엔 더욱. 그 순간엔 '독한 놈'이라며 욕할지 모르지만 나중엔 깨끗하게 감정을 정리해 줘서 고맙다고 할걸? 여지를 남겨둬서 국 끓여먹을 것도 아닌데 왜 남자들은 이별 앞에서 쓸데없이 신사인 척하는지 모르겠어." 과거에 여자한테 미련을 남겼다가 뭔 일이 단단히 있었던 듯 L군은 위와 같은 명쾌한 이론을 내놨다.

남녀 모두에게 이별은 아프다. 그런데 먼저 칼자루를 쥔 쪽이 남자라면 얘기는 달라진다. 여자는 마지막까지 덜 아프고 싶다. 가능하면 이별로 인한 아픔도 남자가 좀 가지고 가주길 바란다. 자존심이 다치지 않기 위해선 그녀들 쪽에서 먼저 남자에게 이별을 고해야 그나마 고개가 꼿꼿해진다고 믿는다. 하지만 여자들, 이 얼마나 아찔한 착각인가! 하긴 결국 남자에게 차이고 말았다는 걸 알면서도 껍데기뿐인 자존심이라도 챙기려는 게 여자다.

감정이 식었다면 곧장 독한 마음을 먹어야 한다는 L군의 강변이 일리 있는 것은 '먼저 찼다'는 여자들의 위대한 착각을 굳이 남자들이 도와야 할 이유가 없기 때문이다. 그야말로 이별에 대처하는 남녀의 속마음은 이렇게 다르다. '정이 떨어진 마당에 질질 끌어봐야 무슨 소용? 헤어지긴 해야겠는데 어떻게 수순을 밟는다?' 이럴 때 여자들은 대부분 미련이 남는다. 하지만 바짓가랑이를 붙들고 늘어질 만큼 나는 시시한 여자가 아니므로 더 멀리 뻥 차줘야겠다고 생각한다. '혹시 알아? 저 남자가 마음 고쳐먹고 내게 더 잘할지도 모르잖아'라는 천진한 착각과 함께.

따라서 남자들 역시 미련의 싹을 잘라버리기 위해 먼저 차야 한다. 당장은 분노가 치솟지만 감정 앞에 솔직했다면 상처는 빨리 아물게 마련이니까.

그럼 마지막까지 자존심을 지키고 싶은 여자들의 심정은 어떡하냐고? 비겁한 남자에게 당신의 사랑마저 유린당하는 것보다 그 순간 아프고 마는 게 낫다. '너 그렇게 눈치 없는 애였어? 난 네가 싫어졌으니까 알아서 좀 떠나란 말이야'라고 속으론 외치면서도 헤어질 땐 "꼭 이래야만 하겠니?"라며 슬픈 표정을 짓는 녀석이라면 두고두고 곱씹을수록 기분 나빠질 테니까.

친구 S양은 얼마 전 한 남자에게 제대로 강펀치를 먹었다. 초기의 모습은 지적인 얼굴과 재치 있는 말솜씨, 어떤 순간에도 유연한 대처 능력을 지닌 남자였다. 여기에 사랑의 감정이 깃들자 로맨틱하고 달콤하기까지 했다. 하지만 한순간에 싸늘하게 사랑이 식고 나자 그가 보여준 모습은 자폐적 기질이 짙은 룸펜에, 자기애로 똘똘 뭉친 이기적이고 덜 자란 '미성숙한' 어른이었다. 그는 언제부턴가 연락을 끊고 아무 말도 없이 사라졌다. 그러다 언제 그랬냐는 듯 갑자기 나타나기를 반복했다. 눈치 빠른 S양, 뭔가 수상하다는 생각이 들어 대화를 시도했으나 그때마다 번번이 딴청이거나 신경질로 일관. 혹시나 싶어 쓰리고 아픈 마음 눌러가며 "헤어지고 싶어서 그러는 거야?" 하고 물으면 외려 화를 내며 이해 못 할 뜬구름만 잡으시더란다.

그가 다시 일주일 넘게 연락을 끊더니 어느 날 바람처럼 나타났다. 원망과 애정 사이를 정신없이 오가다 피폐해질 대로 피폐해진 그녀는 그와 마주 앉았다. 그녀는 '날 붙잡겠지? 에라, 모르겠다!' 싶은 마음으로 헤어지자고 말했다. 그제야 그는 마치 그 말을 들으러 왔다는 듯 그녀에게 고개를 돌리며 "그럼 그러자"라고 말하고는 자리를 떴다.

언젠가 헤어지자는 말을 들을 날을 기다리며 그때까지 '진상 짓'을 해가면서 정을 떼내는 남자의 마음은 또 얼마나 고달프랴. 연인에게 이별 통보를 받기 위해 벌이는 고군분투는 영화 〈10일 만에 남자친구에게 차이는 법〉처럼 달콤한 로맨틱 코미디 수준이 아니다. 눈물 맛과 뜨거운 배신감을 동반하는 쌉싸래하면서 헛웃음만 나는 블랙 코미디다. 배려한답시고 싫은 것을 참아가며 만나주는 것을 그녀들이 고맙게 생각할 거라 믿는다면 오산.

또다른 친구는 남자친구와 헤어지고 싶은데 아직 자기를 좋아하는 그에게 헤어지자는 말을 못하고 끙끙대고 있었다. 막판에는 하는 짓마다 밉상이더란다. 더 이상 참기 어렵게 되자, 그녀는 결국 이별 통보를 하고 말았다. 그러자 이 남자친구, 얼굴에 화색이 돌더라지? 더 이상의 만남이 의미 없을 것 같아서 그만 만나자고 하려던 참이었다고, 내가 너무 티를 내서 미안하다고, 넌 좋은 여자였지만 나한텐 부담스러웠다고.

사랑할 땐 뜨겁던 남자들, 이별할 땐 어쩜 그러냐 싶게 비겁하다. 그들은 마지막 순간까지도 손해를 보지 않으려 젠틀하게 군다거나 손에 피를 안 묻히기 위해 여자 쪽으로 칼자루를 돌려놓는다. "네가 찔러. 어차피 우리 관계는 끝났으니까"라고 말하면서 말이다. 헤어지면서까지 마음에 오물덩어리를 뒤집어쓴 것 같은 여자들의 참담한 기분을 남자들은 정말 모르나? 기다렸다가 차이면 멋진 남자로 기억될 거라고 정말 믿는 걸까?

당신 앞에 있는 그 여자가 싫어졌다면 사랑했던 기억마저 부정하게 하지 말고 말해라. 서로 좋아서 만났고 만나는 동안 감정 앞에 평등했으면서 뭘 그리 대단한 배려 한답시고 아직도 눈 속에 당신을 담고 있는 그 여자에게 이별의 칼자루를 넘기고 그래, 치사하게!

Date Tip

그 남자에게 미련 없이 차이는 방법

계산기 두드리지 말자 : 조금 더 오래 사랑한다고 해서 창피한 일은 절대 아니다.

자존심을 버려라 : 먼저 차야 한다는 강박에서 벗어나면 모든 것이 자연스러워지는 법.

받아들이자 : 당신은 버림받기 직전이다. 최대한 담담한 모습을 지키는 것이 자존심이다.

그 남자를 깔끔하게 차는 방법

배려심 따위 버려라 : 당신은 그가 싫어졌다. 그뿐이다.

예의상 발언을 하지 말라 : 그동안 즐거웠다느니 좋은 여자 만나라느니 마음에도 없는 소리는 그에게 여지만 남긴다.

그에 대한 모든 기억을 지워라 : 그가 새롭게 출발할 수 있도록. 사랑했던 사람에 대한 최소한의 배려다.

바로 지금이 ●●●●●●●●●●●●●●●●●
남자에 대해 알아야 할 순간이다

이렇게 많은 말을 쏟아놓은 나나, 이 글을 읽으며 무릎을 쳤거나 또는 "에게?" 했던 당신이나 우리 여자들은 남자를(경우에 따라서는 여자를) 사랑하도록 만들어진 존재들이다. 천명을 받들고 사랑하다 보면 우리는 사랑이 끝나고 나서야 비로소 아까운 남자도 있고 왜 진작 못 떼어냈을까 싶게 속이 후련한 작자(!)도 있다는 걸 알게 된다.

인간이 하는 모든 행위 가운데 워밍업이 무의미한 유일한 것이 사랑이다. 죽는 순간까지 다 알 수 없는 것이 남자고 사랑이라고 한다면, 바로 지금이 당신이 남자에 대해 욕심껏 알아둬야 하는 순간이다.

달콤함에 대한 기대감과 자꾸만 양이 줄어드는 불안감을 동시에 느끼며 캔디 박스를 여는 것처럼, 우리는 모두 사랑이라는 아름다운 형벌을 기꺼이 받아들이며 살아가고 있으므로…….

여자생활백서 시즌2
사랑하기 전에 알아야 할 모든 것

초판 1쇄 2007년 6월 4일
초판 5쇄 / 2008년 11월 20일

지은이 | 안은영
펴낸이 | 송영석

주간 | 김수영
책임편집 | 장한맘
기획편집 | 이진숙 · 김윤정 · 차재호 · 문미경 · 박지영 · 이현정 · 김영은
외서기획 | 박수진
디자인 | 박윤정 · 박새로미 · 김지언 · 남미현
마케팅 | 이종우 · 김정혜 · 이인택 · 한명희 · 황지현 · 김유종
관리 | 정미희 · 송우석 · 황규성 · 김지희

펴낸곳 | (株)해냄출판사
등록번호 | 제10-229호
등록일자 | 1988년 5월 11일

서울시 마포구 서교동 368-4 해냄빌딩 4 · 5 · 6층
대표전화 | 326-1600 **팩스** | 326-1624
홈페이지 | www.hainaim.com

ISBN 978-89-7337-850-0

파본은 본사나 구입하신 서점에서 교환하여 드립니다.